中国**新锐派**
作家作品文库

U0640874

# 穿过迷雾的阳光

## 【 李文明散文作品 】

李文明 ◎ 著

中国财富出版社

**图书在版编目(CIP)数据**

穿过迷雾的阳光／李文明著. —北京:中国财富出版社,2016.10
(中国新锐派作家作品文库)
ISBN 978 - 7 - 5047 - 6275 - 7

Ⅰ.①穿⋯ Ⅱ.①李⋯ Ⅲ.①散文集—中国—当代 Ⅳ.①I267

中国版本图书馆 CIP 数据核字(2016)第 226265 号

| | | | | | |
|---|---|---|---|---|---|
| **策划编辑** 张 静 | | **责任编辑** 张 静 | | | |
| **责任印制** 方朋远 | | **责任校对** 梁 凡 张营营 | | **责任发行** 张红燕 | |

**出版发行** 中国财富出版社

**社　　址** 北京市丰台区南四环西路 188 号 5 区 20 楼　　**邮政编码** 100070

**电　　话** 010 - 52227568(发行部)　　　　010 - 52227588 转 307(总编室)
　　　　　　010 - 68589540(读者服务部)　　010 - 52227588 转 305(质检部)

**网　　址** http://www.cfpress.com.cn

**经　　销** 新华书店

**印　　刷** 北京兴星伟业印刷有限公司

**书　　号** ISBN 978 - 7 - 5047 - 6275 - 7/I · 0229

**开　　本** 710mm × 1000mm　1/16　　**版　　次** 2016 年 10 月第 1 版

**印　　张** 17　　　　　　　　　　　　**印　　次** 2016 年 10 月第 1 次印刷

**字　　数** 261 千字　　　　　　　　　**定　　价** 38.00 元

# 目　录

# 第一辑　午后，一个人的暧昧

## 这都是你家的钱

我是一个病人，我是一个恶毒的人，我是一个不漂亮的人。

我真是这样的人吗？

十多年来这个问题重重地压着我，压得我喘不过气来。

我知道是谁在背地里这样说我，张万娣，这个多年来一直硌在我心头的女人。

多少个夜里，我辗转反侧，只盼着有一天张万娣突然死掉。我轻轻浅浅地笑，柔情蜜意地说，李庆总是一笑了事，他是张万娣依附的树。他们有一个胖嘟嘟的儿子，孩子很喜欢我，我们更像一家人。

张万娣没有死，倒是我，怎么能得子宫癌呢?！我连个孩子还没有，老天就这样惩罚我，我躺在床上默默地掉眼泪，我又成了孤家寡人，也好，人总是在落难时才能看出谁是真正关心、爱你的人，一切都不复存在了，等死吧。张万娣，她再也不会不合时宜地走进我的心里折磨我，让我痛苦、愧疚了。

张万娣真的不用死了，一个月前，李庆死了，他那么生龙活虎的一个人，怎么能说死就死呢?！我翻出他的照片，一遍遍地抚摸，泪大颗大颗地滴落在照片上，我把他的照片紧紧地搂在怀里。是的，我生病后他像躲瘟疫般地躲我，我诅咒过他；可是，我的诅咒真能起作用吗？我恨我的恶毒。

李庆喝完酒后骑摩托车撞到树上了，当场死亡，当时车上还坐着他儿子，孩子腿也摔断了。

听到消息我扑倒在床上放声大哭，肆无忌惮地哭，尽情地号啕，嗓子哑得说不出话来了，眼泪还在不停地流……一个星期后，我走出屋子，又见到了太阳。

我照着镜子打扮自己，我要出门必须得美丽，我管她张万娣怎么说我，我有我自己的生活方式。我知道我有错误，世界上只有她张万娣是值得同情的，我在暗地里流了多少泪，受了多少委屈，我无数次地挣扎，无数次试图离开，我在夹缝里艰难地活着，没有逼他们非离婚不可，甚至为了他们的家庭和睦，李庆执拗着让我做掉了两个孩子。李庆没有钱的时候，也总是找我周转，我什么都不说，我贱，我活该。

我要去见张万娣，这是李庆留下的念想，李庆死了，我就是一棵树。如果张万娣还要骂我，就骂吧，我心里忐忑着，一步一步朝张万娣家走去。

我轻轻地推开门，张万娣正在擦李庆的大照片，见到我，一抬手把毛巾摔在柜子上，没好气地说："李庆都死了，你还来干什么?!"

"嫂子，我来看看你和孩子。李庆不在了，能用到我时尽管说。"

"滚，我不希望看见你!"

我叹了口气，拉开包，拿出一沓钱，张万娣嘴一撇，轻蔑地说："谁稀罕你的臭钱，滚!"

我把钱放在柜子上，盯着张万娣的眼睛，一字一顿地说："嫂子，这些钱都是李庆生前给我的，现在还你家。"

我昂首挺胸走出了李庆家，管她张万娣怎么想……

## 秘　密

重病在床，恒缓缓地抓住了我的手："文子，我必须对你说，那天我喝多了，送小刘回家，做了对不起你的事。第二天酒醒我就后悔了，辞退了她，从此，再没见过面，也没有碰过别的女人……"他急切地说着，已经上气不接下气。

我泪如泉涌，摩挲着他的手："恒，我知道了，我早已原谅你了。"

这件事我早就知道，三十多年前的那个午夜，两岁的儿子睡了，我伏案边写文章边等恒。

恒回来了，满身的酒气，踉踉跄跄走进来，一把抱住我："文子，咋还不睡？"

我刚要嗔怪他喝得太多了，突然看见他肩膀上有一个红唇印——他去干什么了？哪个女人在向我宣战？他不给我时间思考，霸道地说："睡吧，你总熬夜。"

我解开他的衬衫，说："快把睡衣换上。"

恒穿上睡衣，倒在床上，呼噜声震耳欲聋。我捧着衬衫，茫然坐在床边，十来年的相识相知相许一幕幕浮现，不离不弃，永不背叛的海誓山盟顷刻间烟消云散，泪水像决堤的河，怎么擦也擦不干。我瞥一眼梦乡中的恒，恨不得把他撕个粉碎；还是安静地走开吧，当爱已不在，分手是最有尊严的选择，可是，孩子怎么办？他能承受没有爸爸的日子吗？看着孩子睡得小脸红扑扑的，我的心柔软了。我像一只焦头烂额的野兽，在凌晨的房间里走来走去，毫无头绪。

我折腾得一点力气也没有了，才把这件衬衫胡乱地卷了卷，塞进大衣柜的最里层。倚靠在床边，一个嘴唇抹得猩红的女人和恒滚在我的床上，我看不清她是谁，长长的头发挡住了她的脸。他们冲我得意地笑，张着血红的大嘴，我气极了，把孩子放到地上，扑上去撕扯那女人的长头发……

我一下子醒了，一身冷汗，稳了稳神，把他单位的年轻女人逐一想了个遍，是谁用这种下三滥的手段来离间我和恒？一个红唇印，这是我五年前编进剧本的，怎么可能中她的计？！我决定按兵不动，查出那个女人再说。

理清思绪，我才发现恒已不在我身边，被子叠得整整齐齐的，难道这一切都是我做的梦吗？我愣愣地坐着，头痛得像要裂开了一样。

这时门开了，恒从外面走进来，手里拎着豆浆和油条，他见我起床了，满脸堆着笑："看你还睡着，我就去买早点了。"

这是他婚后头一次出去买早点，我默默地坐到餐桌旁，看他涮豆浆杯，把豆浆倒进杯子，油条放在盘子里，又一样一样端上餐桌。

"你怎么还没买早点？油条怎么不放到桌子上？"那个以前坐在桌

边大喊大叫的那个人呢？我强忍住要流淌下来的泪水看过去，他却避开我的眼神，尴尬地笑笑说："吃吧，最近工作不多，体会下做家务的乐趣。"

吃完饭，他拿起抹布擦地板。我望着他的背影，他胖了，蹲下去有点吃力，却很卖力地擦着，笨拙地擦着。一层水雾模糊了我的眼睛，我多么希望他像从前一样，坐在沙发或椅子上对我指手画脚，那样我也许会怀疑那个唇印是谁不小心蹭上去的。他越是小心翼翼就越说明他做了亏心事，我恨他。我在心里歇斯底里地叫着。

"我送孩子吧。"他谦卑又诚恳。

从那天早上起，他几乎承揽了所有的家务，经常从我手里抢活计。周末，还张罗着带我去逛街，我看上的衣服饰品他都要买。

我有些受不了了，有几次话到嘴边："我早就原谅你了。你也别再责备自己。"

可是，我不敢，他把面子看得比天还重要，我怕撕开这层面纱，他再没脸出现在我面前。

一年，十年，以后的日子里，他习惯地做着家里的一切，我也习惯了，我忘记了那个痛彻心扉的夜晚，我满心记着恒的好。当年如沙砾一样硌得我生疼的秘密，早已在时间的打磨下，在恒的悉心呵护下化作了珍珠。

只是恒不知道，我的心里也有一个秘密：那件事发生的第二天，我就知道了。那天晚上恒和他的秘书小刘在一起，那个傻女人被恒辞退后，在邻县找了份工作，独自带着一个女孩生活，一直没有嫁人。当然，她也不知道，常常给她们母女寄钱的那个人就是我。

我望着恒歉疚的眼神，犹疑着，要不要也把秘密说出来？

# 一　念

夏夜，静悄悄的，一丝风也没有。

喜子躺在窄窄的床铺上，睁着大眼睛盯着天花板。他睡不着，他想起白天周寡妇的媚眼，心旌摇曳，不由自主地坐起来，小心翼翼地穿好外套，身边的男孩们睡得沉沉的，一点也没有被惊动。

喜子轻轻推开门，把耳朵贴在隔壁的墙上听了听。小英累了一整天，一定睡着了。

他悄悄地走出门，月亮瞪着圆圆的大眼睛看着他，他不敢看，低着头，在夜幕的掩映下向周寡妇家走去。

就这一次，今夜实在睡不着。他原谅着自己。

周寡妇为什么老是向自己抛媚眼呢？镇上的人都说她不正经，不正经才好，正经的女人，自己哪敢去招惹呢？喜子按了按口袋里的一百元钱，完事，他就把钱给周寡妇，以免这女人纠缠上自己，他下意识地看了眼月亮，月亮眨巴着大眼睛，一副很无辜的样子，他觉得自己也是无辜的。

周寡妇住在喜子家的斜对过，几步路，喜子就走到了周寡妇家墙外，周寡妇还没有熄灯，可他不敢弄响大门，把手平放在墙头，准备跳进去。突然他看见邢村长从对面走过来，他连忙躲在树后蹲下，腿都软了，心就快跳出来了。还好，邢村长好像喝了酒，摇摇晃晃的，应该没有看见他。

邢村长"咣当"一声推开周寡妇家大门，大摇大摆地走进去。喜子惊愕地张开了嘴巴，这个周寡妇，果然不正经！他气呼呼地站起来，准备回家睡觉，走了几步，又觉得没什么好生气的，自己不就是冲着她不正经才来的嘛……既然迈出了这一步，不妨等到邢村长走了自己再进去。他往墙里面看了看，黑漆漆的，灯关了。

喜子坐在墙角，小英在脑海里浮起来了。小英要是知道了，肯定饶不了自己！他哆嗦了下，站起身，却又蹲下了。谁叫你张嘴闭嘴就是留守儿童，他们父母都出去大把挣钱，一毛钱不给你，你却把那么多学生领到家里来住，成天和学生在一起，眼里还有我这个老公吗？

为了这些学生，喜子和小英争执过好几回。喜子说："这么多学生连学校都没办法，你何苦受这份罪？"小英说："孩子还小，大人都不在家，你能放心吗？心里不装着学生，还做什么老师？"

他觉得也在理，就退一步提出和小英单住一个房间，可小英指着房子说："哪有地方啊？你接房子吧。"

房子接了,他和小英还是不能住在一起。小英竟然把别班的留守儿童也带到家来,小英总是说,克服一下,过年他们的爸爸妈妈就回来了。

他和小英分别住在男生和女生的房间里,小英说,便于管理。他很想在孩子们都睡着之后把小英叫出来,哪怕两个人就在厨房……可小英总是睡得死死的,从来都叫不醒。

喜子的气又上来了,就要让你小英后悔,哼!

"喜子你怎么才来呀,我整天都盼着你能来呢!"周寡妇从墙边把喜子拉了进去,百般温存,她把头枕在喜子的胳膊上说:"喜子你来了就别走了,我整天啥也不干,专门伺候你,你想怎样就怎样。我再也不让你走了!"一边说一边紧紧搂着喜子。

喜子一听不让他回去,急出了一身汗,猛抬头,看见了小英,小英惊诧地看着他,泪流满面,一转身跑了。

"小英……"喜子想叫却发不出声音,着急中连忙去推周寡妇,一推一个空,醒了。原来是个梦,自己竟然坐在周寡妇家墙外睡着了,他抬头看看大,月光已变得黯淡,天快亮了。

他站起来,抹了抹脑门上的汗,赶紧往家里走去。

# 酒　事

一向勤奋的老公突然怠惰了,借口说我病了,在家陪我,连班都不去上了。

我有什么病,我更习惯他不在家的日子,我想喝酒快想疯了。

喝不到酒,我就托着老公的脸问,刘丽是谁?是那天被我抓到头发的那个女人吗?你为什么抱住我,让她跑掉了呢?

老公的眼神里满是忧伤,垂下头不回答我,我看他才是病了呢,我应该带他去看医生。

老公接到单位的电话,说有事要出去,他千叮咛万嘱咐,要我老老实实地在家等他,我乖乖地答应了。

他一走,我立刻翻出电话簿,我得乘这机会出去喝酒。

我特别想喝酒，不过，我不想一个人喝，举杯邀明月，太寂寥了。两三个朋友小酌，叙叙心事，问问他们认不认识刘丽，刘丽到底是谁？我为什么对这个人印象这么深呢？

　　找谁喝酒呢？

　　我翻开电话簿，一个个熟悉的名字鱼贯出现。

　　我翻了一遍，再重新翻的时候，更加认真揣摩，寻找合适的人选。

　　上次一起喝酒时，大卫对我动手动脚，被我呵斥了一通后，再也不联系了。

　　我的手指刚按出娜娜的号码，就想起她在酒桌上冲我老公挤眉弄眼，我手指颤动了一下，险些拨出去，连忙放下电话。

　　对，找阿健，他的电话号码立刻从脑海里跳出来，我兴冲冲地约他，不想他支支吾吾没说一句话就挂了，真是莫名其妙。想了好一会儿，才记起上次因为管我叫媳妇，被我老公骂了，真让人泄气。

　　小凤倒是善解人意的好朋友，最贴心，可她刚听出来是我，马上就说："我忙着呢"。这个女人总是忙，忙得不可开交呢。

　　需要的时候，一个朋友也没有。我深深地叹了一口气。

　　其实以前，喝酒都是陪老公去的，也是在他的酒场上练会了喝酒。他一群哥们儿，总是不依不饶地让我喝很多酒。那次我实在喝不进去，旁边的蓝子竟然搂着我脖子，把酒灌进了我嘴里，我气得扇了他一个耳光，哭着把酒桌掀翻了。从此，我再没和老公出去喝过酒。

　　对了，我想起来了，那是老公五天没有回家，我去找他。蓝子遮遮掩掩地告诉我一个酒吧，我走进去时，看见一个长头发的女人正坐在老公的腿上，端着酒杯喂老公喝酒。

　　我的手抓到那女人的头发了，可我被老公抱住了，"刘丽，快跑"。这句话在我的记忆里定格。

　　我头痛得要开裂，我不再想了，我要去酒吧，我真的很想喝酒，没有酒的滋润，我的心像猫挠一般难受。

　　我穿上衣服，在路上碰到一个同样落寞的人也好，今晚我请客。

　　门开了，老公跨了进来，一进门就嚷嚷："明天上级来单位检查，我开忙了。"

"你回来正好，我要出去喝酒，约好了的。"我不动声色地告诉他。

"小燕，你该吃药了。"他来不及换鞋，就大步流星地奔向药橱。

"吃什么药？我有病吗？我要喝酒。"

我睁大眼睛望着他，他把一注褐色的液体倒进酒杯："小燕，来，喝酒。"

## 猫

小婉把脚蜷缩进裙子里，偎在沙发上一动也不动，她不想被咪咪发现她的存在。

咪咪的目光从来没离开过她，冲她一个劲"喵呜喵呜"地叫，她和咪咪对视着，时刻提防着咪咪跳过来，也在心里暗暗祈祷一水快点回来。

一水回来了，咪咪听到门响，立即"喵喵"叫着跑了过去。

"呀，小猫，你从哪儿抱来的？看不出来，你还有这兴致呢……"一水一把抱起咪咪，笑得很灿烂。

小婉无精打采地说："妈去三姨家，把咪咪送咱家一段时间，你喜欢，你负责养吧。"

"你看它多可爱，脑门还有道白呢，小爪子，肉乎乎的，你摸摸。"一水坐在小婉的身边，把玩着。

"我不看。"小婉从来不知道一水喜欢小猫，她还担心一水不愿意让咪咪入住呢，现在她开始怀疑一水是否真的跟她一样，喜欢丁克家庭。

"你为什么不喜欢小猫啊，它不挠人。来，摸摸。"一水抓过小婉的手，硬按在小猫身上。毛毛的，小婉尖叫着挣脱开，离一水和咪咪远远的。"咪咪是动物，挠不挠人谁能确定？还是小心点好。"

一水抚摸着咪咪，说："小时候，我一直养猫。"接着，喋喋不休地说他养猫的趣事。

"一点意思都没有，早知道你这么喜欢猫，我都不会嫁给你。"

"那妈走了，谁帮你带咪咪呢？"一水一本正经地问。

小婉的目光这才柔和起来。

晚饭后，一水又央求小婉和他一起带咪咪去散步。

小婉真是不胜其烦，娇嗔着说："你真像个孩子。"

晚上，一水要搂着咪咪睡，小婉搬到了沙发上。

一觉醒来，小婉发现咪咪正安静地睡在她睡裙的下摆上，她连忙小心地拽出睡裙，抚着心口暗自庆幸咪咪没有挠着她。

一水把早餐做好了，咪咪也有份儿。吃完了，一水和咪咪挥挥手再见；要小婉也学着他的样子，跟咪咪打个招呼再上班。

下班，照例是小婉先到家，想到咪咪，她胆怯地打开房门，咪咪"喵喵"地叫着扑过来，抱住她的裤管不撒手。小婉抬起腿摇晃着，可咪咪说什么都不离开她。没办法，她只好拖着咪咪来到客厅，从包里取出鱼罐头，打开，咪咪才离开她。

小婉觉得自己浑身都是汗，简直就要虚脱了。

一水一回来，放下包就逗咪咪玩，话也变得多了。

咪咪在家里待了一个星期，没损坏任何摆件，也没有挠过小婉，小婉也有点习惯了，即使咪咪躺在她的脚边，她也不再大呼小叫了。

又一个下午，小婉打开房门，咪咪没有像往常那样跑来迎接她。她觉得有点不对劲。"咪咪。"她喊了一声。

没有回答。屋子里静悄悄的。她慌了，扔下包，在房间里跑来跑去到处找。

她突然觉得家里太安静了，一点声音也没有。安静得她不知所措，无法忍受，颓然坐在地板上，把头垂到胳膊上，啜泣起来。

"小婉，你怎么了？"一水一进门，就看见小婉坐在地板上哭泣。

"咪咪不见了！"小婉抬起泪眼。

"别急，它一定是觉得寂寞了，出去玩会儿还会回来的"。一水扶起小婉，环视房间，指着窗户说："你看，这扇窗户的纱窗开了，咪咪一定是从这跳出去的。"

小婉擦干眼泪，在网上发布寻猫启事，又写出来贴在小区留言板上。拉着一水在小区的角落里喊着"咪咪"，她对一水说："咪咪回来后，我再也不讨厌它了。"

"傻瓜，它没事。"一水笑着擦擦她的眼泪。

没有咪咪的日子，小婉每天都给咪咪写信，呼唤咪咪快点回来。

两天后，一个小姑娘走过来，用手比画着问："姐姐，你的咪咪是灰色的，这么大，脑门有白色的道道儿？"

"是的，你知道在哪吗？"小婉兴奋地问。

"姐姐，一开始它去我家了，本打算玩一天就送走它的，可不知道它在哪里吃了老鼠药，死了。"

咪咪死了，她还没有向咪咪献出爱，可怜的咪咪就死了。小婉一句话也说不出来，泪如泉涌。

"小婉，你怎么了？"一水在楼道里就听见小婉的哭声。

"咪咪死了。"小婉面对一水号啕大哭。

"咪咪死了，我们怎么向妈交代呀？"

小婉这才想到咪咪不是她的猫，是妈妈的猫，怎么向妈妈交代？

妈妈回来了，来取猫，小婉嗫嚅着："妈，对不起，我没照顾好咪咪。不过，我怀孕了……"

## 艳　遇

张涛又去海南拓展新项目了，偌大的别墅空荡荡的，厚厚的羽绒被子也温暖不了夜的清冷，我从床上爬起来，打开电脑，挂上 QQ（腾讯聊天软件）。

"淡淡的笑"闪亮的头像，好像一盏小小的烛火，瞬间温暖了我的心。我知道他准在，他说过等我每天给他讲故事的，常常失约的人是我。

我温柔地望着好友里唯一的头像，他的网名是为我改的，原来的网名太颓丧，那时他刚失恋，好像失去了整个世界。月余的心灵碰撞，抚平了他的忧伤。

见我来，他的头像欢喜地跳跃着："你怎么才来呀？"看来是等急了。

"我打球去了，才回来。"我顺口胡诌。

住址、年龄统统都是假的。我 QQ 上的个人资料，是为他量身定做的。他一直向往北京，我的住址就填北京，年龄只比他大一岁，同龄人，好沟通，比他大，又具备引领他的能力。

随意问候几句，突然地，几行字映入我的眼帘："你喜欢我是吗？你为我驱走了烦恼，带来了快乐，从来没有一个普通的网友这么关心过我。你想过要认识现实中的我吗？我喜欢上你了。"

我反复读这几行字，一时不知所措，我一直害怕他会喜欢我，我隐藏在网络的背后，笼罩着炫目的光彩，如果他知道是我，不杀了我也要大闹一场。

他却沉浸在自己编织的梦里："我们几乎每天晚上都在一起聊天，你花这么多的时间陪我，除了我的家人，就只有你那么在乎我的心情，还说不是喜欢我？"随后又发来几张"努力、加油"的表情图片。

我默默地坐着，空气几乎凝固了，黑暗中的一切也跟我一起沉默，茫然没有解决的办法。我既怕伤害他，又不能和他网恋。我们每次聊天的结果我都向张涛汇报，我在张涛规定的范畴内自由地飞翔，张涛把他当作心头肉，为他想得细致入微。后来，他心情好了，张涛几次让我淡出这场游戏，可因为我太寂寞，又想和他有一个亲近的切入点，而且帮助他让我有一种成就感，所以一直任性地拖到现在，终于无法收场。

不管怎样，我都要勇敢地面对："你的确是个好男孩——学生会主席、篮球王子，你的歌唱得也很好听，真是非常优秀。我不配说喜欢你。追求你的女同学不是很多吗？"

"为什么？你不是也很优秀吗？21 岁大学本科毕业，又能写书，你给我发来照片的那一刻，我的思念就有了具体的指向。哦，你一定是说我不配，你是北京人，你用世俗的眼光来看问题。好吧，算我没说。"

他的头像瞬间成了灰色，我的整个房间也随之灰暗了，我的心降到了冰点。我这个 QQ 号，是专门哄他开心的，却惹他难过了，傻孩子，你怎么能完全轻信我呢？在网络里，我们都隔着一层面纱，彼此都觉得对方很美好，可我是虚拟的呀，就连你看到的那张照片，也根本不是我。

我的泪涌了出来：本来不打算对你说的，但我不能承受你哪怕一丁点的不开心。我患有白血病,不知道还能活多久。以后不管我是否在线,都一样会祝福你幸福和快乐。因为,我是你的天使,永远守护着你。

我是学中文的,编故事是我的强项,聊天伊始,我编了一个"每个人都有一个天使,而我恰恰就是你的天使"的故事,他觉得特别浪漫,饶有兴趣地和我一路聊下来。

我趴在床上,心里酸酸的,如果我们能像在网上那么融洽该多好啊!每次不得已的见面,他都是冷若冰霜,不跟我说话,连看都不看我一眼。

他身材高大魁梧,有棱有角的脸,一双会说话的眼睛,几乎就是年轻时的张涛,每当看到网上的那张照片,我都想伸手去摸一摸,当然,我没有爱恋他,我只把他当作张涛的影子。如果一定要说爱,我也是爱屋及乌。年轻算什么,既没有丰富厚重的阅历,也没有叱咤风云的能力,更没有成熟深邃的魅力。三年前,在人才招聘市场,我迎着一脸沧桑的张涛走过去,那时我就知道我遇到了真爱。

我默默地回到床上,我这样拒绝网友,张涛回来会高兴吧?会心疼我胡说八道吧?我抱过旁边的枕头,再过一个多月,张涛的儿子就放假回来了,我如果投其所好,他也许会接受我吧?

## 走近你

儿子拗不过我,终于不再阻拦,我在江南一小镇买下了这座庭院。站在院子里,我思绪潮水般翻滚,激动得如同要和恋人见面的少女。我要在这里栽满花,让鲜花伴我度过余生。

我笑儿子的担忧:"有什么呢?你不是每年都陪我来这里吗?"

望着儿子一脸的疑惑,我思忖再三,又说:"是,我的初恋情人在这片土地上。"

# 加　班

　　"砰"地关上家门，小雪的吼叫还在耳边回响："加什么班？老公才死不到半年，想汉子就想疯了。我跟你去，看你们怎么加班?!"

　　真不知道她什么时候变得这般不可理喻，我摊了摊双手，无奈地说："我好不容易调回县委，你要是真心为我好，就别胡闹。"我一字一顿地说完，表情严肃地走出了家门。

　　再回头看看，小雪真的没跟来，我长长吁了口气。

　　我把小雪赶出大脑，开始认真思索苏局长为什么要我加班，在七夕这一天加班，万一苏局长暗示我怎么办？我的眼前老是晃动着苏局长被旗袍包裹着的身体。不，我不能胡思乱想，我是去加班。如果真的那样，我就装糊涂，尽快干完活回家。小雪还在家里。想起小雪，悬着的心又放下了。

　　苏局长也怪可怜的，四十刚出头老公就脑出血去世了，不过她真的还没有任何绯闻，只听说她整天埋头苦干，几乎每周都加班，有时工作得太晚了，她就在办公室睡。家庭的不幸让她成了一台工作的机器。想起她干练的神情，我真有些心疼。

　　今天是七夕，既然她选中我一起加班，那我送她点礼物吧，买束花？苏局长要是误会怎么办？买瓶香水？可香水也很暧昧啊。除了小雪，我还没送过别的女人礼物。还是买张购物卡吧，苏局长常常在办公室吃泡面，送她一张购物卡，买东西也方便些。

　　刚进大门，就见昌子和小华迎面走来。

　　"你们去哪里呀？"

　　"加班。"他俩手指着县委大院，几乎异口同声地说。

　　"加班？"我连忙把手中的购物卡悄悄往袖子里藏了藏，跟在他俩身后走向苏局长办公室。

## 谁是妖精

刚搬进新家，我正在阳台上擦灶台，只见邻家阳台走出一个女人，苗条的身材，披肩发，大眼睛，最要命的是，她的上身只穿了一件红色的吊带背心。她看见我，热情地冲我摆了摆手，我条件反射地把手举了举，她转身回去了。我回头一看，我老公也在盯着对面看，眼珠子都要瞪出来了，嘴微张着，哈喇子都要流出来了。我上去给他一拳，低声吼道："看什么看，还不快点干活?!"

我一边收拾屋，一边在心里犯嘀咕，原来的房主为什么要卖房子？对面住着这样一个小妖精，隔着阳台看得清清楚楚的，这妖精还主动和我们联络，莫非她早就和原来的房主有染，被女房主发现？我甩甩头，最近写小说，老是胡思乱想。

下午，出去买东西的时候，我特地买了几张玻璃纸，准备贴在阳台靠右边的玻璃上。我老公每天去厨房做三顿饭，我可不能让他眼睛出轨。我和老公提着一大堆生活用品，刚走进小区，就见妖精迎面走来，在楼下她穿得倒还挺得体的，不过眼睛画得像熊猫，嘴巴像猴屁股，再想想她在楼上只穿个吊带背心，我就断定她绝不是稳当主儿。她一见我们就笑着迎上来："你家是新搬来的呀？我住在四单元三楼，早上我们见过面了。""是，是。"我敷衍着，偷偷用手肘碰了碰老公，提醒他快走。

"以后咱们多关照，我……"

不等她说完，我们已经拐到楼门口了。我回头冲她微笑着点点头，"砰"地关上了楼门。

忙东忙西的，正要往窗户上贴玻璃纸，突然看见对面的妖精正站在阳台上，冲着我家的下面看着什么。我这时去贴纸，她一定认为我是针对她，刚才在小区没停脚唠几句客套话，已经很不礼貌了，总不能刚搬来就树敌呀，万一她一时气恼报复勾引我老公咋办？玻璃纸贴上了，但在小区总还能见面呀。我思索再三，准备等她离开阳台再悄悄地贴上。

周末，我单位迎接检查加班，刚到单位就听同事说上班要穿制服。

我的制服让我带回家洗了，我急急忙忙往家赶，刚上楼梯，就听楼上有一扇门"咔"地一声关上了，随后是高跟鞋"咚咚"地踩楼梯走下来的声音，在一二楼的转角处，我和四单元的小妖精相遇了，她怎么上这来了？糟了，我老公还在家呢。

"你回来了？"不容我多想，她的笑容花一般地绽放开了。

"妖精。"一大早就送上门来了。我怒不可遏，破口大骂。

她愣住了，脸一红，眼一瞪："你骂谁呢？谁是妖精？"

"芷婷，你又把钥匙落家了。看你一会儿拿啥开门。"一个满脸皱纹的老婆婆手托着一串钥匙从二楼走下来，絮絮叨叨地说着。

"妈，我忘了。"妖精去接钥匙。

我赶紧绕开老婆婆，飞快地爬上三楼，扭开房门，把自己关进屋里，心还在"扑通扑通"狂跳不止。

好一会儿，我才意识到家里非常安静，我老公呢？我拨通了他的电话，听话筒里传来稀里哗啦的麻将声，"老婆，我和旋子几个打麻将呢。"

## 王子和公主结婚以后

我要说的，是我的生活。但，我不是公主，他也不是王子。只是，咱们小时候看的童话故事，总是以"王子和公主结婚了"结尾，他们过着什么样的生活呢？我想，大概跟我的生活也差不多——烟火人间。

我是一个年逾四十的农村妇女。我的一切生活都是按部就班地进行。男人是经媒人介绍认识结婚的。

刚结婚的时候，家里穷，常常看着米袋子渐空心里就发愁，副食品也就是菜园里的那几样。可男人说日子会一天天好起来的。日子过得舒心就好，有没有钱是那么重要吗？

很快，我们的宝宝来了。欢乐的笑容还没有消散，很多麻烦就赶来了。抱孩子、换尿布、喂水……除了日常生活中的琐事，我不知道平添了多少活计，也不知道受了婆婆多少冷眼。有时不小心，孩子摔哭了。他爸爸也要打我几下。我心说活该，也不生气。我委屈的是婆婆竟对孩子他爸说我不好好带孩子。这不是无中生有吗?! 我自己的孩子,我能对他不好吗? 可孩子他爸偏跟我吵。那时,我真想离婚算了。可是,他家是不会让我带走孩子的。孩子他爸再找个女人,我的孩子可要遭罪了。我只好委曲求全。

好在,一晃孩子就长大了,上小学了。我家也买了一台旋耕机,春秋两季,他爸出去给人家耕地。日子渐渐丰裕了。

幸与不幸总是一起光顾,婆婆病了,乳腺癌。我带婆婆去医院,一住就是两个月,病友们都以为我是婆婆的女儿。婆婆没有女儿,她只有我。看着她骨瘦如柴的样子,除了让我可怜和心疼,再没有别的杂念。回家后,我又到处找"偏方"给婆婆吃,希望她减少病痛的折磨。

直到有一天,他在烂醉中叫我"丽",我才猛然警醒。我不是"丽"! 我瞪着眼前这个"陌生人",气坏了,想揪着他的耳朵让他起来,可他醉成这样,揪起来又有什么用呢? 我呆呆地坐在椅子上,把村中的"李丽王丽刘丽赵英丽……"想了个遍,甚至连邻村嫁出去的张丽和新嫁来的华小丽都认真分析过了,我认为最有可能的是刘丽,她比我年轻几岁,染着金黄的头发,关键的是她男人到外面打工去了。我恨不得立刻就冲进那女人的家里撕碎了她,可我最后还是忍住了。村东郭石头的老婆曾经冲进她家,连骂带打,还揪掉了她一绺黄毛,是挺解气的,却被她讹去了三万块钱。我呆呆地坐着,一点儿声响都没有,我怕婆婆听见,婆婆在病中,不能生气上火啊! 我想一走了之,你既然喜欢刘丽,就叫她来伺候你妈好了! 可是,那个骚货能来吗? 她又不是真心实意只对他一个人好。哼,男人真蠢! 想到这些,我有点看不起他了!

第二天,我跟什么事都没有发生一样,操持着家中的一切。他甚至没发觉我生气了。

转眼孩子上初中了,住校。我把被褥搬到婆婆的屋里,这样方便照顾婆婆。

可婆婆不许我住进去,说:"他惹你生气了? 没听电视里说夫妻就是左手和右手嘛,谁也离不了谁,互相帮忙、互相理解才能做成更多的事。"

我没说什么,心里却想,人家说的左手和右手,是握在一起有感觉的。

反复一咂摸，凭什么你对我没感觉？当初我嫁过来的时候，你的山盟海誓都哪去了？如今我才只有四十岁，就说老，也是徐娘半老，风韵犹存啊！你在外面能和不三不四的女人勾搭，我……不行！我不能勾引别人家的男人，男人都是馋嘴猫，一定一勾一个准儿，我可不能拿他们的错误来惩罚我自己！不是左手和右手吗？我偏叫你对我有感觉，勾引别人家男人算什么本事？把自己家男人引诱得团团转，那才叫本事呢！

想到这，我去街上烫了个头，又买了件睡衣。

现在，他又一心一意跟我过日子了。

我想，王子和公主结婚后，也和我们一样，有过无数次争吵，有过无数次彷徨，但最终，还是坚定地厮守在一起。其实，浪漫与激情如同节日的烟火一样美丽却稍纵即逝。两口子相濡以沫，把婚姻进行到终老才是最美的爱。

# 二蛋病了

忙完农活，丽香回娘家去了，阿水一个人坐在炕上吸烟，整个家就成了云雾缭绕的"仙境"，丽香在家的时候他可不这样，倒不是怕丽香，只是不想因为这点小事影响家庭的和谐，男人嘛，就要有个男人的样儿。他咳了几声，走出家门，去了二蛋家。

二蛋是他的邻居，上辈子不知道有啥仇怨，两家从不来往，就连年龄相仿的他俩，见面也只是点个头，没有更多的来往。他从没进过他家，更别说往这院子里瞥一眼，现在，终于可以大大方方地看二蛋家的房子了：四间大瓦房，红艳艳的屋脊，白闪闪的瓷砖墙，真漂亮，曾经的土坯房早已湮没在历史中，小云为这个家付出的太多了。每当想起小云，一阵酸楚就涌上心头。

二蛋和小云已经从屋里看到了他，笑容满面地迎出来："阿水，快进来。"

阿水坐在热乎乎的炕上，喝着小云递过来的茶水，和二蛋聊天，打听二蛋的病情。一个月前，他刚知道二蛋得了尿毒症时，直觉得天旋地转，整个世界一片空白，这病像一座大山重重地压在他的心里。他早就想过来看看二蛋，帮他分担一些忧愁，可他到底没有，他不知道如何面对小云，他一直呵护着心中的伤痕，一味逃避，只是让丽香把一千块钱送过去。二蛋的病情暂时很稳定，每周去县医院做两次透析；二蛋不去透析的时候，在家什么都能干……这一切，都是丽香有意无意说出来的，村里别人也在谈论，在这闭塞的小村庄里，谁家两口子打仗、孩子考大学都是全村的新闻。

听着二蛋说发现病症、治病的经过，阿水不禁想起二蛋结婚前，他跑过来把二蛋揍了一顿。他暗自苦笑，那时太年轻了，失恋后小云执意要下嫁，与二蛋有什么关系？此刻，二蛋大概早忘了当年的不快，亲切地坐在他的对面，亲如兄弟。他把手伸进衣兜，掏出一个厚厚的信封放在炕上，真诚地说："二蛋，你病了，需要钱，我这两万块钱在家闲着，先借给你，等以后你好了，再还我。"

"不用了，还有钱呢。"二蛋连忙把钱塞还给阿水。

撕扯中，阿水把脸一沉："二蛋，你不拿我的钱，你心里对我有想法，防备我？"

"阿水，你上次让丽香送过来的一万元钱我们还没花完呢。你们两口子这么热心，日子过得这么好，防你啥，是我们心里过意不去啊。"

"看你说的，乡里乡亲的。"

阿水把钱硬塞给二蛋，一身轻松地走回来，一边走，一边轻快地骂着："这个胆大包天的丽香，这个平时看着没心没肺的丽香啊。"

二蛋的病，毫无征兆地重了，住进了医院。

阿水两口子奔进医院，小云满脸愁苦地说："要尽快换肾，可上哪找可匹配的肾源呢？"

丽香攥着小云的手："能找到肾源的话，我家还能拿得出钱。"

阿水怔在那里，他简直不认识眼前这两个女人了，平时寡言少语的丽香，关键时刻竟能说出这么暖心的话。小云呢，那光洁水嫩的鹅蛋脸早已写满了岁月的沧桑，当年明明是他负了小云，小云却执拗地嫁给了他的邻居，选择在他的附近生活，二十年了，他何曾给她半点呵护啊。他不由得低下头去……

半晌，他像想起了什么："二蛋是什么血型？"

小云嗫嚅着："B 型血。我已经检查过了，不匹配。"

阿水盯着小云满眼的哀愁，恍惚间，仿佛回到了二十多年前，小云得知他是 B 型血，兴奋地说："咱俩血型一样。"她是怎么说的，那温情的话语仿佛仍萦绕在耳际——"以后咱俩谁需要输血的话，可以给对方输血了。"

现在，小云倒是健健康康地站在他的面前，可二蛋要是有个三长两短，小云这后半生怎么办？

阿水不知道丽香又和小云说了什么，也不知道他和丽香怎么回的家，他躺在炕上，一句话也不说。

"你怎么了？"丽香怯怯地站在了面前。

他一翻身坐起来，眼睛四下里看看，最后一咬牙，问："你为啥背着我给二蛋家拿一万块钱？"

丽香委屈地抽了抽鼻子，说："我知道你的心事。"

阿水从烟盒里抽出一支烟，拿在手里，又见丽香站在面前，刚想起身到外面去吸，却又没动，索性在丽香面前点燃，吸了一口："丽香，你知道吗？我是 B 型血。"

## 翠兰的离婚证

翠兰拉开抽屉，那本绿色的离婚证刺痛了她的眼，提醒着她是个离婚的女人。

20 世纪 80 年代的大台山村，还是嫁鸡随鸡、嫁狗随狗的风气，男人女人生气了，打几下，女人跑回娘家住几天。离婚，翠兰是头一个。

翠兰也不想离婚啊，她仍然守在这里，这是她的家。孩子们常回来看她，听她长吁短叹，或气呼呼地数落爸爸几句，翠兰阻止他们，她不喜欢听孩子们说爸爸的不是。

可翠兰想不明白丁凯为什么要离婚，刚离婚那阵，她以为丁凯要跟刘丽过。丁凯跟刘丽好，这是她亲眼看见的，那天她在院子里择菜，看见丁凯从县城回来，提着大包小包的东西，拐进了前院刘丽的家，翠兰支撑着颤抖的双腿，在院里站了一个多小时，丁凯空着两手出来，她才拖着几乎虚脱的身体回到屋里，像没事一样继续操持家务。

刘丽有什么好，没自己个子高，没自己长得好看，甚至也不比自己年轻，连她男人都不要她，丁凯怎么可能看上她呢？可丁凯就是要离婚，任翠兰怎么哭怎么闹怎么求他，三个出嫁的女儿跪成一溜儿求他也不行。被丁凯硬拉去离婚那天，翠兰就暗暗地想：你要是搬到刘丽家去住，我就死。可丁凯并没和刘丽过，而是去了县城。

翠兰抓起那本离婚证，像抓着一片仙人掌那么刺手，丁凯啊，你为什么就不跟我过了呢？结婚那天你说一辈子要对我好，你都忘了？！刚结婚那阵穷得吃糠咽菜的日子，你都忘了！我整天伺候你，对你言听计从，你都忘了……现在，孩子们都大了，好日子刚搭头，你却当了陈世美，四十多岁了，你咋就不想想以后呢？！

翠兰的泪大颗大颗滴在离婚证上，珍珠般碎裂。

如果不是丁凯逼迫她，就算死她也不会离婚的。丁凯提出离婚那天，理由只有一个——姓赵的回来了，你跟他过吧。

用这个理由来离婚，这不是胡闹是什么，如果丁凯真不原谅她，那为什么十七年前不离婚？难道是因为姓赵的回来了，他看着生气？这个该杀的，怎么不死在外面，老了还回来干什么？她在心里悄悄地骂。丁凯是想试探她？可离婚半年多了，她并没有跟姓赵的说过一句话，连看都没看过他一眼，难道自己就那么不值得信任吗？不管他相不相信自己，她都跟姓赵的再没有任何瓜葛了，家永远在这里，他永远是孩子们的父亲，他在外面折腾够了，回家来，炕永远是热的，饭菜也都是热的，翠兰的脸也会是笑的。

翠兰不由得摸了摸自己的脸，这不是贱吗？这个狠心贼说不要自己就不要了，可能管住自己的心吗？19岁嫁给他，就一心打算跟他过一辈子的，吃好吃歹穿好穿歹，这是自己的家，他是为自己遮风挡雨的男人，有他在，就有家在，心里就踏实。

翠兰正胡思乱想着，女儿走了进来。

"大丫，找到你爸没？"

"妈，你别管他了，他自作自受。"女儿别过脸，噘着嘴。

"你爸咋的了？"

"瞧瞧你，忘了跟你吹胡子瞪眼睛非离婚那阵了，现在，你还关心他有啥用？"

"你说的什么丧良心的话？小心我大耳刮子抽你。我不管他你也要管他，跟我离不离婚他都是你爸。"

"带我去。"翠兰换了一身衣服，跟女儿去了县城。

女儿把翠兰带到城边一条逼仄的胡同尽头，指着一间低矮的小平房门，翠兰自己走进去，女儿在外面等。

丁凯正在收拾门前的纸壳等废品。

翠兰连忙走过去帮忙，丁凯说："脏，不用你。"

"跟我离婚就为这？"

"叫你去跟姓赵的享福嘛。你这个死心眼啊，他现在更有钱了。"

"你不要老把我跟他扯在一起好吧？多少年前的事了，你为什么不能放过我呢？有钱没钱，我只跟你才觉得舒心。"

"我一直以为你喜欢他，因为我自私，不舍得离开你。"

"我没有，我从没有喜欢过他。那回，还不是因为你去当民工，咱家一点米都没有了。你为什么总不相信呢？"

"我相信，可我要是死了呢？"

"别说丧气话，我听大丫说了，你真傻，有病咋不告诉我，卖房子卖地我们也不能耽误看病啊，我不许你死！"

翠兰把头靠在丁凯的肩膀上，泪水又一次涌出了眼眶。

"哎呀，你看我多脏。"丁凯轻轻推开了翠兰。

# 归　途

他在寒风中踉踉跄跄地走着，脖子使劲往衣领里缩，家不远，可他走了很长时间。家门前的这条道，早铺上了水泥路面，他却走不稳，他喝得太多了。

那家小吃部的灯光昏暗暗的，满屋子的烟雾，他就着一盘韭菜炒鸡蛋，一杯接一杯地喝，六十度的烧刀子咽下去，喉咙顿时灼痛起来，好酒，有劲。他以前很少喝酒，朋友聚会也只是一两杯啤酒，小酌而已。可今天，他是来买醉的。他心里有很多苦，不能说给任何人听。

"服务员，再接一杯。"

"你炒的什么菜啊，你们饭店买盐不花钱吗？这样的菜，还不如我老婆炒的呢！"

一杯酒下肚，他开始喋喋不休地唠叨。服务员一笑，转身回厨房了。

这家小吃部真冷清，除了他，一个顾客也没有。

他一个人清清静静地喝酒，想着自己的心事。

喝一口酒，夹一两段韭菜，或一小块鸡蛋，他不敢多夹，他口轻得很，老婆炒菜时，用标准的盐勺舀上一半，一边翻动着菜，一边笑着对他说："少吃盐相当于补钙，咱都到骨质疏松的年龄了，该保养身体了。"

是啊，老婆总说要爱惜身体，珍惜现在拥有的一切，可自己怎么头脑一热，就都忘记了呢。如今，坐在这里喝闷酒，一支接一支地吸烟，把屋子弄得烟雾缭绕。

他咳嗽了两声，仍不肯扔掉手中的香烟。他就要这样，醉死算了。

他用几乎不听使唤的手摸了下脸颊，湿湿的，他流泪了吗？一个大男人，好久没有哭过了，上次流泪，还是因为女儿刚出生的时候，娘在家一个劲地骂："该死的女子，没安好心，专门要咱家绝户来的。干脆把她送回去，咱再娶一个。"家里有没有男丁，对娘来说是天大的事，村里人也很看重这些。

到他这辈，已是三代单传，刚结婚那会儿，娘就给老婆弄这样那样的偏方，一心指望着她生儿子，没想到，到底还是生了女儿。他心里酸酸的，老觉得这辈子，最对不起的就是娘。

年纪一年比一年大了，两鬓不知什么时候长出白头发了，每年去给娘上坟时，他都想起娘的憾事，到他这辈子，咋就绝户了呢。

那天同事请客，喝高了点儿，新毕业的小马一个劲地向他抛媚眼，他就晕了。他不知道怎么上了小马的床。第二天回到家，老婆那两道美丽的娥眉都竖起来了，他把胸脯一挺："怎么了？我就是在外面有别的女人了又怎么样？连个男娃都生不出，你还有理了?! 我还不跟你过了呢!"

他摔衣服，摔手机，摔茶杯，把拿到手的东西都摔在了地上。他知道自己有错误，所以虚张声势。

老婆怔怔地看着他，一句话也不说。

"爸，你这么说话我和妈多寒心啊!"上初中的女儿哭着嚷。

"我要男娃，我要男娃你们知道吗?"他恶狠狠地对女儿说。

没想到老婆那么钻牛角尖，一向百依百顺的老婆竟执拗着非离婚不可。

离就离，跟小马结婚还兴许能生男娃呢。

他兴冲冲地来到小马家，掏出绿色的本本给她看："小马，我是负责任的人，我离婚了。"

小马先是愣住了，继而大笑起来，笑得前仰后合的。

"蔡工，您真逗。"

"小马，我诚心娶你，我一定会对你好的。"

小马又捂着嘴"哈哈"大笑了一阵子，好不容易才忍住，捂着肚子说："蔡工，谢谢您的好意，您还是快点回家吧。我怎么会嫁给您呢，我有男朋友的。"说完又银铃般地笑了起来。

"小马，你怎么这么不严肃，那天……"

"那天什么都没发生啊，那天你喝多了，真的。"

他摇摇头，走了出来。

再回家，门锁已经换了，他住在办公室里，每天晚上把自己灌得酩酊大醉。以前喝醉，都是女儿跑出去给他买解酒茶，现在，他被酒烧得口干舌燥，要是女儿在身边该多好啊。

他又喝多了，又踏上了这条走了三十来年的路，他又回来了，是的，他天天回来，不管老婆开不开门，他都天天晚上回来敲门。

他一下子撞在门上，拍打着门板："老婆，老婆开门啊。我知道错了，再也不敢了。"他一下接一下地敲门，嗓子嘶哑地喊。

他不知道自己敲了多久，只觉得身子越来越软，他顺着门滑倒在地上。

屋里灯亮了，只听屋里女儿带着哭腔说："妈，别忘了他说要男娃……"

没有老婆的声音。

门"吱呀"一声开了。

## 墙

肖宁呆呆地坐在炕上，圆圆的大眼睛盯着窗外，孔凌希一趟又一趟地，把垛在房后的树枝抱过来，摞在她家和隔壁春子家中间的矮墙上。

矮墙很矮，平时肖宁站在墙边一抬腿，就跨到春子家去了。肖宁去年结婚住进这间小屋后，便三天两头跨到春子家，跟春子探讨十字绣的花样，做点好吃的也端过去一碗。肖宁不跨过去的时候，春子就跨过来，两个女人年龄相仿，整天黏在一起，有说不完的悄悄话。

孔凌希默默地抱着，把树枝使劲地压在摞起来的树枝上，再咬着牙按下去，树枝结结实实地绞在一起，一点一点地，成了一面树枝墙。看上去暖烘烘的，家里有男人，心里就踏实多了。回想起昨晚的情景，肖宁还心有余悸，她躲在屋里始终没出去，可她的目光一直跟随着，一心巴望着墙快点变高。孔凌希经常上夜班，春子总有回娘家的时候，她再不能受到惊吓。

肖宁看着渐渐升高的树枝垛，她觉得自己举起双手，都够不着最上面那捆树枝，她要是站在墙边，也看不到春子在做什么了，再也不可能一步跨到春子家了。想到春子，她的心不由得隐隐作痛：春子从娘家回来，一进院，第一眼看到的就会是墙变高了，春子会怎么想？

春子看到墙，就会知道发生了什么。她会像亲临现场一样猜测到阿飞的劣行，她的心里该是怎样的哀伤啊！她早就知道阿飞是什么货色，这也是他俩总打架的原因。春子会因为这件事和阿飞打架吗？阿飞能打她吗？无论怎样，她都不能像过去那样去劝架了。

没有春子的日子，肖宁总觉得生活缺少了些什么。春子一定回来了，失去了她这个知心朋友，春子也痛彻心扉吧？隔壁一点动静也没有，她能感觉到春子做家务时都蹑手蹑脚的，好像在故意躲着她。她把耳朵贴在墙上，却什么也听不到。可怜的春子，其实她仍把她当朋友，从来没有改变过。

好几次，肖宁听到阿飞骑着摩托出去了，她真想立刻冲到春子家，抱住春子说她们还是好朋友，可她像钉在了家里，一动也没有动，她从来没从正门去过春子家，她也不知道怎么说起。

孔凌希每天上班的时候都跟她说，别闷在家里了，出去走走吧。她也认真地想过这个问题，可去哪呢？除了春子，她跟附近的人家都不熟，她也不喜欢一个人在街上闲逛，她不是游手好闲的人，还是待在家里安全些。

百无聊赖，她站在窗前，看着外面被黑压压的树枝墙圈起来的四角天空，她几乎要窒息了，她憎恨这面墙，这面墙时刻提醒着她，和春子在一起无忧无虑的日子一去不复返了。她给自己安排很多事情，忙起来就会忘掉春子，忘掉墙。

可肖宁忘不掉，总在不经意的抬头间，就看到黑森森的墙，耸立在她和春子之间。墙仿佛变成了一道绳索，锁住了她。她要发疯了，她幻想自己成了武林高手，一个降龙十八掌，树枝墙轰然倒塌，然后她一脚跨过去，抱住墙对面的春子，说："我好想你。"

她推不动，孔凌希垒的树枝密密匝匝的，结实得很。她也不可能让孔凌希大半天的工夫白费。

一天两天，肖宁劝慰着自己，劝着劝着，她就不由自主地按动了手里打火机的开关……树枝燃起来了，一簇小小的火苗跳动着，舞起明亮的光芒，一点点变大，映暖肖宁的心，她望着燃烧的树枝拍手大笑，孔凌希从屋子里跳出来，拎水熄灭了火。

孔凌希带肖宁去看心理医生回来，一个中年妇女正在开春子家的大门，肖宁跑过去："春子还好吗？"

女人很疑惑地打量着肖宁，得知肖宁是邻居后，说："春子？我不认识呀，我是新搬来的，以后常联系啊。"

肖宁闷闷不乐地走回来，见孔凌希正把树枝一捆一捆地从墙上搬下来，她突然发现，天空好辽阔啊。

# 早 春

乍暖还寒时候，最难将息。今年的桃花大概又不会开了。文子望着窗外满地的冰雪，就仿佛掉进了冰窖。

"妈妈，我们出去玩吧。"儿子走过来抱住了她的腿。

"跟爸爸去吧。"文子看了眼正在上网的恒，皱了皱眉头。

恒一天到晚在外面忙，难得在家待个周末，却一屁股坐在了电脑前，不跟她说什么，跟孩子也很少接触。文子觉得离恒好远，这样的日子，真让文子压抑。

恒摸着儿子的头，眼神从电脑屏幕移到了文子的眼睛上，征求着她的意见："咱们去北山吧？"

文子犹疑着看看窗外，阳光很明媚，这样的好天气，真该带孩子出去玩玩，北山有很多运动器材，又有山有水有凉亭，是个好去处。

他们开始穿外套。

恒一边关电脑，一边自言自语："有个材料，等明天上班再做吧。"

临走前，文子又在嘴唇上涂了点口红。

到了北山脚下，一下车文子就不由得把羊绒大衣紧了紧，春寒料峭，她打了个寒战，但她立刻挺直腰杆，装作没事的样子。她已经好长时间没和恒一起出来走走了，男人总是忙，总是在外面，虽然她知道恒在支撑着这个家，可她总有一种母凭子贵的尴尬，不知从什么时候开始，她觉得自己好像是家里的椅子，或衣柜，成了家里的一个摆设，恒对她没有任何感觉了。

恒熟视无睹的态度让文子几乎要发疯了。每天，恒上班走出去，门"咣当"一声重重地关上，她坐在笼子里，一遍遍审视心上的伤口，再把没有感觉的婚姻维持下去，对她来说简直就是一种耻辱，她要改变这种状况。她每天细心观察，甚至请了私家侦探，恒没有出轨的迹象，那是什么让家庭变成了一潭死水呢？太沉闷了，沉闷得她几乎火山喷发，沉闷得她就要枯萎死亡。

她正在沉闷里苦苦挣扎，恒约她去爬山了，她如何能退却呢？

封存了一个冬天的白雪还是那么晶莹，那么纯洁，一堆堆一片片地铺在山上，像一幅恢宏的水墨丹青画，让人豁然开朗，树上的积雪早在阳光的抚慰下化作了一个个乒乓球大小的绒球，真招人喜爱。她陶醉在水晶般的童话世界里，应该把相机带来。

"我用手机给你拍。"恒在她身后拍了拍她的肩膀。

她转回头看了恒一眼，摇摇头："我只是想把这美丽的早春留住。手机像素不好，算了吧……"

"咱家相机的像素也不太好，以后我给你买个专业的照相机，让你背着到处去拍照。"

"好啊。"她笑起来像阳光般灿烂。

不知是谁发起的，一大一小两个男人用路边的雪块打起雪仗来了。恒一手拿着一块雪，专门攻击儿子的脚下，儿子跳来跳去躲闪着，趁恒弯腰捡雪块的时候，跑到他身边扔雪块，这样命中率高些，孩子打中了，山上回响着一串串开心的笑声。

他们玩得多开心啊。

她站到了路边，一会儿看看恒，一会儿又看看儿子，心里有种百花齐放的绚烂。

突然，一块雪在她的脚下开了花，转过头去看，恒正拿着雪块，脸上漾着胜利者的笑意。

她来了兴致，弯腰捡起一块雪扔过去，噘着嘴佯装生气地嗔着："你敢打我？"

恒的雪块像子弹朝她和孩子飞来，他们也奋力还击。她忘记了寒冷，浑身都热起来了。

回家的路上，她悄悄地对儿子说："让你爸下周末带你放风筝吧。"

## 生活下去

不经意地，文子的眼睛瞭到了电脑右下角的时间，已经 11 点 25 分了。文子急了，连忙把屏幕上的文档保存了，三步两步跑进厨房。要知道，老公快回来吃饭了。她一把拎起饭锅盖，一股白色的雾气裹挟着米饭的香味直扑到文子的脸上，文子顿时感到有点饿了。

她来不及想太多，紧接着掀起菜锅盖，把锅端到水池下，麻利地刷了两圈，倒出水。锅在文子的手中，飞快地划了一道弧线，仍放在燃气灶上。这时才想起，忘了把肉从冰箱里拿出来，那就素炒干豆腐土豆片吧。油已在锅里噼噼啪啪地响，文子顾不得厚薄与形状了，拿过来随便切几刀，油已经冒烟了，连忙把菜一股脑丢进锅里，扒拉几下，再去切葱花，放花椒、盐、水，总算做完了。她盖上锅盖，又急急忙忙跑回屋里，她的文章还没有写完。

有钥匙插进锁孔的声音，"老公，你回来了。"她一边招呼着，一边点保存按钮，跑进厨房端饭、端碗，打开菜锅尝一口，刚好熟了，她长吁一口气，把菜盛进碗里，"吃饭吧。"

老公坐上自己的位置，端起碗来吃饭。一口菜放进嘴里，眉头不由得皱了："文子，我真是纳闷，你做的菜咋就这么不好吃呢？"

文子当然知道原因，她调皮地一笑："嘿嘿，有人做的菜揽胃，有人做的菜不揽胃，我恰恰是不揽胃的那个。"

十来年了，老公拿她也没办法，索性不再说话，无奈地下咽着毫无味道的菜。

吃过了饭，老公走到客厅沙发前，他的声音提高了："文子，早上我特地叫你收拾一下沙发的，你看看，简直像一座山，连坐的地方都没有。"

他的手指向了电脑："你整天就知道鼓捣这个，鼓捣啊鼓捣，一天到晚，什么都不做。下午我就把网撤了。你看着。"

文子凑到老公的身边，拉过他的胳膊："咱俩现在收拾吧，你帮我。"

老公帮她把沙发上的衣服、书、吃的归了类，放到该放的地方。

刚坐到沙发上，他把手伸向文子，大概是想亲热一下，可没有，而是又把脸沉了下来："文子，你没看见地这么乱嘛，你一天一天在家待着，咋就不知道干点啥呢？"

文子把嘴噘起来了："我不干，你回来了就干呗。我这部书稿很急的，这个星期必须给出版社发过去。"

"你整天写那些有什么用？能当饭吃吗？你整天无所事事，学学厨艺有多好，哪个女人像你，老公孩子都伺候不好，你还能干啥?!"

"当初你不就是看上我的文采了嘛，忘了吗？你说我是小才女。你说咱俩一文一武，文武双全。"

"提起当初我肠子都悔青了，文子，你实在不适合结婚，你一个人，整天写啊写，多好。何苦累我和孩子跟你受罪。"

"孩子觉得跟我在一起很好啊，我给他讲故事，他很爱听的。"

"认字的女人都能给孩子讲故事。"

文子生气了，扭过身子不再理老公，她开始读电脑屏幕上的文字，希望能找回吃饭前的思路。

老公也生气了，看着文子的侧影怄气。他在思忖，到底要不要把这段婚姻维持下去，他也想过离婚，可一想到这个问题心就痛，他舍不得孩子，舍不得和文子相爱时的美好时光，他不知道那段越来越久远的过去还能温暖他多久。

正想着，一阵舒缓的音乐铃声打断了他的思路，文子按下手机的接听键："曹导演，你好。我的剧本通过了！要开拍了！太好了，谢谢，谢谢您。"

文子丢了电话，一下子扑进老公的怀里："我的剧本要拍电视剧了，太好了。"眼泪弄湿了老公的脸。

老公搂过瘦瘦的文子，心又一阵疼痛。

## 午后，一个人的暧昧

在床上辗转反侧一个多小时，还是睡不着，百无聊赖，婉儿一骨碌爬了起来，挠挠头皮，望着镜中无精打采的样子，去东尼美发店，把这一头烦恼丝剪掉，就能振奋了。年轻时失恋，她就去剪发，长发一绺一绺被剪掉，好像忧伤也正缕缕飘去，镜中短发的新我，不再是那个伤感的旧我了。

东尼美发店就在楼下，门半开着，婉儿撩起门帘走进去，一个大男孩从床上一跃而起，"姐来了，想怎么做头发？"

婉儿一屁股坐在靠门的那把椅子上，面无表情地说："剪短发。"

"剪短发？你疯了？"男孩瞪着眼睛，张大了嘴巴。

"剪短发。"

"长头发适合你的脸型，还能经常变化。剪短发，你会后悔的。"男孩斜靠在婉儿对面，一边摩挲着她的一绺头发，一边耐心地劝说。

"我就要剪短。"婉儿发了脾气。

男孩叹了口气，洗头。

婉儿躺在躺椅上，听男孩试着水温，把温和的水淋在她的头皮上，手指轻柔地在她的头上抓着，婉儿的心也随着水流平缓下来，真舒服。她在躺椅上扭了下身子，尽情地享受男孩手指温柔的抚慰。

重新坐回椅子上，婉儿偷偷在镜中观察男孩，他二十来岁，一张有棱有角的脸，裸露的胳膊上满是肌肉，浑身上下都充满了阳光和活力。年轻真好，她呼吸着男孩散发出的淡淡香味，有点迷醉，仿佛自己又回到了十八九岁的年纪。看着帅气的男孩子，她真想再谈一场恋爱。

再看镜子，婉儿发现男孩并没有拿剪刀咔嚓咔嚓地剪头发，而是在一绺头发上，抹了很多白色的膏，两只手交替着飞快地打理。

"我要剪短发！"头一次碰到这么不听话的美发师，婉儿皱起了眉头。

男孩嘴角上扬，微笑着说："我不会给你剪的，我给你做个营养，再梳个好看的发型，保管你开心。"

"你怎么保管我开心呢？"婉儿在心里坏坏地想。

男孩把婉儿满头秀发都涂抹上了营养膏，加热的工夫，男孩坐在了婉儿旁边："姐，让自己变个样子的办法有很多种，变个样儿就快乐了。人生是丰富多彩的，快乐要靠自己去争取。"男孩喋喋不休地说着。

婉儿盯着男孩的眼睛，仿佛他的眼神是一片温柔的沼泽，婉儿心甘情愿地沉坠，沉坠，她想伸手摸一摸男孩胳膊上的刺青，她想摸一摸男孩手臂上的肌肉，她想摸一摸男孩细嫩的脸，她想躺在床上……

男孩挪走加热器，给婉儿按摩头部，婉儿闭上眼睛享受。自从丈夫带着"狐狸精"跑了之后，她好久没有这种舒怡的感觉了，她真想时间就此停住，男孩一直按摩下去……

她睁开眼睛，镜中的男孩仍专心致志地用手背轻轻敲打着她的头部。

"你有女朋友吗?"

"她在南京上大学，大三了。"说起女朋友，男孩微笑着，一脸的幸福。

"这么远，不能经常见面呀。"

"我们每天都通电话。"

男孩刚按摩完，电话铃就响了，男孩得意地说："她打来的。"

婉儿点点头："去接吧。"

看着男孩对电话轻声软语，一脸的柔情，婉儿咬了咬嘴唇，站起身，来到水池边，把水温调到冷水阀，毅然把头伸了过去。

## 软　肋

明子叫嚣着，把一纸离婚协议书拍在了月儿的面前。

"离就离，这种日子谁要过?!"月儿一把拔下笔帽，明子的字像一团一团蜘蛛网样地纠结在纸上，她好不容易才看清楚离婚的条件。

月儿的手软了，再提不起笔，不争气的眼泪扑簌簌地落下来，湿了明子的蜘蛛线，蜘蛛线融化了，变成一只只小蜘蛛，啃噬着月儿的心。

这算什么离婚条件? 该死的明子，不想离婚还嘴硬，一点道理都不讲。算了，他要是知道悔改，日子也不至于过到这步田地。

月儿的心早就凉了，要不是为了小妮，月儿根本不会跟明子委曲求全这些年，想起小妮，月儿的泪就止不住往下掉。

好半天，泪干了，月儿拿着明子的蜘蛛窝走出来，生硬地说："你的条件我不能答应，但我跟你也过不下去了，房子、地我啥也不要，我这就带小妮回家。你想好了，我就给你手续。"

月儿拎起早已收拾好的箱子，向门口走去。明子一个箭步冲上来，拦在月儿面前："小妮没离开过我，她想我，会上火的。"

"她有什么好想你的，跟你这样的爹好吃好穿的啥也没有，想你干啥?"

"我是她亲爸，你竟逗孩子上火，你把孩子作祸出病来你就不作了！"明子狡黠地眨眨眼，伸出胳膊想抱一下月儿，月儿厌恶地推开他，后退了一步。

"你不是说离婚吗？达不成协议上法院吧，离了你成天成宿出去玩，再没人管你！"

"上法院要花钱的，这钱给你和小妮买衣服多好。你今年连件新衣服都没买。我不赌了，开春我就出去打工挣钱，挣钱给你抓个猪羔子让你养，我要是再赌，你大耳刮子扇我，怎么样？"明子握住月儿的小手，往自己脸上贴，月儿用力挣出来，回里屋躺着怄气。

结婚第三年头上，月儿的肚子还一点动静也没有，婆婆说话便夹枪带棒了，明里暗里叫明子休了她再娶，明子不知和母亲吵过多少回，叫母亲不要管他们的闲事。也就在那个时候，明子开始和村里的几个赌徒勾搭上了，常常整宿整宿地在外面打麻将、推牌九，输得一个子儿不剩才回来。月儿好言相劝，可明子就像鬼迷了心窍一样，一门心思在外面赌，月儿想：有了娃，他的心就会收回来的。

后来有了小妮，婆婆也去世了，月儿腰杆硬朗了，她又吵又闹，拦着明子不让出去赌博，还抱着小妮，把明子的麻将桌掀翻过两次，可明子仍偷偷溜出去赌，把家具都输光了。家具被拉走后，月儿收拾收拾东西，拉着小妮的手就走，走到门口，小妮问妈妈："咱俩去哪呀？爸爸找不到咱俩咋办？我要我爸爸！"小妮哇哇大哭，往后挣着说什么都不走。

从那以后，月儿咬着牙，再没有了走的念头。

小妮搂着明子的脖子，把这件事告诉了他，可他一点都不收敛，这不，眼看就要过年，把明天就要杀的肥猪都输掉了，这日子怎么过？

小妮，总是拿小妮来要挟，就算小妮是她的心头肉，她舍不得让小妮的世界有半点阴影，可总不能喝西北风吧？他不想好好过，为什么还偏要这样揉她的心呢？

"非离不可。"她跳下床，"去法院，今天说什么都不跟你过了。"

明子见月儿这样斩钉截铁，不由扑通一声跪在地上，"你当真不信我开春去打工？你跟我过，我才能好好过，你不过了，我还活得什么劲?!"明子把泪糊了一脸。

月儿哪受得了明子这样，她捂着脸失声痛哭起来，这回一定不能再纵容他了……

## 为母亲而活

终于等到了今天，今天，我站在了台上，台下掌声如潮，弥漫在整个广场的乐曲如潮，我心亦如潮，随着时而舒缓时而激荡的乐曲，我在台上翩翩起舞，仿佛一只美丽的蝴蝶翩翩于花间，又如一只矫捷的海燕振翅于海上，我陶醉在舞里，想起了我的母亲。

十年前，我的母亲就离我而去了，如果她能看到她的女儿在台上跳舞，该多好啊。想到母亲，我不由得一阵心酸，觉得亏欠母亲的太多了。

小时候，我一直怨恨母亲，质问母亲为什么要生下我，为什么不是一生下我就把我掐死？每当我泪流满面地哭闹，母亲就会一把把我抱在怀里，"小樱，小樱"地叫着，我挣脱着，叫嚷着，丝毫不在乎她的战栗，我用小手拍打着她，不管是打在她的头上，还是身上。我知道我不是一个懂事的好孩子，常常把她给我做的好吃的推掉在地上，或者，她刚给我穿完衣服，摸着我的前襟告诉我："今天妈妈给你买了件新衣服，你穿着很漂亮的。"她一走开我就滚在地上，我不接受她的任何好意，这样我的心里才舒服。我是一个早产儿，母亲怀孕六个月就生下了我，我出生后就待在保温箱里，可保温箱的灯光刺瞎了我的双眼，我从来没看见过母亲的样子，我把她想象成魔鬼一样狰狞。我恨她，我恨这个黑暗的世界。

再长大一点儿，我发现我没有父亲。我从未见过父亲，没听过父亲的声音，我的父亲从来没有出现在家里过。我问母亲，她说："我们俩不是挺好吗？"挺好吗？她觉得有我这个残废女儿挺好吗？她说生活很好，她越这样说，我就越恨她。

邻家婆婆曾说过我的身世，父亲发现我双目失明后，对我彻底失去了信心，和母亲商量把我扔掉，母亲舍不得我，说什么也不同意，他们吵了一次又一次，终于，过不下去了，父亲走了，留下母亲一个人照顾我，而母亲，为了让我舒舒服服地生活，再也没有找过别的男人。

大概就是从那天起，我开始认真感受母亲为我所做的一切，跟我说的每一句话，我开始在母亲的引导下学着穿衣服、洗碗筷、扫地，帮她做一点力所能及的事，她总是语调轻快地说："小樱真懂事。"听到夸奖我就"呵呵"地笑，母亲也跟着笑。

后来，母亲下岗了，我们开了家洗衣店，生活很困难，常常一连一个星期都只吃素菜，过年的时候，母亲也不再提我的衣服是否是新的，我常常一觉醒来母亲还在干活。记得有一天晚上，母亲还没有睡，我搂着母亲，心平气和地问："你为什么要含辛茹苦把我养大？"母亲轻轻地抚摸着我的头说："你很漂亮，很可爱，你是我的孩子，我喜欢你，有爱就有一切，不管人生多么艰难，只要我们在一起，就一定会克服一切。活着，尽自己最大的努力，好好活着。"

母亲声音不大，但我却把这句话牢牢记在了心里，尽管我是个残疾人，但我不是一个人，有母亲的爱支撑着我，我一定要努力活着，好好活着，让母亲高兴。在和母亲相依为命的日子里，母亲是我的精神支柱，我同样是母亲的精神支柱。

我长大了，有了丈夫和女儿，有了自己的家庭，在生活中，我常常想起母亲的这句话，坚持不懈，乐观地面对生活中的一切风雨。我在适当的时候，把母亲的话讲给了我的女儿，尽管她是个健康的孩子，但听到我真诚地表达爱，也非常愉快。

如今母亲去了，我在女儿的劝说下，参加了盲人老年舞蹈班，过上了幸福的晚年生活。听说要演出了，我们都紧张地排练着，虽然很累，但每当想起母亲的话，我都浑身充满了力量，要是母亲能看到她的女儿还能在台上跳舞，看到她的女儿一生都活得这么快乐，该多好啊。虽然母亲没看到，但母亲坚信我会生活得更充实的，这，在我的少年时期，母亲就预料到了。

# 白衬衫

　　早班车停了，一个面貌俊朗、文质彬彬的中年男人走了上来，站在我座位的前面。以我卖十年男装的经验，一搭眼我就知道他上身穿的白衬衫是玛萨玛索的。穿玛萨玛索这么高端衬衫的男人来挤公车，真是一道风景。我不禁多看了他两眼。他一脸的疲惫，看样子昨晚一定没睡好觉。我之所以有一丝丝的怀疑，是因为这件玛萨玛索的白衬衫有些褶皱，上千元的真丝面料轻盈纤薄，本是无褶皱的。一个成功的男士应该知道，细节决定成败，他不该容忍自己穿着一件有褶皱的衬衫出门啊！我仰望着这件衬衫想。

　　一个男人的衬衫有褶皱，这首先不能原谅他的妻子，都说"男人的身上带着女人的手"，一个干事业的男人，该有多少大事运筹帷幄，指点江山。作为在背后默默支持他的女人，不应该把衣服熨烫妥帖、皮鞋擦得锃亮吗？即使女人很娇贵，也该把衣服送到洗衣店，把皮鞋送到擦鞋店吧？这是生活中太小的事情了，我相信任何一个妻子，都能做到。我也相信一个热爱事业、生活的男人，同样是一个注意细节、懂得修边幅的男人。

　　也许是妻子跟他怄气了，赌气没为他熨衣服吧……男人在外面为事业奔波，在外面应酬回来得太晚了，又酒气熏天地说了些惹恼妻子的话，妻子反锁了卧室的门，男人只好在沙发上窝一宿，连衣服都没脱，导致这么不容易出褶的衬衫出了褶皱。但是，穿玛萨玛索衬衫的男人，我相信他的衣柜里绝不仅仅这一件衬衫，他为什么不换另一件呢？哪怕没有这一件高贵，至少整洁呀！

　　说不定，昨夜他根本就没有回家！对！要不他怎么没换衬衫？说不定他就睡在小三家里。工作终于有了点空闲，他跟妻子编了个理由就直奔小三那里。好久没去了，太缠绵，连衬衫都没来得及脱两个人就滚在床上，弄皱了衬衫。他不常来，豪华的大衣柜里装满了他为小三买的衣服，却没有一件是他自己的，他没有多余的衬衫可换。早晨，突然接到公司的电话，他要早到，所以，没来得及回家去换，也等不到商场去买，匆匆忙忙坐早班车赶去公司了。

他去了小三那里，他为什么没开车呢？穿玛萨玛索衬衫的男人应该有一辆宾利或者迈巴赫什么的，现在有车的男人随处可见。即使穿得不那么讲究，有辆车还是很方便的。也许，他在小三那里，受了气。男人还不都那样，在家里颐指气使，到了情人那儿，就会装孙子。他们都想体验一下不一样的人生。到头来，妻子离不掉，情人甩不掉，自己的烦恼自己知道啊！也许，这个小三是真的对他动了情，也许是看上了他的家业，总之非逼着他离婚不可。他本来是开车去的，想放松一下心情，也许是想做个了断，不想小三却闹起来了，他只好把车送给她息事宁人，或者，这个强势的小三根本就是在盛怒之下一把抓起他的车钥匙，扔进楼下的草地里，或者，扔进楼下的河水里……天太黑了，他怎么找呢？生气的他只好在沙发上将就半宿，天刚亮就拂袖而去了。也许，一身疲惫的他正准备回家寻找温暖呢，顺便找件整洁的衬衫换上。还是家里舒适啊，只要拉开衣柜，就能看到那么多有格调、有品位的衣服一件件整齐地挂在那里，随便拿起哪件穿上都非常舒服的。有自己衣柜的地方才是最安心的家。男人想到这里应该缓缓地松一口气吧。看来那个混蛋小三应该要下岗了。

我正沉浸在自己的幻想中，突然有音乐响起，我面前的男人把手伸进口袋，掏出一部样式老土的手机，放在耳边说："兄弟，我马上就到医院门口了……那我咋能不来呢？你对我家娃那么好，一直资助孩子上了大学，对我们家也这么照顾，听说你住院了，我连夜就坐火车来了。咱帮不了你啥忙，哪怕伺候你两天，也是大哥的一点心意啊！……现在农活都干完了，家里也不忙了，我知道你们家都忙，我来伺候你了。再过几天娃放暑假就来伺候你……快好了我们就放心了。我马上就到了，咱们见面好好唠唠……"

我瞪大眼睛，张大嘴巴，认真听着男人的电话，我突然想起，这件玛萨玛索衬衫是去年的款式。而我，离开玛萨玛索精品店也已有一年的时间了。

# 第二辑 我是你的四公主

## 又见新华

在好朋友顺子女儿的婚礼上，我一眼就看到了她。四十多岁了，还那么美丽，那么优雅。人群里，她也看见了我，四目相对，连忙转过头去，还是一脸的娇羞，我的心突然疼了。

恍惚间，我仿佛回到了那场婚礼——顺子的婚礼。顺子和我同岁，我却连女朋友都没有呢。正胡思乱想着，新娘被簇拥着走来了，我的眼睛当时就看直了，伴娘新华太漂亮了，身材娇小匀称，杏核眼，嘴角上露着笑。一整天，我的心都挂在伴娘的身上。

第二天，顺子一见我就说："昨天你那点心思我一眼就看出来了，那是我小姨妹新华，你们要是成了，咱俩还是连襟呢。"

一想到能跟顺子连襟，我的心里惬意极了，哼着歌往家走。初春的阳光和煦地拥抱着我，远处的柳枝仿佛被烟雾笼罩，一派生机盎然的景象。

此后，我和新华常常去顺子家后面的小树林里散步，聊天，在树墩上小坐。在这片多情的小树林里，我认识了蕨菜、猫耳朵；也平生第一次摸了女孩子的手，新华的白皙柔软、丝绸般细滑的小手。

半个月后，我跟父母亲敞开了心扉，没想到父亲听了火冒三丈，大骂我不长记性，指着我的鼻子叫我立刻分手。

我走出门，满心委屈，我只管女孩是否漂亮温柔，哪还记得她父亲是"文化大革命"时期的造反派头子，也忘记了我父亲在"文化大革命"时期突然由大学教授变成了牛鬼蛇神，受尽了新华父亲的折磨，导致卧病在床十几年了，他不止一次咬牙切齿地说要记住这个仇恨。可是，在善解人意的新华面前，我怎么可能想起"文化大革命"对我家的影响？阳光下，我突然没有了方向。

我垂头丧气地走到哥们家里，支支吾吾把事情的经过说了，嫂子立刻反驳我说："不可能，我爸可和气了，根本不是那种人，一定是重名了！"

新华也哭着说："'文化大革命'是历史性错误，即使真是我爸做的，他也不是存心要伤害你父亲。上辈子的恩怨，凭什么要我来承担？"

顺子更是急得直跺脚："过去这么多年了，我叔也该释怀了。"

我说："我爸爸付出的代价太大了，他怎么可能说饶恕就饶恕呢？"

我们四个人说来说去也理不清头绪，往日欢乐的天空布满了阴霾。

第二天早晨，母亲一推家门，看见新华和她父母就站在门口，母亲无可奈何，只好让他们进了门。

父亲却不接受，指着新华父亲叫他出去，一点也不能通融，还把新华摆在床前的礼品扔向了新华父亲。我第一次看到父亲如此失态，我大声阻止他，他却一巴掌打在我脸上，当时的混乱场面简直没法说。

新华和她父母狼狈地离开了我家。

下班后，我急匆匆来到了顺子家，想抚慰一下受到了委屈惊吓的新华，新华却没有来，嫂子说："新华也表态了，你们的事先放一放吧。"

我也累了，没有再去找新华。

事情过去一个月了，这一个月里，我饱受着思念和无奈的折磨，做什么事情都提不起兴致。

一个周末，我不由自主地来到了顺子家，碰巧，新华也在，她也瘦了很多，我心疼极了，决定什么也不管了，就要和新华在一起。

我们又来到了那藏满故事的小树林，沉默着，沉默着，相拥而泣。就这么紧紧地拥抱着，任谁，也不能使我们分开了。

一天，我刚跟新华约会回来，走到家窗前，听到母亲正跟父亲谈论我跟新华的事情，父亲说："他要实在愿意，我也不阻拦了，只当没这个儿子吧。"

父亲没我这个儿子！这句话比父亲打我一顿还难受。我在门口站了半天，强忍住眼泪，装作若无其事地走进门。

我约新华来到小树林，在我们常坐的那个树墩上坐了好久，再走出树林，新华就是我的亲妹妹了。

可是，我再没有见过新华，顺子说，新华跟父亲大闹了一场，放弃了国营工作，南下打工去了，加入了早期的打工妹一族。

这么多年过去了，新华早已被我尘封在心底，不曾想，在顺子女儿的婚礼上，她又如此惊艳地出现在我的面前。

我醉了，跟跟跄跄走回家，老婆瞟了我一眼，轻轻地说："不是叫你少喝酒嘛，自己血压高不知道？"

对了，我血压高，我得控制酒量。老婆说了，有我，是一个家，没我，她怎么活？

# 一个人的七夕

明诚大酒店。

预定了二楼走廊的散台——供一个人坐的小圆桌，一杯"玫瑰红"。

七夕，不是我的节日。但我偏要过。

没有一朵红玫瑰属于我。

我一低头，就能看见一楼的大厅。一张桌边，一个老女人和一个小女孩围着他。他们又说又笑，不用躲躲藏藏在包厢里面。没人能看出他们没有爱情，如何水深火热。如果说两年前我还相信他们一定会离婚，那么现在，我笑自己太天真了。

她不是黄脸婆，连半老徐娘都不是，三十刚过的美妇，雍容华贵。小女孩活泼可爱，在她们面前，我的青春太单薄了。

我不再疯狂地拨打他的电话，他一定又关机了。

我只要一纵身，就会跌翻他们的桌子，把他们桌上那一大束洁白的百合染成鲜艳的红色！

我厌倦了。

"玫瑰红"见了底。杯子剔透晶莹，握在手里，我仿佛听到了它碎裂的脆响。

纷乱中，我的手机响了，是一直追求我的那个男孩。

我没有接听。任由手机音乐铃声响到最后。

我不想跌下楼了。年轻，难免犯些错误。我原谅了自己。

我一步步走下楼，昂首经过大厅，我没有向四周看，但我相信我的美艳一定会令某些人瞠目。

我没有那闲工夫。

我的手机再次响起了动听的音乐……

## 去铁岭，看一朵一朵花开

去铁岭，此刻正是花开得繁盛的夏季。

爷爷说，去吧，铁岭那片沃土埋藏着无穷无尽的梦想，盛开着各种各样的希望，一离开就会魂牵梦绕一辈子。

铁岭的凡河小镇是爷爷当年下乡的地方。十九岁的爷爷刚走出校门，提了一箱子的书来到凡河河畔，凡河静静的水波和广袤的田野顿时让爷爷来了精神，爷爷带来的书香气使村民都快把知青住的厢房挤破了。歇工时，爷爷躺在青草地上看浮云，把自己融化在草盛花美的原野，村民们围拢过来，爷爷便给大家讲故事，隋唐演义，说岳全传，汉刘邦斩白蛇起义……爷爷的嘴里有数不尽的故事，开口就讲，滔滔不绝。

在田野里讲评书是另一番境界，一眼望不到边的田野是爷爷的舞台，风吹过树林的沙沙声在伴奏，偶尔一两声鸟儿的啁啾轻和着，爷爷边说边挥舞着一根柳枝当刀剑，忘情处仿佛自己就是一位驰骋疆场的大元帅。听众或躺或坐，也都入了神，吸引得草丛里不时有小花探出头来……

那天爷爷刚讲完一段三国，和大家一起趁着夕阳的余晖回青年点。

小琴走过来，叫住了爷爷，挺直着腰杆，她的大眼睛里含着笑意："春子，刚才你讲的，我隐约听到了几句，想跟你探讨一下，我觉得刘禅的禅，应该读成禅让的禅。刘备一共有两个儿子，长子刘封，次子刘禅，合起来就是封禅，这两个名字寄托了刘备想成就一番大业的宏伟志向。"

爷爷的头忽地大了，他感觉自己的脸在发烧，《三国演义》读了十来年，却总是不求甚解，在一个黄毛丫头面前栽了跟头。

"刘禅的读音一直有争议，具体应该怎么读，我也不太清楚，特来跟您讨论一下。"望着小琴眼里的真诚与友善，爷爷的尴尬消减了一点儿。

那个傍晚，爷爷和小琴慢慢地踱回村，踩着碧绿的绒毯，呼吸着野花的芬芳，爷爷和小琴从三国聊到四大名著的其他三部，说起曹雪芹的祖籍就在脚下这片土地，小琴一脸的得意。也就在这天，爷爷得知小琴的父亲是南方省城的一位大学教授，被打成右派后下放回了老家铁岭。

从此，爷爷的心里有了一个小琴。

每天干完活，两个人绕到凡河边，坐在绿茵茵的柳阴里，欣赏着远古的情致，聊文学，谈理想，听鸟叫，闻蛙鸣。农闲时，小琴便带爷爷去龙首山上采蘑菇，摘山里红；如果幸运，还能看见一两只松鼠呢。

铁岭从乡村到城市，都透露着一种大气的静美。没有小琴带领，爷爷还不知道有这么多迷人的去处呢。

后来，小琴把爷爷带到了她家，那是一个十分精致的小院，院子里种植了一大片芍药，正大朵大朵地昂首怒放，颜色那么鲜艳，光泽而明亮，简直就是一团燃烧着的火焰。爷爷顿时爱上了这个小院。

屋子里坐着清瘦的教授，小琴的妈妈把自家的李子、杏洗了满满一盘子，乐呵呵地招待爷爷，爷爷和教授聊着聊着，前途豁然开朗。

爷爷和小琴却没能走到一起。

那年恢复高考，爷爷和小琴的成绩在教授的指导下都有了很大的提高，可临报考时，小琴却执拗地说爸爸身体不好，她要留下来照顾爸爸。

爷爷去上学了，小琴送了一程又一程，临别，小琴掏出一朵绽放的芍药，放在了爷爷手中。

后来爷爷才知道，一个村只有一个报考的名额，小琴选择了放弃。

再后来，爷爷的父亲强迫爷爷跟他老部下的女儿成了亲，那个老部下曾救过他的命，爷爷不能不报恩……

每年春天，爷爷都在院子里撒下芍药花种，在每个夏日黄昏，望着一簇簇繁茂的芍药花出神。

我失恋了。

爷爷把那朵干枯的芍药花拿出来让我看，去铁岭吧，那里质朴的土地能抚慰你所有的忧伤。

听说，如今铁岭新城有万亩花海，油菜花的海浪流淌着浪漫，还有莲花、向日葵花、五颜六色的野花……

去铁岭，看一朵一朵花开。

去铁岭，能找到那个叫小琴的姑娘吗？

朋友，我们一起去吧。

## 夏夜，悄悄

刚入夏季，白天就明显长了。书店打烊了，太阳还悠闲地在天上闲逛。

门开了，小米挂着一张苦瓜脸走进来。别看神情沮丧，穿着打扮还是十分前卫的，齐耳短发，紧身旗袍包裹着她瘦小的身子，透着无限的诱惑力。结婚十来年了，一点看不出岁月的痕迹。

小米一进来就冲文子嚷嚷："文子，我受伤害了！"

文子早已司空见惯，调侃道："天气伤害了你吧！今天才23度，穿旗袍了！"

小米一屁股坐在椅子上，从包里掏出一支烟，点燃，吐着缭绕的烟雾，眼泪不争气地在眼圈里打转转。

文子关心地问："又吵架了？"

小米闭上眼睛，好半天，才说："文子，你猜我今天发现了什么？"

文子预感到事情很严重，连忙问："发现什么了？"

小米吐出一缕烟雾，幽幽地说："你知道跟我最好的同事吧？"

文子知道，那个女人叫杜淑媛，长得漂亮，很乖巧很会说话。

"明知道辛飞在我心里的位置比天都重要，却偏偏要跟我抢，这不是摆明了整我嘛！"

文子惊讶得嘴都合不上了，半晌，又释然："你呀，疑神疑鬼。"

小米摇摇头说："我确定。"

文子望着饱受感情折磨的小米，不无心疼地说："小米，你还是去看心理医生吧。"

小米忽地从椅子上坐起来，大声地嚷道："我没病!"吓了文子一大跳。

夜色渐渐浸染了书店，两个好朋友在黑暗里默默地坐着。

好一会儿，小米打破了沉默："今天上午我要到局里开会，顺便给他打了个电话，说想跟他一起吃饭。可他说下午还有会，拒绝了。我就回家了。路过他家，看见他的车停在楼下呢，我就一直躲在窗户那儿看。后来，我就看见他俩一起从他家出来了，气得我腿都哆嗦了。要不是怕在小区影响不好，让我老公知道后又闹，我都想下楼去把他们堵住了。我气疯了，没管他那些，当时就向杜淑媛的老公发消息汇报了。"

文子仿佛不认识小米一样，瞪大眼睛看着她："你给杜淑媛的老公发短信？她家一定出事了。"

小米幸灾乐祸地说："我就是让他们出事，辛飞他老婆根本不管，她都知道我跟辛飞有来往，见到我还嘻嘻哈哈的。杜淑媛她老公是环保局副局长，有头有脸的人物，我就不信他能容忍后院起火?!"

文子诧异地问："环保局副局长？姓什么呀？"

"姓严。你认识啊？"

"不认识。"

停了停，文子又说："善良点吧。搞出人命，会后悔一辈子的。"

小米仰起头，喃喃地说："我已经疯了。"

"是啊，不是疯子能干这么离谱的事嘛。出了事，人家只会怀疑你。她跟辛飞在一起，谁在乎啊，只有你啊！人家以为你会是个聪明人，睁一只眼闭一只眼，大家都为了讨辛飞个欢心，工作顺利点，没想到你还真用感情啊，局长能是你一个人的啊？真不知你怎么想的。"

"你知道的。这么多年，我的心都在他身上。可结果怎么样呢？我老公对我冷嘲热讽，我儿子对我也冷淡。我总寻思，有辛飞跟我在一起，我知足了。我知道他不可能离婚娶我，做他一辈子的地下情人我也认了。没想到，他竟这样对我。唉，女人可千万不能出轨啊！早晚被发现，家庭决裂，社会不容，最终，拖你下水的男人还会像丢破抹布一样丢掉你。有什么意义！我现在想明白了，可是太晚了。"

"别再想着辛飞了。别人的老公永远都不可能是自己的。"

"我现在只想回家好好过日子了。不管家庭怎么没有温暖，孩子听话也好，不听话也好，怎么说那也是我自己的家，我决定好好经营了。辛飞那个衣冠禽兽，我以后就把他当空气了。"

"这样就对了，再快乐起来，就更好了。"

"不光是像我这样家庭条件不好的女人禁不起诱惑容易出轨，像杜淑媛那样的贵太太，耐不住寂寞也红杏出墙啊！我都有些同情她了。"

文子的脸色变了变，但很快又恢复了平静，劝慰小米说："怎么样？你后悔了吧。以后可不能再干这损人不利己的事了。"

"他们俩跟我一点关系都没有了。"

次日，文子打电话给小米，说书店已经兑出去了，她要到南方去考察一项新的创业项目。文子早就该做点正事了，小米当即表示强烈支持。

挂了电话，文子又去了趟快递公司。

环保局的严副局长打开快递公司送来的信封，里面是自己刚买了一年多的楼房钥匙。

## 年轻也是错

十二岁那年，我开始希望自己快点长大，希望自己一夜间就长到二十岁。我每天早上爬起来跑步，好让自己长高；我努力学习，想考上师范院校。我所有的空闲时间都用来读书，希望自己博学多才。我知道我是一只丑小鸭，但我一直努力要变成白天鹅。

现在，我终于长大了，长成了足以让我骄傲的模样。你说我哪里不够好？我一米六八的个儿，亭亭玉立，貌美如花。我有学问，在师范读书时我还是文学社的社长呢。上学时就经常有文章见诸报端。在同龄人中，我算是优秀的了。在现在就职的小学校里，我也是佼佼者啊！

上学时有好几所中学招聘我，我都拒绝了。我一心回到母校，这是为了实现我多少年来的理想。你知道我的理想是什么吗？我小的时候，跟着姐姐去看演出，你在台上唱歌，唱的是什么歌我不知道，只记得你跳上舞台，在台上又唱又跳，歌声犹如天籁，全场都洒满了阳光。从那一刻起，我爱上了音乐。

你和姐姐相处得好好的，怎么说分手就分手了呢？你们谈恋爱的时候，你天天下班到我家去，有时姐姐还没下班，你就在我家等她，还记得和我一起看书吗？那天我坐在小凳上读《文学少年》里的故事，你叫住我说："这句不该那么读。"你拿过我的书，范读给我听，又让我读了一遍。真是个教学严谨的好老师啊，诲人不倦。我要是看见你在操场上打篮球，也会喊你，跟你打声招呼。你在我的心里，可以说是要多好有多好。

我始终不知道你们为什么分手。姐姐整天凶巴巴的，我也不敢问她呀！但是我真的跟她生气了，当时我就在心里默默地想。你不跟明哥好拉倒，等我长大了，我跟明哥好，明哥还整天上咱家来，跟我一起玩儿，一起看书。到时候，让你后悔去！

也就是从那时起，我就希望自己快点长大了。我多么希望我快点长到二十岁啊！我长得比姐姐还漂亮，比姐姐还优秀，我多少次在梦里挽着你的手，走啊走……

我知道你一定会吓一跳，你根本不知道我这么多年来的想法，可我不觉得这有什么不对。爱情没有对错，我就这样爱了，这份感情苦苦折磨了我近八年，当然也是这份感情在支撑着我不断进步。我没有错。

你虽然比我大十岁，可那有什么呢？如果说当年你是个阳光男孩，现在却有着成熟男人挡不住的魅力，我就喜欢有沧桑感的男人，像李幼斌、高仓健，我就喜欢这类影星。我喜欢影星你有什么可笑的呢？我对你的爱是认真的，否则我不可能坚持这么多年。上学的时候有很多男生追我，但我对他们理都不理，因为我的心早已被你占据着，不可能容下任何一个男人。

你不能知道我有多么痛苦，我每天都被痛苦折磨着……

说着说着，我不禁啜泣了。

你坐在我办公桌的对面看着我，惊讶的神情渐渐恢复平静，你又沉静得如一潭止水。你的眸子那么深邃，将我淹没。

良久，你缓缓地说："文子，你喝醉了。"

下班了，你走了好久，我才走。

第二天，我想请假不上班了，我不知道你会怎么看我，我不知道如何面对你，可是，我还是想看见你，我还是想和你在一起，哪怕就是偶尔交谈两句工作也好。

我还是来了。

路上碰到你的老婆，我装作什么也没有发生的样子，亲切地打招呼："嫂子。"

走进办公室，我低着头，躲避你的眼神。

工作……

你安静地坐在你的办公桌后面，工作。不说一句话。

下班了，我就要走出门了，但总觉得应该有个结尾，于是我又回来说："昨天我喝多了，胡说八道什么了我都不知道，你不要在意。"

走出门，泪水不争气地涌出了眼眶。

## 好朋友

周末，我在站台上等车，突然看见聂清和严明手拉着手走来，我连忙躲在人群里，不让他们发现我。

我默默地注视着他们，脑筋转得比高速列车还快。他们谈恋爱了，看着聂清满脸笑容的样儿，我的心里一阵阵发冷，有一种说不清的情愫在纠结。

聂清是我最好的朋友吗？在学校里，我们形影不离；假期，我们通信排解寂寞。我心情不好时，我们就沿着学校侧面的街道走很远散步。我们一起唱歌，一起滑旱冰，我生病了，她给我写很长很长的信。她是我最好的朋友，我必须承认。

严明呢？他很少来上课，总是神龙见首不见尾，自以为是，大男子主义。当然他也有优点，他边弹吉他边唱歌的样子很帅，有主见，花钱的时候很慷慨。这些都能吸引女孩子的注意力。

火车开动了，站台上的风景开始后移，我的思绪还是一路向前。

　　聂清可能被严明精彩的故事吸引，在看严明的时候一定给他加了很多耀眼的光环。其实，严明本来就是"高富帅"。可是，严明在那些逃课的日子里，究竟去干什么了聂清知道吗？严明的大男子主义究竟达到什么程度聂清知道吗？聂清啊，你这个傻瓜，怎么会跑去和严明在一起呢？

　　我当然知道是她追求的严明，因为严明上周刚失恋，他还沉浸在痛苦的折磨里不能自拔，怎么可能有心情涉猎下一个目标呢？再说了，严明喜欢的类型是漂亮，聂清基本跟漂亮这两个字不沾边，所以，我的心很沉重。

　　最要命的是，严明以前的女朋友老是来纠缠他。半月前的那次，严明为了在女朋友的面前表示自己的衷心吧，要不就是为了让前女友死心，谁知道他怎么想的，竟给了前女友一巴掌，恶狠狠地告诉她不许再来找他。我被他的粗暴吓坏了，真替那女孩子感到疼痛，感到不值；也对严明有了新的认识。如果不是这一巴掌，严明上周也不会失恋了。

　　我不知道如果是聂清亲眼看到严明打那女孩，她会做何想。是追求还是远离？聂清真是疯了，想起来就让我生气。

　　在家反反复复想了两天，周日晚上回到学校宿舍，第一件事就是想跟聂清谈谈，我们是最好的朋友，不管她怎么想，我是要为她的幸福着想的。可是，聂清不在，说是跟严明看电影去了。

　　我一边看书一边等她。不知什么时候我睡着了，她却一直没有回来。

　　她夜不归宿，我感到后果很严重。我太了解严明了，去年他搂着我的肩膀，一定要我去他家的时候，我就预感到了什么。如果不是正赶上我有情况，我可能也不会如此清白地来想这些问题。严明的甜言蜜语令人眩晕，难以抗拒。

　　我还是不要和聂清谈了吧。

　　第二天中午，聂清回来了，穿着一件黑色连衣裙，满脸的油彩，还拎着一袋各种颜色的指甲油。一进宿舍的门就兴高采烈地说："我回来了。"大家见她这副打扮都惊叫起来，我没有任何反应，我喜欢她原来假小子的样子，她突然的转变让我一时难以接受。

她跟大家说完，转向我说："文子，咱俩出去吃饭吧。"

"哦。"

走出门，她说："走，咱俩喝酒去。我跟你说件事。"

是啊，可以出去喝酒了，她现在手头阔绰了，一定的。

她准备向我坦白了，我该怎么办？看她一脸幸福的样子，我也只能祝福了。我打定了主意。

我喝多了，我说了很多很多，我不记得都说了什么。

只记得聂清哭了，哭得一塌糊涂。

第二天酒醒，我的枕边有一封信，大意是，我们分手之后她才跟严明来往，这有什么过错？她一直拿我当最好的朋友，可我对她的初恋一句祝福的话都没有，全是指责，使她受到了极大的伤害，以致不要再和我来往了。

不来往就不来往。

她跟严明在一起，我真觉得别扭。

毕业后，她给我寄来一封信，说全是因为我那天的那些话，在她心里产生了阴影，使她不能好好爱严明。他们已经分手了。她说，我终于可以把严明夺回去了。

拿到这封信之后我心里酸酸的，和严明分手后，我就一直被现在的爱人缠绕着，我早已把他们的事情压在心底了。

我去看聂清，尽管她有些憔悴，可长发飘飘，有点女人味了。

## 别提初恋

四十岁应该是不惑的年龄了，我也以为自己在任何场合都可以游刃有余。那天在酒吧，昏黄的烛光缠绕着动情的细节，你深情地望着我说："你年轻的时候感情世界一定很精彩，能给我讲讲你的初恋吗？"

我不由得怔住了。

我的初恋？

他？

他？

还是他？

谁算是我的初恋呢？我有所谓的初恋吗？往事不堪回首。

我是个早熟的人。从十五岁，心里有了第一个男孩到现在，身边的男人走马灯似的换了不知道有多少个。我爱过谁？谁是真心爱我？我可曾珍视他的真心？我不知道。多少年来，我渴望真爱，又害怕爱，我不去想那些令人头疼的问题。

我的头又开始疼了。

我又回到了十五岁，那个星期天的下午，我去邻居露露家玩，我俩是同年同月同日生的，也是最好的朋友。从在母亲怀里抱着开始，我俩就形影不离。我几乎天天都去她家玩。那天她脸色阴沉，神情黯淡。

"露露，你病了吗？"

"没有。我要去省城。"

"怎么了？"

民子去年考到省城去读高中了，我知道露露去省城就是去找他。她和民子已经好了一年多。从惊讶地拒绝，到试探着接受，到现在满心都是民子，露露从不对我隐瞒。我们无话不谈嘛，我快乐着她的快乐，忧心着她的忧愁。

开学一个月，露露就收到了民子的来信，没有甜言蜜语，民子以不耽误她学习为名，提出分手。

露露不甘心："怕耽误我学习？当初别追我啊！"

她要去省城，要去质问民子。这是她第一次去省城。我很担心她，不想让她去。她主意已定，况且这么多年都是我对她言听计从，她怎么可能听我的呢？

露露的怀疑得到了证实，民子果然有了新的女朋友。

她大发雷霆，勒令民子立刻和那女生分手。

民子答应着，把她哄了回来。

如今，露露又要去省城。

她说："我整天想着民子，不放心。"

我说："别去了，你看起来状态不好呢。"

露露苦笑了一下："我这几天茶饭不思，妈妈还以为我病了呢。没事。我去看看，要是民子跟那女生不来往了，我就原谅他。明年我上高中了，我们就能在一起了。"她说到这，顿了顿，像下了很大决心似的。

我阻拦着不让她去，我没去过省城，我觉得省城很远很大。

她冲我笑了笑，摸摸我的头发说："舒儿，我不在家的时候，你要来看看我妈。"

我只好送她去车站。

晚上，我就听见外面传来露露妈妈凄惨的哭声，我心里一惊，鞋都没来得及穿，连忙跑出去，从人群里钻进露露家，露露的妈妈躺在床上哭得死去活来。

露露死了。死在省城的高中里，死在了民子和那女生的面前。

露露临走的时候带去了一瓶农药，我不知道，我真的不知道啊！

露露爸爸没把尸体带回来，在省城火化了。我没能亲眼看见。

可是，我一连一个多月睡不好觉，只要一闭眼，就仿佛看见露露铁青着脸，向我走来，对我笑，好像以前我们在一起的时候。我还梦见民子没和那女生相处，露露说她后悔了。

种种……

每天晚上，我都睡在妈妈的怀里，我也就是在那时辍学了。很长一段时间才渐渐平静下来。

别问我初恋，别问我爱过谁，我什么都不要想。

我按着隐隐作痛的头，不回答你的问题，冲你微微一笑。在摇曳的烛光里，很迷人……

## 花灯下的夜晚

阿夏一步一步地走下楼梯，她做不到华丽的转身，只好向前，她不由自主，这是命，是缘，是上帝让她柔肠一寸愁千缕，因此，她出来了，去迎宾路。

迎宾路是摆放花灯最多的地方，各种各样的花灯、彩灯、冰灯早在初三就陆续登场，红彤彤的一片。阿夏每天都从政府路经过，每次都一一欣赏花灯，念叨着元宵节这天的到来，她本是期盼着的。只是这些天，大勇一个电话也没有，她又万念俱灰，感觉不到希望了。

县城里的人们，一般正月十三四就看完了灯，元宵节就不出来凑热闹了。可是，人还是那么多，阿夏靠着道边，慢慢地跟着前面的人挪动，头扭向黑压压的人群，不看灯，专门看行人。

一群十五六岁的孩子一个扯着一个，头上戴着路边卖的高帽子，叫嚷着挤了过去，一股青春的气息从阿夏身边漾过，要是大勇在，她也愿意这样疯一疯。

这么多人，她能找到大勇吗？大勇不会戴面具吧？看到戴着面具的人，她的心沉到了海底，喘不过气来。

艳丽的花灯丝毫也温暖不了阿夏，她突然后悔出来了。她躺了一天，夜幕降临后，才从床上跳下来，洗脸刷牙，拍水，擦乳液、粉底，画眉毛，涂睫毛膏、唇彩，把新买的粉色大花皮套绑在发梢，然后穿上外套，刚走出家门时，心情还好好的，可这么久还没看见大勇，她的心情又黯淡了。

看着前面人的后脑勺，她暗暗地嗔怨，如果大勇心里有她，就应该约个清静的地方见面，怎么可能让她在这么多人中间挤来挤去寻找他呢？

大勇心里没有她，这在刚相恋时她就知道了。单位那么多小伙子来追求她，她都不同意。大勇来了，问她是否愿意做他的女朋友。她闻着大勇身上淡淡的烟草气息，羞羞地点了头，她愿意，她上班的第一天就喜欢上了大勇。

没想到第二天，就有一个女孩来单位找大勇，眉眼之间阿夏觉得不对劲，好不容易等到女孩走了，阿夏问大勇，大勇支支吾吾地说出了事情的来龙去脉。原来同事没追到阿夏，背地里就议论阿夏太清高了，因为大勇是单位第一大帅哥，就怂恿大勇去追，大家还打了赌，没想到大勇跟阿夏那么一说，阿夏竟痛痛快快地答应了。大勇见阿夏这么认真，就没忍心把事情说明，其实大勇是有女朋友的。

阿夏恼了："你有女朋友还来追我？你这不是耍我吗?!"阿夏说着，眼泪就流出来了。

大勇在阿夏面前走来走去，摊着手不知怎么办好。

阿夏说："你跟那女孩分手。"

大勇说："我们相处了三年，分不了。"

阿夏咬咬牙，想说，那我们分手。可她没说出口，她喜欢大勇，最后，她给大勇半年时间，要大勇和那女孩分手。

这样的爱情真难，大勇不陪她逛街，不陪她出入任何公众场合，怕被大勇的女朋友看到。

从夏天到冬天，阿夏整整瘦了一圈，她和大勇商量："快过年了，我去见见你父母吧？"

"不行，过年春子上我家。"

"你怎么就不能和她分手?!"

"要不我们分手吧？"大勇试探着问。

阿夏的泪一下子涌出来了，她想过无数次离开大勇，可每次眼泪都不争气，她做不到。

沉默了一阵，阿夏妥协了："那情人节陪我吧……"

"古时候，元宵节就是情人节，那天咱俩都去看灯，看咱能相遇不，有缘就会在一起。"

大勇刚说完，春子的电话就过来了，大勇向阿夏摆摆手，走了。

然后，就匆匆地放假了，再也没有音信。

阿夏麻木地向前走着，疲惫、冰冷、抱怨。

突然，阿夏看见了大勇，大勇走在熙熙攘攘的人群中，正对路边的花灯指指点点，嘴里不知说些什么，阿夏远远地看着他，也看到了他的臂弯里，偎依着叫春子的那个女孩，大勇还停下来，给春子拍照，真幸福啊。

阿夏的心顿时痛了，泪不听话地涌出来。她隐在人群里，凝望着大勇一点点走过，渐渐，又消失在人群里。

她好不容易走回家，把自己丢在床上，手机突然响了，是大勇的，大勇关切地问："看灯没看见你啊？"

"我没去。"阿夏一下来了精神，神采飞扬地说。

大勇迟疑了一会儿："怎么没出来？"

"你说呢?"

电话里只有大勇呼吸的声音……

阿夏微笑着挂了电话。

## 流星雨

天色渐渐暗了,麦子的心也随着黯淡下来,她抬起手腕看了看,她也不知道这是第几次看表了,她不想再等,尽管她知道,也许下一分钟,林野就会推开咖啡厅的门,气喘吁吁跑过来,上气不接下气地说:"麦子,对不起,我做实验停不下来,我又有了新想法。"麦子厌倦了,她站起身,走出了咖啡厅。

麦子和林野已经有一个多星期没见面了,林野总是忙,一个小小的酒业科研员,连双休日都常常泡在公司的实验室里,想想就添堵,他研制的酒早已是酒业十大名牌之一,这还不够?还研发什么?林野和她的想法不一样,林野总是说:"名牌企业也要创新,有创新才会有更大的发展空间。靠吃老本儿,原地踏步,怎会适应人们的需求呢?早晚会被人们淘汰。"林野一门心思扑在工作上,麦子便有了很多抱怨。

麦子约林野出来,就是想跟他摊牌分手的,昨晚麦子接到林野的短信,鼻子差点气歪了。林野说,公司最近研发新项目,让她一个人去加拿大旅游。她一个人形单影只在异乡,有什么意思?当初要去加拿大,还是林野张罗的呢。因为林野连续五年获得"酒业创新成果奖",公司奖励林野,派他去加拿大考察旅游。他便和麦子商量,两个人一起出去玩玩,没想到麦子刚办完签证,林野又反悔。这样的爱情,还不如单位阿健的关心呢。她一想到阿健,林野就矮下去了。连约会林野都爽约,麦子深深叹了口气,分手吧,尽管林野是个好男孩,尽管自己也舍不得这两年来的感情。

这时麦子的电话铃声响了,不是林野,是阿健。

"今天午夜有流星雨,我们一起去关山赏江阁看吧?"

"对不起,林野和我约好了。"

麦子想都没想就脱口而出。每次阿健约她,林野都是挡箭牌。

今晚有流星雨啊，要对着流星许个什么心愿呢？借着昏黄的路灯，麦子一边慢吞吞地走着，一边想着与林野分手的事。

突然，电话铃声响了，把她吓了一跳。刚接通，林野就急匆匆地嚷："我研制的五谷驱寒酒成功了！我们一起庆祝一下吧。"

"你还是想想怎么驱我心中的寒吧。"麦子满心怨怼。

"对不起，我本想做完实验就去见你，可做着做着又有了新想法，就寻思做完一起向你汇报。"林野憨笑着。

"你还是向你们领导汇报吧，他对你的研究更感兴趣。太晚了，我该回家了。"

"我已经向张主任汇报完了，他说请我喝一杯我都没同意，我想把最高兴的事情与你一起分享。"

麦子赌气说："你心里只有酒，你记得约会，怎么不来？告诉你，我已经答应别人的邀请了，快走到地方了。"

"我给张主任打电话，是因为我下楼的时候发现楼门已经上锁，我被锁在办公楼里了。张主任已经派人来开门了，求你再等我一小会儿。"林野一着急，声音也提高了。

听林野可怜兮兮的语气，麦子的心立刻软了，她说："你等着，我这就去你公司。"

麦子赶到公司门口，林野刚刚从办公楼里走出来，他抱住麦子，深情地说："麦子，我终于把五谷驱寒酒研制成功了，我叔不是爱喝酒吗？他不是老寒腿吗？每晚喝一小杯，治病又解馋，多好。"

"原来你是为我爸研制的？"麦子眼睛一酸，连忙把头埋进林野的怀里。

"也为我们的婚礼研制，果味的，你一定爱喝。广告词我都想好了——一生一世，野麦红酒。我特地跟公司申请以你名字命名的酒。"林野拥抱着麦子说。

"什么呀，你只想着你的酒。"麦子执拗地挣扎。

"不是酒，是我们的爱。"林野说着，嘴唇印在了麦子的唇上。

在麦子的小屋里，林野掏出一把楼门钥匙，放在麦子手里说："我在幸福家园买了一套楼房，跟我一起开创幸福吧。"

麦子紧握了下钥匙，红着脸点点头。

麦子送林野走出来，突然想起："今晚有流星雨。"

林野仰望星空说："你想许个什么心愿呢？"

"我不告诉你。"麦子头一歪，笑了。

## 到底谁爱我

小哲撂下话出去了，把空荡荡的房间留给了我。周围的寂静和冷漠包围着我，使我更加茫然和不知所措。我失去了判断力，我不知道就这么一路走来是否有意义，同居了两年的男友小哲他爱我吗？我厌倦了，我希望一切从此静止，或者来一场大地震，一切都颠覆。我蜷缩在床的一角，一动也不动，什么都不想……

下周就要去参加"阳光之星"年度总决赛了，周冠军、月冠军的桂冠轻松地戴在了我的头上。小哲却始终不能松口气，他坚持认为，我能顺利卫冕，完全是因为赛场上的首席评委看上了我。那个首席评委就是大名鼎鼎的飞翔音乐文化传媒有限公司的总经理单义，每次我站在台上，他深邃的眼神就深情地注视着我，仿佛沉浸在我的歌声中。点评的时候也对我赞赏有加，打分很高。我也注意到了这些。但我认为，单大导演自始至终给人一种淡定自若、风趣幽默、平易近人的感觉，他对我的好评，是因为我的歌唱得好，或者他很喜欢听我选的歌。我这两场唱的都是山西民歌，周冠军时展示的才艺是民舞，月冠军时展示的才艺是民间剪纸，也许是我带来的民族风情把评委们带入了原汁原味的乡间，使他们久居城市那颗被喧嚣蒙尘的心得到了暂时的清爽，也许，我的水平就是高出那些参赛选手嘛。凭什么我入围就一定是有人开后门啊！难道我读了四年的音乐学院就是在混毕业证吗？没有实力，我敢出来闯演艺江湖吗？但我没有跟小哲细分析这些事。

小哲不仅是我的男朋友，还是我的经纪人，为了了解我在年度总决赛上的实力，他查看了每个月冠军的参赛情况。我知道他为我所付出的一切辛苦，感念着他的好。

可是今天晚上，他突然又提起单义喜欢我的事，说他要设法跟单义取得联系，争取让我获得年度总冠军的桂冠。我说："我想证明我的真实水平。"他不屑地说："月冠军里，有两个比你唱得好的。再说现在的比赛，哪场没有猫腻？想要真实干净的比赛结果，那不是做梦吗？"

我和他的想法不一样，但我不想跟他争论，这些是他要考虑的事情，我只想唱歌，心无旁骛地唱歌。

他坐在床边一支接一支地抽烟，平时他是不在卧室抽烟的，他怕呛着我，看起来他心情不太好。我小心翼翼地问他："你准备怎样感动单义呢？"

他用极复杂的眼神盯着我看了一会儿，说："单义很喜欢你。我把他邀请来，你陪他喝点酒，唱唱歌，跳跳舞……"

我呼地从床上坐起来，气急败坏地质问他："你至于吗？不就是一个冠军的头衔吗？你就把我豁出去了？"

"我还不是为了你好，你当上了年度总冠军，多少观众都认识你了，都崇拜你，有多少公司来找你签约，到时候你的身价可不是现在这个水平了。咱俩还用窝在这个小屋里吗？再说了，我又不是让你跟他怎么样，你就是逢场做做戏，跟他周旋一下……"

我的头都大了，把枕头丢在他身上，喊道："你心里只有冠军！冠军！你这也是为我好？你的心里根本就没有我！"

他头一次见我发脾气，气得把烟摔在地上，说："你想在演艺界走红，太清高了行得通吗？哪个成功女人的背后，不是有很多男人在支撑她，力挺她。别傻了！"

我简直蒙了，他的嘴脸变得陌生极了。我气呼呼地说："我不非要大红大紫，我只想有尊严地活着，活得心里舒服。"

他见我食古不化，摔门而去。

小哲总是这样，什么事情都要我听他的，脾气大得很。我觉得男人有点大男子主义也是应该的，就一直让着他。可是，这一次，我没办法让步。而且，他这样对我，我简直不知道他是爱我还是爱一个明星的头衔。我犹疑着，尽管赛事临近，但我不想找他。我自己也可以做得很好。当然，我按照我的处世原则来参赛，没有跟任何评委联系。

比赛开始前，他还是回来了，帮我安排比赛的事务。我们淡淡的，闹着别扭。

很幸运，我在年度总决赛上再次夺魁，桂冠又一次戴在了我的头上。我站在领奖台上想：小哲，你这次又错了。比赛是公正的。

一下领奖台，单义就走了过来，和我交换了电话号码，说飞翔传媒要跟我签约。

晚上，我把这个令人兴奋的消息告诉小哲的时候，他黑着脸，没有说话。

成为飞翔传媒的演员后，像小哲无数次梦想的那样，演出比以前多了许多，出场费也比以前高了几倍。我和小哲的关系却始终有着裂痕。

那天小哲又因为跟我发脾气，没有回家。我一个人不想做饭，想起单义对我一直以来的照顾，想起他做首席评委时对我的夸赞，想到他让我签约飞翔传媒，想到这么多好处，我不禁掏出电话，打给他说："单经理，您能给我个机会，让我请您吃顿便饭吗？"

他立刻关切地问："有事吗？"

"没有。就是对您表示感谢和敬意。"我微笑着说。

单义温厚的声音立刻传了过来："不用客气。你只要好好唱歌，好好工作，就是对公司最大的回报，留一些时间和家人分享吧。"

挂断电话，我情不自禁地流泪了。我在心里暗暗地说："小哲，你又错了。"

我又想起小哲，一股寒意涌上心头。

## 只想拥抱你

午夜，万籁俱寂，我舒展身躯，赤着脚，循着梦里的足迹，寻找你。

你是我心中最温柔的一缕微波，多情地抚过我荒凉的前额。爱慕的情意缓缓流淌，经历了火的考验，几千年来丝毫没有改变过。生生世世爱你，为了这句不变的誓言，我始终保持着当年的模样，期待着你如约而来。

我无数次地寻找你，焦躁地沿着大运河呼唤你。

就像我们第一次分别，我在沉睡中被人打捞起，烧制成无釉细素陶器，人们都称我为"德州工艺美陶"，而我，却一心想听你清脆悦耳地低唤"红胶泥"。我和无数美陶陈列在一起，不时地被一批又一批人啧啧赞叹，心里却惦念着你，呼唤着你。

荡漾在我心头的运河水啊，你到底在哪里？

终于有一天，有甘洌醇香的液体咕咚咕咚注入我的身体，我惊喜地发现，是你！你悄悄地告诉我，分别以后，你经历了发酵、蒸馏等有趣的场面。你撒着娇，让我叫罗钦瞻——你的名字，我叫你小罗。你的清纯提升了品位，素雅幻化成热烈，成熟了，厚重了，但不管怎么变化，也改变不了大气磅礴之魂。

我张开双臂，紧紧地拥抱着你。我们相约再也不分开，不离不弃。

小罗，还记得主人病故的那一天吗？我拥着香甜纯净的你，看人们来来往往的热闹场面，谁曾想，不多时，我们就被陪葬进了坟墓。黑暗里，我担心你害怕，又庆幸我们始终在一起。

沉睡与清醒与半梦半醒中，又不知多少年过去了。

终于有一天，我们回到了地面，被带入一个空旷的大展厅，我们被十几个专家围着，打开瓶口，顿时香气四溢，专家们赞叹不已。你的韵味远远超过了我的精致，我以你为荣。

接下来的日子，每天都有专家来品尝，研究你的配方，还不时拿来一些酒与你做对比。

随着你一天天地离去，直到最后被全部倒走珍藏在别的容器里面，我的心空了，我整日思念着你，小罗，你什么时候才能回到我的怀抱呢？

一天早晨，我刚醒来，一股刺鼻的辣直逼咽喉，我忍不住咳嗽起来，这种劣质的酒怎么可能装进来呢？我不断咳嗽，强烈抗议，酒洒了一地。

又有勾兑的酒进入，我义愤填膺，除了小罗，我谁都不接受！我毫不客气地把这种也好意思称之为酒的东西倒掉。他们不配靠近我！

我捧着空荡荡的心，在每个午夜梦回，赤着脚，喊着你的小名，执着地找你。小罗，我多么渴望能和你不期而遇。

可是，你在哪里呢？

当年热闹的京杭大运河，如今怎么成了废河、枯河、排污河？我一边走一边流泪，我的小罗如果看到这番情景，会是怎样的辛酸呢？

我想象不出为什么，我深藏在酒窖，坚守着大门不出二门不迈的规矩。看来，我错过了太多。

我找了你几千年，月光照着我的足迹。

你可曾听到我泣血的呼唤？到底在哪里？

记得那晚月明星稀，几个胸前佩戴着旭日公司胸牌的人坐在我身边，讨论什么"老德州"的配制方法，想酿出清香远达的琼浆玉液。我不得脱身，万分焦急。

这件事已经研究了很长时间，做过了无数次的尝试，现在还是千头万绪，始终找不到酒香的通道。我再也控制不住了，开口说："水质的优劣是酿酒的重要标准之一，运河得不到治理，怎么可能酿出美酒？"

一边谈论一边做笔录的人们抬起头互相看看，把我的意见也抄录到了本子上。

一年后的一个夜晚，月华如水，走在古典德州风韵之河边，突然发现运河被整治了，岸边绿树成荫，生机盎然，掬一捧河水，清纯甘甜，我恍如回到了几千年前，和小罗初相遇的时刻。

我四处游走，欢快地呼唤着小罗。

一天，一股久别的醇香流淌进了我的心窝，甘饴绵长，我紧紧拥抱着你，禁不住动情地低唤："小罗，你终于回来了。"

你俏皮地撇了撇嘴说："我叫老德州。"

就像当年的重逢一样，我们笑着拥抱在了一起。

悠悠运河水，甜美的小罗，久别的老德州，无论怎么改变，你都是我的天使，我们永生永世，再也不分开了。

## 辽河水养大的男人

梦儿招租合住的男孩叫喜子，听到这个名字，梦儿不禁轻轻笑了一下。喜子，太土气了。喜子家住在东北辽河岸边。梦儿和喜子不同，梦儿是从大山里走到城市来打工的。梦儿的名字是因为爹娘一心想生个儿子，无奈才给她取了这么个名字。但是，这个秘密她不说，谁不觉得她的名字要多洋气有多洋气！

洋气的梦儿比喜子早来城里打工两年。喜子刚从辽河岸边来，从头顶到脚底，从皮肤到内心都显示着农村孩子的实在。于是，喜子收拾两个人合租的房子，喜子负责做饭，喜子……喜子做这些都不累，年轻人多干点活累不坏，何况梦儿是个公主般的女孩呢。喜子像呵护妹妹一样呵护梦儿，不是因为梦儿洋气，也不是因为梦儿的刁钻脾气，而是梦儿愿意在闲暇时间听他讲辽河边的事情。每当干活累了，两个人坐在沙发上，喜子一边想着家，一边唠叨着家乡的事，说着说着自己就不想家了。而梦儿总是望着他出神，陶醉在他的往事里。他感谢梦儿的聆听。

周末，他们坐在餐桌前吃饭，喜子的话匣子就打开了："梦儿，以前我在家的时候，我们吃鱼还用买吗？夏天我就跳进辽河里，辽河里的鱼可多了，万头攒动，张着嘴，仰着头，摆着尾。有时还跳出水面撒欢呢，我伸手一抓就是一条，都是一尺多长的花鲢，我往岸上一撇，我妹妹就装进篮子里，半天我俩就能抓十来条。我在家做的鱼可比这鱼鲜多了。"

梦儿好奇地问："都是花鲢吗？"

喜子就改了口："不都是。也有白鲢、鲤鱼、鲫鱼……好多好多。但是花鲢最多。"

梦儿白了他一眼："吹牛！那你怎么不给我做好吃点？"

喜子咽口唾沫，说："我家那儿的鱼都是野生的，当然比这好吃了。我家那儿的鱼叫绿色食品。"

梦儿想了想，说："那你再回家的时候，给我带来两条。让我尝尝你家乡的鱼吧。"

喜子眨眨眼，说："那你跟我回家吧。我天天抓鱼给你吃。"

梦儿红了脸，娇嗔着说："你想得美！你要想回家得到春节呢。大冬天的，你也跳下辽河抓鱼吗？"

反正回家是个遥远的梦，喜子就岔开话题，说："唉，要是夏天就好了，夏天我们那的辽河可壮观了，静得像一块绿玉，又像一面镜子。

我们男孩子都到河里去游泳，我们水性都很好。当然，我是最好的。岸边都是细细的沙子，游累了，躺在沙滩上，用沙子把自己埋起来，躺够了，起来一抖搂，身上沙子就都掉了，溜光溜光的。我们抓了鱼，有时就在河边用火烧着吃。那种野餐的味道啊，至今难忘。"

梦儿听到这儿，痴痴地笑了。

喜子便不再说游泳，说到两岸的柳树，他们到树林子里去逮黄鹂，黄鹂周身艳艳的黄，叫声清脆，他们抓住了，玩儿一会儿，再放飞。

男孩子的生活充满了传奇，总是有丰富多彩的回忆，梦儿羡慕了，吃完了饭也不回屋里去，跟着喜子进厨房，一边看喜子刷碗，一边听喜子讲。喜子就高兴了，把少年时代的往事统统讲给梦儿听。

梦儿问："听说在水边住，汛期要注意防洪。是吗?"

喜子说："是啊，汛期来了，辽河的水位就上涨了，我们家那儿只发过一次水，是我十三岁那年，村里派人带领我们转移到后山上去了。家里的贵重物品和食物也都带到了后山。我家哪有什么贵重的东西啊，到了后山，我妈突然说，家里的猪还在圈里呢。要知道，一头猪值好几百块钱呢。那是我一年的学杂费呀。于是，我悄悄溜回了家，那时水已经开始上涨了，我牵着我家的猪游过了辽河。结果被村干部看到了，把他们急得不行，狠狠地批评了我一顿。但是，我家的猪保住了。"

喜子回头看了一眼梦儿，"嘿嘿"傻笑了两声。

梦儿捶了他后背一下，说："你真傻，你的命值钱，还是猪值钱呐!"

喜子没有干到春节，刚立夏，他们的工程就结束了，喜子想家了，说回家歇两天，再回来找活儿干。

梦儿说："喜子，我想跟你去，看看辽河，吃你抓的鱼。"

喜子怔在那儿，不说话。他没想到公主般的梦儿，会提出跟他回乡下的要求。

梦儿见他不同意，急了，说："想不到你这么小气! 我只不过是去吃条绿色的鱼，又不是看上了你! 还用想那么久吗?"

喜子讷讷地说："梦儿，辽河的鱼不是绿色的，以前，是银色的，月光般招人喜欢，就是我跟你讲的那些，可那都是我少年时候的往事了。后来，环境污染太严重了，鱼都变成黑的了，腐烂得我们直想哭。现在辽河没有鱼。"

梦儿也愣住了，没想到多少天的梦想，都是这个混蛋瞎编的。公主愤怒了，扑上去狠狠捶打了喜子两下子："坏蛋！骗子！"

她哭着跑回了屋。

喜子一屁股坐在地上，他也流泪了，是为了梦儿？是为了辽河？他不知道自己为什么哭，总之，心酸酸的，泪止不住。

一直到晚上，喜子做好了饭，摆在桌上，梦儿也不出来吃。喜子就在餐桌边守了一夜。

第二天早上，喜子敲开了梦儿的门："梦儿，我回家了，不回来了。我去为家乡的环境做点什么，哪怕改善一点点也好。相信辽河会好的。"

喜子拖着行李走了。刚要开门，梦儿追过来，说："喜子，我跟你去为你家乡的环保做贡献。能吃到辽河的鱼吗?"她声音哑哑的。

喜子笑了，马上坚定地说："能。我保证，一定让你吃到辽河的鱼！"

2001年7月，喜子把梦儿带回了辽河岸边。

## 我是你的四公主

开始听说你要走，我一下子泪如泉涌。我知道，这都是真的。因为你总是不甘心在这小城市生活，曾说过要去大都市发展。默默流了整整一个下午的泪，心中的郁结无处排解，便写了一首诗：

你真的要走吗
不想发生的事总来得太早
偶然听说你要离去
我忍不住泪流成河
这是真的吗
尽管你曾对我说过
可真的有这一天吗

你真的舍得离开我吗

一直以为

是你遮挡了我的光芒

听说你要走

我却是如此的无助彷徨

你走了

带走了阳光

突然明白

路要靠自己的双脚去走

肩上的负担好重

我不再有任何依靠

暴风雨要来就来吧

我知道我要坚强

走吧

一路走好

下班后，跑到你家里去确认，抱住你说："我舍不得离开你。"

你说，如果我留你，你就不走了。你为了我留下来。可是，我怎么能留住你呢？你要去大都市发展，那里有更大的空间，更适合你生活和学习，我怎么能阻碍你前进呢？我狠狠心说："你走吧。我支持你。"一直犹豫中的你得到了我的支持，便义无反顾了。

纵然我万般不舍，你还是走了。擦干泪水，这个世界已经空落落的了。绚丽的夏天，顷刻间变得灰蒙蒙的一片，漫天的阴霾和如注的大雨，都诠释着我这些天的心情。好失落，你就这么走了，我分明感到内心阵阵切肤之痛；好彷徨，一直以来，你都是我的依靠，你走了，我该怎么办呢？好想你，有时走在街上，想起和你在一起的所有美好时光，想到如今你已身在远方，不由得泪水夺出眼眶；有时夜里睡不着，我也因为想起你而悄悄落泪。这么多个孤单的日子里，我从来不跟你提起我的心情，我怕我把坏情绪传染给你。在你挥手离去的那一刻，我清楚看到你的脸上也有泪滴。

在异乡，你迷茫地对我说："还不知道会怎么样呢？也许不是件值得高兴的事情呢？"我铁石心肠地说："如果适应不了新环境，也不要回来。"是的，我非常希望你整天陪在我身边，但是，为了你飞得更高更远，我们一致同意了你的选择，你已经放弃了这里的锦衣玉食，勇敢地走出了第一步，就要咬牙坚持下去，万事开头难啊，去了人生地不熟的地方，哪有那么多一帆风顺的事情呢？你一定要破釜沉舟，无路可退，才能开创出一片新的天地啊！因此，我不是你的回头路。

你能上网了，告诉我的第一句话就是："好好的。"我答应了你，每一句"嗯"都是一个承诺。我一定会遵守。为了让你相信我会好好的，我对你说："你走后，我写了首诗给你。"

### 为你守候

一直以来

你都是一棵坚实的树

我是吹着喇叭的牵牛花

没心没肺地将你缠绕

依偎着你

我的梦很踏实

今天

你化作一只南飞的鸟

羽翼丰满

你犹豫着说

要去繁华的都市

做自己想做的事吧

我对你的决定永远支持

你展翅南飞了

目送你的那一刻

我成了一棵树

日夜为你守望

等你累了倦了想家了

随时栖息落脚
一定要枝繁叶茂啊
我一定要成为你的骄傲!

发给你的那一刻,我不禁泪水又夺眶而出,你不知道,每次跟你在网上聊天,我都是边打字边流泪,想你,现在我才知道,什么叫作思念。以前所说的,真的都是无病呻吟了。你不知道,发给你的这首诗,并不是我给你写的第一首。你走后,我写了那么多的离别诗,只是,我不敢发给你,我怕勾出你的泪水。毕竟,你一个人在外面,一定有更多的感怀。

## 离别(一)

正值盛夏
多情的章台柳
茂盛成唐诗里面的清愁
没有梦的夜晚很短
转眼就到了离别的清晨
我们说不出一句话
我不敢面对你的眼神
滂沱的大雨
在汛期来临之前
就开始决堤
再走过那条熟悉的路
心里五味陈杂
从此
你不再是我的依靠
从此
我们只能彼此抚摸声音
从此
心底有一段情思

总是朝着大海的方向

从此

在思念里

练习坚强

## 离别（二）

晴朗的天空

堆满了大片的乌云

花儿娇嫩的小脸

日渐憔悴

忧郁的夏天

不知不觉拉开了帷幕

愁绪蔓延

席卷了整个世界

整个世界陷入了寂静

我独自坐在电脑前

一遍又一遍

回忆曾经的欢娱

突然喜欢所有离别的歌词

它和我一起感伤你的离去

满眼的绿色都深沉凝重

我在挣不脱的思念里

落入亘古的洪荒

听更漏声声

穿越漫长的黑夜

抵达你的心

我知道

无眠里

你也在轻轻呼唤

我的乳名

除了自己写些拙劣的诗，我常常浮现脑海的诗句便是那首崔护的
《题都城南庄》了：

> 去年今日此门中，人面桃花相映红。
> 人面不知何处去，桃花依旧笑春风。

走在街上，一个不经意，这首诗就在嘴边了，人面桃花是那样的娇
娆，可如今，却剩下我孤零零的一个人了，你的家，我是轻易不去的
了。是的，我就是这样的一个人，做什么事情都率性，不给人家一个过
渡的空间，但是，我没办法承受物是人非的感觉。我怕我在人群中突然
泪流满面。

### 思念

> 我常常绕过那条街道
> 那条街道我最熟悉
> 藏着太多的记忆
> 温暖着过去
> 我控制自己不去碰触回忆
> 怕泪如泉
> 引起路人的诧异
> 那条街道不能永远绕过去
> 她把钥匙放在了我手里
> 她亲手栽的那些花
> 盛开着我们的过去
> 如今
> 只等着我的慰藉
> 窗帘还在床还在
> 翻过的那些书还在
> 欢声笑语已缥缈
> 在昨日的风尘里

眼泪风干
轻轻放飞淡淡的思绪
我把思念深藏在梦里
不会成为你前进的
藩篱

　　我沉浸在到处弥漫的思念、难过氛围里不能自拔，你及时敲来一行字："小四，我很想你。"我不回应。和你东一句西一句地闲聊，最后，你仍以"我想你"做结尾，我只是硬硬地说了声"再见"就下了线。思念是一种美好的情愫，它只适合放在我的心里，我为什么要让你知道。看到你可爱的头像变成灰色，我一边抹着泪水一边写下这首《别说思念》。

就让我们彼此的心
都变成石头
如果相逢于网络
就假装看不见
我们不说一句话
或者
简简单单地说些事情
然后
像普通的从未谋面的网友一样
轻轻道一声再见
相忘于大千世界
千万千万
别唤我的乳名
更别说半个思念的字
别有半点感情的印迹
你不知道
刚看到你写下的第一个字

我已经泪如雨下

不，你知道

因为我知道

你一定也悄悄地在电脑前

擦拭泪水

我没有想你

你不许想我

我们在各自的世界里

坚强！

潮湿的思念

我以为你临行前的挥手

潇潇洒洒

不带走一片云彩

可转身的一瞬

才发现

你带走了太阳

你走了以后

汛期就来了

整个夏天变得异常潮湿

乌云遮蔽了我的心

淫雨一直挥不去

大河已经决堤

太阳的光辉

已然成为回忆

空气中氤氲着思念的痕迹

在一起的情景随处可捡起

狠狠心忘掉所有的过去

闭上嘴

不说想你

想想我们在一起的时候，你就特别注重感情的表露，常常搂着我的脖子，或者跟我说两句感人的话。现在，你更成了煽情高手，你竟然不叫我的大名，直呼多年不叫的乳名了，这怎能不勾起我的眼泪呢？你还把我的网名改成了"四公主"。是的，我喜欢这个称呼。尽管在人们的眼里，我就是一个丑小鸭，一个灰姑娘，但是，在我自己的生活里，我是盛装出场，并准备轰轰烈烈认认真真地活上一遭的。这些，你最懂我，你如同灿烂的太阳，火热地照耀着人间每个角落，把最多的温暖给了我。我就算一无是处，百无一用，你仍然如同疼惜自己一样呵护我，在你的心上，我就是白雪公主，就是天底下最清纯、最脱俗的四公主。是的，你知道我会喜欢的，因为，我在你的心里，你是最懂我的。

你走了，以你的能力，很快就安顿了下来，按部就班地生活下去了。面对新生活，你高兴了，给我打电话，强烈要求我去看你。是的，是要求，不是邀请，你的口吻是毋庸置疑的，而且，还为我安排好了行程。要我去看看你，看看你的新生活。我也已经决定要去了，我应该去看看你，走了那么远，见面不像原来那么容易了，我要珍惜这个机会。

## 女主角

我一个人百无聊赖地游走在一间又一间精品服装店，我不想买衣服，老公的单位又有活动，他几个周末没在家过了。我也不是因为他而感到寂寞，寂寞是我多少年来的姿态，摆脱不掉。我有新的烦恼。前两天倒是看中了一条裙子，当时没拿定主意，刚才又去看时，已经不在了。不知被哪个有眼光的女人买去了。

刚从春天服装店走出来，我一眼看见冯大海从对面的智慧船咖啡屋出来，那一刻，我几乎要窒息了，整整十六年没有看见他了，再过一百六十年我也能在纷乱的人群里一眼看到他。他还是那么整洁，一件雪白的衬衫刺痛了我的眼。

昨天，我得知他要来伊州，心顿时纷乱了。我们在伊州度过了四年的大学时光，留下了多少美好的回忆啊！毕业后，我留在了这里，他伤心地离开。从我知道他回来的消息开始，我一直在想象他重新踏上这片土地，会是一种什么样的心情呢？他没有忘记我吧？他还因为我听家里的话而记恨我吗？我回了趟母校，学校后园的桦树林、图书室、教室……走在我们曾经牵手走过的路上，一切，仿佛发生在昨天，却又突然物是人非，我早已不是当年的我，他还愿意把旧梦重温吗？我拿不定主意，握着他的电话号码不敢拨，一个人茫然地在大街上打发时间。

为了这次重逢，我设想过很多场面，我厚着脸皮打电话给他？或者我让叶阳约他？再或者，说不定哪位同学因为他回来了，搞一场同学聚会，我们顺理成章就见面了……阴谋还没开始运作，我竟意外地撞见了他。老天垂怜，我连想都没想就大踏步向他走去，接受命运的安排！到来的一切，就是最适合我的。

我刚向前迈了一步，突然看见叶阳紧跟在他的后面从咖啡屋走出来，她的身上穿着的正是我前两天看中的那条碎花的连衣裙，两个人有说有笑地从我眼前走过。我僵住了，慢慢退回到马路边，腿一软坐在地上，我的目光定格在他们离去的方向，我忘记了逛街，我怎么也没想到，叶阳竟然和冯大海在一起！可笑的是，我那么信赖她，一大早就给她打电话，想和她商量一下我和冯大海的事。她说她有约会，就匆匆地挂了电话。不想她就是去见冯大海！

我呆呆地坐在马路边，任由火热的太阳赤裸裸地照射着我，任由路人对我投来诧异的目光，叶阳穿着那条碎花裙子扭动着腰肢走过的样子始终在我眼前晃啊晃，她变成一条蛇，缠住了我的脖颈，我呼吸困难。她怎么可以这样！她是我二十来年的好朋友啊！我们上学的时候就形影不离，她见证了我和冯大海的初恋，陪我度过了失恋那段难熬的时光，工作中、生活中有什么烦恼，我都向她倾诉，她也提出中肯的建议，我一直把她当作最贴心的朋友啊！她却背着我，和冯大海在一起！她和大海在一起多久了？是从大学时就一直要好吗？那时，我和大海恋爱，她一直也没有男朋友，我们出去玩的时候就常常带着她。还是我和大海分手后，他们却没有中断联系？如果偶尔联系，也并非不正常，同学嘛。但是，她却从来没有在我面前提起过大海啊！即使我偶尔说起大海，她也不曾提过。我一直以为，她始终和我一致，我和大海好，她就爱屋及乌；我和大海不好，她就敬而远之。现在看来，我太不了解叶阳了。

多少年了，我生命中的一切几乎都有叶阳的影子。那时，她是我和大海的好朋友，现在，她是我家备受欢迎的常客。可是，她对我敞开心扉了吗？她当我是朋友吗？想起老公临走时说："这两天不能陪你了，让叶阳陪你逛街吧。"我突然有种想要呕吐的感觉。

手机铃声突然响起，我按了三下才按对接听键，是老公打来的。"你怎么才接电话啊？我都打了三遍了。"我刚一接他就着急地说。

"哦，我逛街呢，才听见。"我茫然地说。

"买你喜欢的裙子了吗？"前几天我跟他说过这件事。真难得，他还记得。

"没有，被人买走了。"

"我看到一条很漂亮的裙子，我买给你吧。"他是因为这件事才打电话给我的。可是，这一切对我来说都不那么重要了。我说："随便吧。"

他大概觉得我淡淡的，就说："你怎么了？是自己逛街呢？还是跟叶阳啊？"我真的服了他，好像叶阳就在他的嘴边，不提叶阳就不行。

"我自己。好了，我看件衣服。"我不想跟他说话，匆匆挂断了。

我站起来，因为坐的太久了，腿有些僵硬，我瘸着走几步才恢复过来。我不在街上逗留了，我该回家了。老公的电话让我想起了家的温暖。冯大海永远是我年轻心中的一个梦想，我还是得活在现实世界里，活在和老公柴米油盐的烟火人间。但是，我对叶阳切齿的恨。她颠覆了我对友谊的美好认定，她颠覆了我对初恋的美好回忆，甚至，我都怀疑我现在的家庭……我更恨我自己！

我正咬牙切齿地走着，电话又响起来了。是叶阳的老公曹诺打来的。他问："你们逛完了吗？叶阳的电话关机了。"

"谁？我和叶阳？我一个人。她没有和我在一起。"说完我就意识到叶阳是拿我做了挡箭牌，曹诺是个醋坛子，不允许叶阳跟男人有一丁点的来往，她今天和冯大海在一起，也是背着曹诺了。我的心突然狂跳起来。

"是吗？早上出去的时候她说陪你去逛街啊？"曹诺那边说话的音

调有点不对劲了。平时他大大咧咧的，唯独对叶阳，看得特别紧。

这时我的脑子转得飞快，是叶阳先对不起我的，这也怪不得我了，也不是我特地要告她的密，是她老公打电话问我的。做好了决定我就说："早上我是约叶阳了，但叶阳说她没空，我们班冯大海回来了，他们在一起。叶阳也没告诉我，是我刚才在路上看见的。"

"冯大海？不是以前你的男朋友吗？他们在哪里？"曹诺也了解一点我的事情。

"我看见他俩从智慧船出来，向阳光步行街那边走了。他们没看见我，我不知道他们要去哪里。"我也是实话实说。

"啊。"曹诺若有所思地答应了一声，便挂了电话。

我不知道叶阳回家后将面对怎样的狂风暴雨。但也没什么，刚才她不是很愉快嘛，每个人都要对自己的行为负责任。我心安理得。

三天后，曹诺打电话给我，说他要离婚了，让我陪他们一起去法庭。我的心陡的一紧，这两天单位忙，也懒得跟叶阳联系，他们的消息我一点都不知道。

我想了好久，还是给叶阳打了电话。

她轻描淡写地说："没什么，我家老曹的脾气你还不知道嘛。他就是太在乎我，你放心吧。我们不会离婚的。"

我说要去看她，她说她这几天也忙，我只好作罢。我说开庭的时候我会去，她想了想，说："艾薇儿，我不希望你去。我不会离婚的。我是谁啊，曹诺就是虚张声势，你当他真的舍得离开我吗？"

挂了电话，我的心里五味杂陈，我不知道应该难过还是解恨，她说不会离，我也不知道是该为叶阳放心还是该为曹诺加油。

这几天，叶阳在我的脑子里晃来晃去，我明显瘦了。在叶阳开庭的前夜，老公发现我魂不守舍，问我怎么了，我把叶阳要离婚的事告诉了他。

他说："他们家是咱们家的好朋友，明天我们去劝劝吧。组建个家庭都不容易，离什么婚啊。"

第二天，我们早早来到叶阳家，他们已经离开了。我们赶到法庭，已经开庭了。

法庭的门虚掩着，我站在门口，看见叶阳和曹诺在法庭庭长的面前站着，只听叶阳说："曹诺怀疑的对象仅仅是我的同学，我们是在一起，不过喝点咖啡、聊聊天而已。我是没对他说实话，那是因为他不允许我和男人有半点来往。如果他知道我是和一个男人在一起，哪怕只是喝咖啡，他也不依不饶地和我争吵。和我吵我也能忍受，我怕他动手打我的同学，给人家造成没有必要的伤害。"

曹诺说："我也一直以为他只是你的同学，也知道他以前是艾薇儿的男朋友。可是，为什么他不和艾薇儿联系，却和你联系呢？你背地里跟男人联系，这让谁能接受？"

叶阳说："这有什么难理解的？大海跟我联系，就因为我是薇儿的好朋友嘛。他总是跟我打听薇儿的情况，我们在一起，话题从来都是薇儿。"

"可是为什么不是他和薇儿见面而是你呢？"

叶阳想了想，说："曹诺，你不了解，大海和薇儿的家庭都是幸福的，幸福的家庭都是相似的，结婚十多年，日子趋于平淡，家人也有点审美疲劳。大海和薇儿当年是硬被薇儿家拆散的，他们对彼此应该还存有美好的感觉。所以，我怕他们一见面，勾起对当年美好情愫的回忆，那样，他们面对的是什么呢？是离婚？是偷情？还是像我和大海那天，仅仅是喝杯咖啡后，再相忘于江湖呢？薇儿是我最好的朋友，大海是她心底一道美丽的伤疤，你说，我该怎么做呢？不相见，是我送给他们最好的礼物。让他们彼此相忘，永远深藏在心底。你说呢？曹诺，你是我最亲近的人，如果你给我解释的机会，我会把这些都讲给你，可是，你换了家门的锁，我打你电话你也不接，去单位找你你也不见我，一定要把这些话拿到法庭来说，我觉得，你对我太不信任了。我对你失望透顶了。"

曹诺一把拉过叶阳说："阳阳，你做得对，我就知道你不会背叛我的。"

叶阳摇摇头说："不，你连喘息的空间都不肯给我，我太累了。我想一个人清静一段时间。庭长，我们离婚。"

曹诺搂住叶阳说："离什么婚？！我们回家吧。庭长，我们回家了。"

庭长威严地说："以后别再来了！"

曹诺拖着叶阳走了出来，看到我们，叶阳嗔怪地看了我一眼，拉开包链，从里面取出纸巾，递给我说："就知道哭，不是告诉你不用惦记嘛。快擦擦。"

我想拥抱叶阳，才发觉我的手一直被老公紧紧攥着，他轻轻地对我说："我会一直对你好的。"

叶阳看了看我老公说："你也都知道了。你要记住，你要让薇儿受半点委屈，我就立刻通知……"

"不会的，哪有老公不呵护自己老婆的。"不等她说完，曹诺就抢着说。

"就你对我不好。"叶阳一拳打在曹诺的胸前。

我们都笑了。


# 机　遇


我站在他的门口。

我知道，只要举手敲门，等待我的将是什么。

那又怎样呢？这个世界从来没有免费的午餐。他那么优秀的成功男士，我非但不觉得自己吃亏，反而暗暗窃喜呢。我整理整理身上的衣服，掏出镜子，发现刚才因为紧张，口红涂到唇外一点儿，我掏出面巾纸轻轻擦了擦。

一年前，我做梦都没想到会跟他有什么瓜葛。他是赫赫有名的副县长范力诺，我只是基层政府的档案员。除了在电视上经常能看到，还有两次去县里开会，他坐在台上慷慨陈词，我在台下仰视着他，觉得他老成持重，肯为人民群众办实事，让人由衷地心生敬仰。

第一次近距离接触，是他率领检查组来我们乡检查工作。副县长亲自下乡检查，乡党委书记凌峰十分重视，根据检查项目挑选出四位接待人员。其中，由我引领范副县长检查电子档案。这是凌书记自两个月前企图亲吻我，被我扇了一耳光后，第一次安排我具体工作。接到工作任务后我暗下决心一定要把工作做好，让凌书记看看，我可不是那种靠脸蛋吃饭的女人。

范副县长坐在我的电脑椅上，在网站上一页一页地浏览，不一会儿，他点开了我的博客，看了会儿，问："这些都是你写的吗？"

我微笑着点点头。

"写得不错。有思想，有方法。"他一边看一边提意见，讲工作的艺术，怀柔方式，使我增长了很多见识，对工作有了新的思路。

检查圆满结束，凌书记非常满意，在大会上表扬了我们四位参检的同志，还说范副县长夸我有才干。得到领导的赞赏，我的心里淌过一丝甜蜜。

凌书记喜欢投怀送抱的女人，同样欣赏干练的女性。这次迎检，使他对我的看法有了转变。

他叫我把一份材料交给范副县长。虽然县委是我们的上级部门，但像我一个小小的档案员，去县委的机会不多，见到副县长的概率几乎是零。好在，那天我穿了新买不久的连衣裙，又让和我一个办公室的楚儿帮我把马尾辫绾得像花儿一样，既漂亮，又得体，以这种形象去见范副县长，我心里很满意。

范副县长看到我，似乎也很高兴，打听了几句我工作的情况。

凌书记可能觉得我信使做得不错，隔个十天八天就让我送一次材料到县里。每次去县委，我都到范副县长办公室小坐，和才华横溢的高官聊聊天，对我绝对有好处。只要有时间，他就会询问一下我工作的情况，顺便提点自己的看法。后来，接触多了，见他书柜里有感兴趣的书就借上一两本，读后再还回去。说话期间，我时不时地摆弄一下长发。时间长了不见面，我就给他打一通电话，问候一下。虽然我在凌书记面前摆出一副不可侵犯的烈女形象，但是范副县长不同，他才貌双全，温文尔雅，可谓各方面条件俱佳。只是他作风严谨，我还要展示自己的魅力，主动出击才行。

有了这个心思，我常常在工作之余浏览淘宝网，研究女人的穿着打扮，学习什么场合化什么妆，头发的各种梳法，看关于什么样的女人最招男人喜欢的文章……

县里组织去外地考察，由范副县长带队，各乡镇去的都是党委书记，偏偏这两天凌书记病了，他把名额让给了我。我欣然前往，暗自为自己加油：一定要抓住这次机会……

考察的四天里，我只要有机会就展示才华，也偶尔暴露一点儿小女人的妩媚，在网上搜到的性感小招数，我都在不经意间流露，我知道怎么做才是得体的。

最后一天的晚餐，范副县长不太舒服，提前回去了。我找了个合理的借口，也回了房间，换上第四套裙子，重梳了梳头发，又补了下妆，便悄悄地来到他的房门口。

我左右看了下，刚想敲门，就听房间内，范副县长爽朗的笑声："……这回你选的妞才有味道……一会儿我就叫她过来……好好好，你当财政局局长的事包在我身上。凌局长，再见。"

我瞠目结舌，手包里的电话"嗡嗡"地震动了起来。

## 爱

雪儿是冲破层层阻力才和男朋友结婚的。结婚时，她刚满 18 岁。男朋友是她在外地打工时认识的，风花雪月，百般呵护。他家徒四壁，可是他特别能吃苦，凭这点，会过好日子的。他说，她信。有爱在，一切苦她都愿意承受。

她怀孕了。她不想做掉。

雪儿把他带回了家。她妈不同意。她想让女儿生活得幸福。雪儿说："他爱我，会给我幸福的。"

"没有钱，哪来的幸福？"母亲庸俗得像个市侩，让雪儿不屑。

母亲坚决不同意，雪儿就悄悄随男朋友去了他家。他妈也不同意，虽然穷，但要娶正经的姑娘，未婚先孕、不听母亲话的姑娘能好到哪儿去？

男朋友和家里决裂了，两个人仍在外面打工，直到雪儿生下了孩子。

当孩子的奶粉都买不起的时候，雪儿提出回娘家，她不相信母亲会真的不管她。

只有对自己的母亲，她才说出了真心话："爱应该建立在物质基础上，连一碗粥都喝不上的爱情，是难以想象的。当初的想法太浪漫了，还是母亲说的对，那才是真正的生活呢！"

母亲看出了她的动摇，又看了看睡在怀里的孩子说："当初你是对的，有爱就会有一切。没有爱，物质再富有也不会幸福。最起码要让你婆婆看到，你是个正经的好姑娘。"

雪儿想起当初的爱，想起婆婆的白眼，向母亲郑重地点了点头。

## 小米的爱情

爱情一过保鲜期，宏峰就对小米厌倦了。

躲避不了的同事聚餐，小米仍一如既往地给宏峰夹菜，还没送到碗里，宏峰就皱着眉说："你自己吃吧，我有洁癖。"

小米执拗地把菜送过去，故意嗲声嗲气地说："你以前怎么没有洁癖呢？"他俩的感情不是秘密，最初还是宏峰酒后跟几个哥儿们透露的，可现在，宏峰怎么想怎么觉得小米这样太招摇。

吃完了饭，小米提出要去唱歌。这已经不属于计划内了。宏峰看看醉醺醺的小米，又看看情绪高涨的同事们，还是同意了。他知道，小米在歌厅从不唱歌，也许这个女人只想和他在一起多待一会儿吧。宏峰知道，小米是真心爱他的。

在歌厅里，小米手握着话筒不撒手，非要和宏峰对唱，唱了《明明白白我的心》，又唱了《选择》，还要唱《知心爱人》……昏暗的灯光下，宏峰看见小米泪流满面。

同事们在窃窃私语。宏峰说："太晚了，就唱到这吧。"

宏峰和小米同路，小米紧紧握着宏峰的胳膊不肯松开，反复重复那几句酒后的醉话。宏峰本有些同情的心又渐渐坚硬起来。想想当初小米的酒量还是他培养出来的，如今觉得女人喝酒，真烦！

小米的老公迎面走过来，生气地喊了一声"小米"，小米的酒一下子醒了，她怔在那里，看两个男人握手寒暄告辞。目送宏峰的背影消失在夜色里，被老公硬生生地拖着快步回家，想到又要开始无休止的争吵，头像要裂开一样的疼。

她知道，宏峰不爱她了。她不知道，他的老公是接到了宏峰的电话，才下的楼……

# 游　说

小王坐在文文的对面，听她滔滔不绝："你到县城去住有好多好处。你在这教钢琴，一节课多少钱呀？县城比这高一倍还多，县城里学琴的孩子多，家长重视程度也不一样，生活环境变了，朋友多了，给你介绍女朋友的人不也多了……"

小王也不知道，这是文文第几次游说他去县城了，也许，让他进城是为了让自己离她近些吧？听说她婚姻不幸福，时常劝自己把家搬到县城去，莫非她真的……小王不仅有才华，作为一位钢琴老师在当地已小有名气，而且是个品质优秀的人，尽管他很愿意来找她聊天，听听她独到的见解，感受她的魅力，可是他也时刻注意着，不能跟她走得太近，他不会找情人的，连绯闻都不行。

每一次聊到最后，话题总会转到县城与乡村的比较，小王能感觉到文文淡淡的失望。这样也好，虽然文文从未说过半句感情方面的话，但他知道，文文十分看中自己的才华。可是，对于一个已婚的女子，自己也只能跟她聊聊天而已。

小王交到了县城的女朋友，真的要把家搬到县城了，他要把这个消息第一个告诉文文，尽管他可以想象文文多少会有些不高兴，可是她毕竟曾是希望自己进城的一个人嘛。

有女朋友后，好久不到文文这儿来了。文文还是一如既往的光鲜，对自己还是一如既往的热情，听他说完，文文高兴得跳了起来："太好了，你终于决定进城了！我代表我们全家欢迎你！你搬来那天，我们全家请你吃饭！"立刻，她又改口："我们全家请你们两口子吃饭。"

小王马上想到：文文不仅是个已婚女人，还是个五岁男孩的妈妈。哎呀，怎么就把她的孩子忽略掉了呢？小王由衷地说："你不仅是个好女人，更是个好妈妈。"

文文自豪地说:"那当然!"

# 明 天

突然接到郭焱的电话,说他们同学聚会,邀请我参加。二十年前的学生还记得我,欣慰和幸福油然而生,那时我刚大学毕业走上讲台,对他们印象特别深刻,尤其是郭焱,吸烟、打架、看闲书,大错不犯小错不断,我三天两头就找他谈话,真是操碎了心。

我来到聚会地点君临阁饭店,楼下站着一个三十多岁的男人,高高瘦瘦的,见到我,满脸笑容地迎上来:"吴老师,您还记得我吗?"

国字脸上已有了岁月的痕迹,浓黑的眉毛下,一双小而有神的眼睛,是郭焱。

他得意了,"我就知道您不会忘记我的。"

随郭焱到了楼上的包厢,学生见到我,立刻欢呼雀跃着跑过来:"老师!"他们把我围在中间,七嘴八舌地问这问那,又被拥着去照相,看到他们充满活力的样子,我仿佛也年轻了好多。

郭焱独自坐在一旁,静静地看着我们,眼神似曾相识。

讲起上学时的事,不管是开心还是委屈,曾经的记忆都是那么珍贵。也不知道喝了多少酒,我只觉得轻飘飘的,好久没有这么惬意了。和他们在一起,没有任何功利色彩,彻底放松了。

在歌厅,昏暗的灯光、嘈杂的乐曲掩盖了一切,同学们三三两两坐在一处说悄悄话。郭焱趴在我的耳边说:"老师,您幸福吗?"

我不由得一愣,我离婚十来年了,这个问题有点陌生,但我立即微笑着点点头,"幸福。"

他开心地笑了。

"我为您点歌吧。"他去取点歌牌,不经意地碰了下我的胳膊,一种触电般的感觉立刻传到了心里,我为自己感到羞愧,赶紧到前面去唱歌了。

唱罢,我坐到了女生中间。

正聊着,郭焱又来邀请我跳舞,旋转在舒缓曼妙的乐曲里,沐浴着郭焱温情的目光，我仿佛又回到了当年的讲台，台下郭焱目不转睛地望着我，眼神里掺杂着青春的任性。不久，我结婚去了城里，再没有他们的消息。

从歌厅出来，郭焱偏要送我回家。

坐在宝马车的副驾驶位置上，听着浪漫的情歌，凉爽的晚风吹进来，感觉真好。我斜眼看看郭焱，他正专心地开着车，使我想到了当年，除了语文，如果其他学科稍微用点功，就能成为班里的好学生。时过境迁，这些陈年旧事旷古已久。

送我到门口，我刚要说再见，他犹疑着说："我进去方便吗？"

我迟疑了一下，侧过身，让他先走进来，解释说："他出差去了。"

"有酒吗？"

"你该回去了，孩子老婆都等急了。"

"我家跟你家差不多，一双女式拖鞋都没有。"

"我……"

我尴尬地站在他面前，不知怎么解释。

他不需要我解释，他讲他的故事。高中毕业没考上大学，跟叔叔一起做生意，开了家生产塑料制品的工厂，现在资产已有几个亿。

他光着脚站着："你知道吗？你是我心里第一个女孩，就像窗外的月光，盈盈在我心头，那时，我就想让你注意我，你走后，我痛苦极了，我常常站在月下想你。我一直谈不成女朋友，我总是拿她们来跟你比，没有人比得上你的清纯，我欣赏你的文采，我以为这辈子，只能在梦里和你相遇了。没想到，从一个老师那儿知道了你的电话，可我又怯了，怕你忘记我了，怕你不愿意理我，我就挨个找同学。没想到，你也是一个人……"

他低着头，摆弄着手里的车钥匙，他的话很突兀地凝固在客厅里。

在这样漆黑的夜里，我多么渴望温暖，可我从来没想过郭焱，当年这道固执的眼神早已湮没在了岁月的尘埃里。今夜，他穿越时空，更清晰、深沉地显露在了我的面前，拒绝还是接受？

时钟滴答，自顾冷漠地走着。

"穿我的拖鞋吧，地上凉。"

郭焱一把把我揽在怀里，雨点般的吻落在我的头发上，我连忙推开郭焱："别这样，我大你七八岁呢。"

"我不在乎。"

"你走吧。"

厅里的灯光特别亮，摆设也十分简约，这是我经常写作、思考的空间。

迟疑了一下，他说："我明天再来。"

他迈着稳健的步子走到了车前，冲阳台上的我摆了摆手，车驶出了小区。

明天，明天会是一个怎样的开始呢？

## 偶　然

坐一条小船去莲花湖，去拥抱多少回在梦里出现的北国水乡，看一朵一朵花开，听树悄然生长，浪花荡漾着微笑，民居静静地把过去回想，春天使古镇到处充满了生机，春天使古镇勃发着青春的活力，真想尽情地抚摸每一块斑驳的条石，真想亲吻每一株小草，真想画下每一个古朴的人……真想把莲花湖的每一寸景象印刻在脑海里，可他不能做太多的停留，哪怕把这一切描绘进画纸都不可能。他不会画一两幅就罢手，他要把整个莲花湖画下来。在异国他乡，他走进满是莲花湖画的画室，就仿佛又回到了莲花湖，回到了故乡，心里该是多么踏实啊！

一个星期的时间，太仓促，远远地望到了莲花湖古镇的屋脊，他就端起了早已准备好的相机，把双桥扩进镜头里，把桥边的花草树木扩进镜头里，把桥上悠闲的行人扩进镜头里，他不断地调整角度，频频按动快门，一张张尽情地拍着，一卷卷忘我地拍着。

照日出，照夕阳，照月下美丽的村庄，挪影移步间，处处皆风景。一个星期眼看着要过去了，满满一挎包的胶卷都用完了，他还没有拍完，为了不浪费这次在莲花湖最后的四个小时，他沿着河边走，想再去买胶卷。可走出了很远，连家照相馆也没有。

他正焦急地寻找着，迎面走来一个姑娘，冲他甜甜一笑："先生，我能帮您吗？"

"我想买胶卷，请问附近有卖的吗？"

姑娘从包里取出一卷胶卷，递给他说："您先用吧。"

他抬头看了看姑娘，圆圆的脸蛋，圆圆的大眼睛，一条粗粗的麻花辫斜斜地垂在胸前，大红花的短袖衫和八分裤，胸前也挎着相机，一看就知道也在摄影，他控制着要伸出去的手，矜持着说："那怎么好意思呢？"

姑娘把胶卷塞给他，"我随时都能出来照。您是外乡的，照完就走了。让美丽的莲花湖跟着您的照片去旅行吧。"

他感激地伸出手，接过了胶卷。麻利地打开相机的后盖，上胶卷，调焦距，望着姑娘离去的背影，举起了照相机。

带着满满一挎包的故乡记忆，他心满意足地靠在飞机舱的座椅上，同行一个朋友戏谑地说："拍了这么多天照片，也没交个摄友？"

"交了莲花湖这个美丽的朋友嘛。"

"装糊涂啊，你没看见有个小姑娘天天在我们附近拍照吗？"

他忽地坐直了身子，怪不得胶卷送来得那么及时呢。看看地面上火柴盒样大小的莲花湖，他又想起了送胶卷姑娘皓月般的脸庞。

在异国，看照片，做画，莲花湖像一把钥匙，开启着他思乡的情结。一幅幅描绘北国水乡神韵的油画，在世界各地展出，很多人出巨资购买他的画；然而，在他的画室里，那面红纱下面珍藏的，是一个走在河边的少女，一袭大红花衣裤，一条粗粗的麻花辫垂在脑后。

此后，他多次回莲花湖，寻找那个姑娘。

## 玫　瑰

阿金的一只脚踏在台阶上，一抬眼，见宾馆旋转的玻璃门里面，菁菁抱着一大束红玫瑰，和阿勇有说有笑地走出来。她来不及多想，连忙躲闪到角落里，眼看着菁菁紧紧挨着阿勇，神采飞扬地坐进宝马车，在她眼前绝尘而去。她呆呆地望着，那束艳艳的红玫瑰不停地在眼前晃呀晃，灼得眼好痛。

一年前，闺蜜丽娜就常常对她说，要她留意菁菁，她还总是笑丽娜神经过敏，说阿勇根本不是那种人，没想到这一切都是真的了。阿勇调到分公司八年了，他大概把这家宾馆当成他的家了吧，离她太遥远，她有点抓不住手中的风筝线。

明天就是情人节了，她想给阿勇一个惊喜，还特地买了件漂亮的春装，没想到竟让她撞见这一幕，好像在她火热的心上浇了一盆冷水，她的心已经麻木了，只是腿在发抖，不过她仍在料峭的寒风中直挺挺地站着，好像上小学时被老师罚站的样子。她开始留意菁菁，阿勇上次回总公司开会，身边就带着菁菁，说是他的女秘书。想起丽娜的话，她的心一颤。

阿金木然地离开宾馆，一步一步向车站走去。如果不是亲眼看到，她真没想到阿勇还会买花。她的嘴角冷冷地向右上角翘起，结婚快二十年了，他何曾买过一朵花送给自己？以前她也认为，只要有人爱，有没有花有什么关系？可这一瞬，她的心被菁菁手中的花刺痛了。

等车的时候，丽娜给她打来电话，她像走丢了的孩子突然遇到了亲人，失声痛哭起来。丽娜在电话里大骂阿勇，并说去要她快点回来，她会去车站出站口接站。

坐进丽娜的车，阿金才觉得心踏实了，自己有依靠了。哭过骂过，阿金说："丽娜，你是对的，男人靠不住，女人就该自立自强，我想出去做点事。"

丽娜说："我的瑜伽馆有个老师年前出国了，一直没找到合适的老师，你一直做瑜伽，来我这里当老师试试吧。"

第二天，阿金到瑜伽馆上班了，和一群追求美的女人在一起，听着舒缓的音乐，想哀伤也哀伤不起来。下课了，学员们一个个接过男人递过来的玫瑰花，兴高采烈地坐进轿车，她们都过情人节去了。

丽娜走进来，把电话递给阿金，"阿勇的电话，你想好怎么面对了吗？"

阿金一见到阿勇，就提出离婚。

阿勇愣住了，伸手去摸阿金的额头："阿金，你病了？今天情人节。"

阿金甩甩头，挣脱开他的手。

"我又不是你的情人！"

阿金执拗着要离婚，阿勇不同意，问她为什么，阿金流泪了，你何曾送过一朵花给我？

阿勇觉得这个理由真是无稽之谈，他一把拽过阿金，把她塞进车里，开车到最近的花店，买下店里所有的百合花，捧到阿金面前说："我一定要和你白头到老，我们百年好合。"

阿金把花捧到阿勇的怀里，说："爱情迷失的日子，白头到老有什么用？结婚二十年了，你从来没送我一朵玫瑰花。"

阿金走了。

一年后，阿勇拿着丽娜写的地址，找到了阿金，立刻把阿金拉上车。车子快速地在一条崎岖的山路上行驶，一直开到山顶才停下。阿金走下车，看到山坡向阳处开满了红玫瑰，一大片艳艳的红玫瑰随风轻轻舞动。

"好美啊！"阿金情不自禁扑进阿勇的怀抱，这时她又想起菁菁手中那束红玫瑰，她的神情黯淡了，手臂从阿勇的肩头缩回来。

阿勇抱住她说："这片玫瑰园的名字叫阿金玫瑰园，是我去年承包的，因为找你，我离开公司了，只是还缺一个女花农。"

## 粽叶飘香

春风暖了，杨树柳树的叶子舒展了，禾苗已有半尺高，在这草长莺飞的时刻，端午节就要来了。一年一度的端午乘着春天的风，伴着冰凉的雨，在我默默的等待里姗姗走来，我遥望着她，像遥望一个娉婷的姑娘，穿一袭白裙，梳着粗粗的麻花辫，忽闪着动人的大眼睛，微启朱唇，轻轻浅笑，她越走越近，我已经闻到了粽叶淡淡的清香。

端午要在明天凌晨到来，我站在院子里等，妻子媛媛从井里提上半桶水，把翠绿的粽叶浸在水里，她在为包粽子做准备工作。她竟然会包粽子，真是难得。粽叶绿莹莹的，像麻花辫上的绿丝带，然而媛媛没有麻花辫，她弯弯的烫发像方便面黏在头上，我没有摸过，也没问过她为什么不肯编麻花辫，我的心装得满满的，我在怀念我的端午。

前年端午，我借着凌晨两点多的星光，来到果儿家门前，拉着果儿滑嫩的小手，沿着静悄悄的乡土路，去西洼子采艾蒿，果儿紧紧依靠着我，发辫上洗发香波的味道有一股甜香，一如粽叶的味道，我们挽着手臂走下去，说着不着边际的闲话。

太阳就要出来了，我们回到果儿家，我把艾蒿插在门上、房檐上、果儿的发辫上，果儿和妈妈忙着包粽子，果子白嫩的小手很巧，折折捏捏，一个个扁扁的、小小的三角粽就诞生了，像一件件工艺品那么漂亮，我帮她给粽子缠棉线，粽叶的香味和发辫的香味融合在一起，我尽情地闻着，偶尔和果儿相视一笑，心里荡漾着节日的幸福。

从果儿家回来，爹瞪着眼睛冲我吼："说了你们属相不合，她能克死你，你偏去，再去打断你的腿！"

我不怕死，我不相信果儿能克死我，可我的执拗就是不孝，在爹的不断打骂和娘的眼泪里，我只好妥协。

去年端午前夕，我和果儿分手了。果儿一句话也不说，却在端午的早晨悄悄给我送来两枚粽子，我握着柔柔的、香香的粽子，也把果儿软软的小手握在了手里，果儿问询的目光凝视着我，我只想时间在那一刻停止。屋里，爹不住声地咳嗽，一声比一声大，咳得我心慌意乱，手一松，果儿调头就跑了，我跟了两步，喉咙哽住了，喊不出声来。

岁岁端午，今又端午，看着在院子里忙忙碌碌的媛媛，我的心里有说不出的失落。

我揽着果儿的腰，采了一夜的艾蒿，我把玩她的发辫，想闻一闻，她躲着，把精致的粽子在我眼前晃来晃去……一睁眼，太阳已升得老高，原来是一场梦。

我无限遗憾地坐起来，满屋子飘着粽子的香味，媛媛走了进来，递过来一枚小巧可爱的粽子，得意地说："你喜欢吃粽子吗？"

"你还有这两下子啊？"我接过粽子，调侃了一句。

她脸一红，羞羞地说："原来不会，是西院果儿教我的。"

## 美丽的女人

小文刚来编辑部工作，就遭到了女人们的嫉妒。尤其是社长的老婆——资深主编，更是如临大敌。她的一双眼睛，几乎天天都盯在小文的身上。

那天一抬眼，从窗户看见小文穿着吊带连衣裙袅袅婷婷地走进办公室，急忙跑到门口拉住小文，说："哎呀，小文，你怎么能穿成这样上班啊，简直跟酒店里的小姐差不多了。"

小文穿着新买的裙子，本来挺高兴的，被她这么一训，立刻就来火了："我喜欢穿什么，就穿什么。你觉得像什么，就像什么，关我什么事？咱们也没规定，不许穿吊带，你看看街上的女人，穿吊带的就都是小姐不成？"说完，绕过主编，昂着头，挺着胸走到自己的座位上。

主编对小文恨之入骨，小文也感觉到大家对自己的态度有点异样，不过她内心坦荡，也就不在乎大家怎么看了。她始终相信，时间可以证明一切。时间久了，办公室里沸沸扬扬地流传着小文勾引社长的故事。

故事的版本和事实差之千里。除了小文和社长，谁也不知道事情的真相：早在小文来上班的那天，社长的咸猪手就企图摸小文的胸部，被小文呵斥了一通。这件事结束了。那些一开始就不相符的故事和续集都是大家猜测的。或许是社长编出来的，女主角小文并不知道。

## 烟花般绚烂

那天在人头攒动的广场，我突然听到有人叫楠的名字，我顿时觉得呼吸急促，会是他吗？

正想着，一个高大的身影遮住了我面前的阳光，"你在找谁呢？"

楠。果然是他，光芒四射地站在我面前，比原来更高了些，眼睛里闪耀着笑意。太意外了，我紧张得一句话都说不出来。

一转身，他消失在人流里。我想抓住他，我想问问他这几年的情况，可是，我像被钉子钉在了地上一样，不能说话，也不能动。我默默地站着，许久许久。

和楠相识在我上大二的时候，周末傍晚我常去学校附近的清风小区玩捉迷藏，长大之后玩小孩子的游戏，也是别有一番韵味。

一声"开始"后，我们四散奔跑，楠总是拉起我的手，带我跑到隐蔽的角落。有一次，我们跑进一个单元的楼道里，楼道的一角不知是谁倒扣着一口缸。楠纵身跳到缸上面，又伸出手来，把我拉上去。缸底太小了，他索性把我搂进了怀里。

"谁也找不到咱俩。"他狡黠地眨眨眼，我冲他笑了笑。他总能找到好地方，我们俩总也不会输掉去寻找别人。

突然他吻了我，我还从来没有过这样的经历，心里慌乱得不行，连忙推了他一把，怕被人看见。

我也不知道他只有半只脚掌踩在缸上，我这么一推，他竟然从缸上掉了下去，把我也拽了下去，倒在了他的身上。还好，缸没有跟着倒下来。

"哎哟，你好重啊。"

我连忙爬起来，内疚地问："你没事吧？"

"有事，我的腰好疼啊。"他用一只手扶着腰，我搀扶他站起来。

他向前挪动两步，嗔怨着说："都是你不好，送我回家吧。"

他一只手搂着我的肩膀，半个身体全靠在我身上，我觉得他才好重，可也不敢多说什么，只好咬着牙向前走。他轻松地跟伙伴打招呼："不玩儿了，今天不玩儿了。"

跑过来两个男孩，要送他回家。他摆摆手说不用，让我负责任，有一种幸灾乐祸的味道。男孩们好像心领神会，嬉笑着跑去玩了。

我暗暗地在心里骂他，真想再把他推到一边不管了。

他就住在小区南面的那栋楼，还好是一楼，我一直把他送到家门口，他仍不肯放开我，埋下头来吻我。

我连忙推他，他又哎哟哎哟地叫起来，好像是提醒我别忘了自己的错误。

"你到家了，我也得回学校了。"

"做我女朋友。"他不是求我，好像是命令。

我大脑一片空白，一时不知道该怎么答复他。

"沉默就是同意了。"他一如既往的霸道。

"没有。"我一着急，竟提高了声音。

他一把捂住我的嘴，紧张地回头看看他的家门，他才上高二，他父母要知道他谈恋爱，一定会收拾他的。

"走，我送你回学校。"从小区到我们学校，有一段黑暗的小路，每次九点左右大家不玩了，都是他送我回去。

原来他是装的，我又推了他一下，"骗子。"

哎哟，他又扶着腰呻吟起来，用幽怨的眼神看我。

"算了，你都这样了，不用你送了。我不会有事的。"

可他偏要送。一路上，我们都沉默着，沉默是金。

快到学校了，我停住脚步，在黑暗里望着他的大眼睛，说："我不跟小孩子谈恋爱。"

"不是小孩子，已满十八岁了。"他甩了一下手，似乎又扭了腰，不过他没有呻吟，只咧了咧嘴。

"今晚对不起。"我诚恳地向他道歉。

"什么对不起?"

"以后我不去小区里玩了。"说完，我跑进了校门。

他没有追来，我也没有回头。不过，一丝失落感袭来，黑暗里，我流泪了。

第二天，我没有去清风小区，安安静静地躺在寝室里看书。他也没有给我打电话，让我不由得怀疑他表白的诚意，暗自庆幸自己拒绝了他。虽然我总是被贴着"长不大"的标签，可我毕竟大二了，明年我将面临着找工作，命运不知要把我引领到何方，我有多少时间跟楠挥霍呢?不要开始吧，我不想让心受到伤害。

又到了周末，我忍住内心的渴望，没有去清风小区，安安静静地读书。同寝的艳子也嗅到了空气的沉闷，问道："小朋友，你失恋了?"我小学时连跳两级，从小到大一直被同学称为小朋友。

"没有"，我红着脸坐起来，又很泄气地说，"我没有谈恋爱。"

艳子疑惑地摇摇头："失恋了就再找一个嘛，不要窝在床上白白浪费了时间哦。"

我懒得理她，转个身，面对着墙继续看书。

为什么一定要确定关系呢？注定没有结果的。楠太任性，此刻，他跟人间蒸发了一样，也许他根本就忘记了，也许根本就是他在恶作剧。这个混蛋，我忍着头痛，在心里咬牙切齿地骂他。

重新找个玩的地方吧，我慢热，包括对这座城市，我还很陌生，我应该去哪儿玩呢？我好像得了周末恐惧症，可不管我怎么抵触，黑色的周末又来了。

我赖在床上，不梳头，不洗脸，看艳子打扮。

"小朋友，重燃斗志，再出去找个男朋友嘛。窝在被窝里于事无补啊。"

"我的《穆斯林的葬礼》还没看完呢。"我把黏在艳子身上的目光扯回来，抓起床头的书。

"忘掉初恋的葬礼吧，每个人都是踏过初恋的死尸，在新的恋情里欢歌的。"

"艳子，你咋不失恋呢？"看着这个恋爱高手在我面前大谈爱情哲学，我突然恶毒地问。

艳子轻轻一笑，冲我扬了扬眉毛说："姐有魅力啊！"

宿舍的门突然"哐哐"地响了起来，把我和艳子都吓了一跳。外面的人一直"哐哐"地敲着，门板呼扇呼扇的，这不是敲门，简直是在砸门。

"谁？"艳子厉声尖叫，随即呼地拉开了门。

楠一只拳头扬在半空中，一只手插在裤子兜里，一脸霸气地出现在门口。

"你找死啊，这么用力敲门！"艳子大概没见过这么帅的，立刻把张牙舞爪的劲儿收了回去，嗲声嗲气地嗔怨。

床上的我瞬间凌乱了，我还没有起床呢。我连忙用手拢一拢乱蓬蓬的头发，楠看见我，嘲弄地笑笑，大踏步奔我走来。这个促狭鬼，专门喜欢看别人的热闹。

"你怎么来了？大清早就到女生宿舍来砸门，能不能懂点礼貌？你的礼仪是体育老师教的？"我先发制人，板着面孔教训。

"体育老师怎么了？我们体育老师比你文静多了。我们体育老师知道我腰伤了，还很关心地打听呢。不像有些人，把人弄伤了就跑，音讯皆无，简直就是野蛮社会的人。"楠得理不饶人，估计这件事他要讲一辈子了。

"她天天都等着你、盼着你呢，实在是因为也害了病，才没去看你哟。"艳子见我不知所措，连忙帮我打圆场。

"你病了？怎么了？"楠一改刚才的霸气，关切地问道。变脸这么快，就跟专业学过一样。

"相思病。"我正愣着不知说什么好。艳子在那边抢着回答，说完她优雅地跟楠摆摆手，又冲我做了个加油的动作，才安心地出去约会。

随着门"咔"的一声被带上，楠一把搂过我，"想我了？"

"别做梦。"我挣扎了一下，没有挣脱，只好任由他抱着。

"我也很想你。上周腰疼得厉害，没有出门。这周完全好了，今天早上起来第一件事就来找你。我知道你也喜欢我，其实你就是嘴硬，我早就听到你心里已经答应我了。"

我只知道他脸皮厚，还从来不知道他会这么温柔地说话。

他的唇又压过来，真没办法。

之后，我仍然遵守自己的诺言，再没去清风小区玩，倒是楠，每个周末一大早，就来我们宿舍找我，我们骑着单车到郊区看风景，他给我讲一面湖的来历，讲一棵树的故事，带我去看城市的标志性建筑，讲这座城市的发展。两年多的大学生活都没有这半年成长得快，我迅速地了解了这座城市，觉得自己完全融合进了这座城市，甚至毕业后就想留在这里了。

放假那天，我给楠发信息提出分手，理由是我接受了一个有钱人的邀请，陪他出国了。看着信息发送成功，我哭了一上午，然后擦干眼泪，坐上回家的列车。

楠没有回复，从此也没有再来找过我。

毕业后，我留在了这座城市，每天为生活和心情奔波，偶尔闲暇的傍晚，我会到清风小区外转转，小区里不时传来孩子们的笑声，楠已经长大了，不会再玩一些小儿科的游戏了。

其实我也曾给楠打过电话，但物是人非，他早已换了号码。

楠像一朵烟花，在我眼前倏忽闪过，我却没有能力让他停留哪怕一分钟。我的心一阵绞痛，我恨我自己总是慢半拍，不懂得果断争取。其实，他停下又会怎样呢？错过了，就永远错过了。我相信，他现在早已娶妻生子，也相信，他一直不知道我们当初的分手，是因为他母亲来学校找我。他也不会知道，我还是孑然一身，每晚在记忆里与他相聚。

## 爱情 24 小时

### 一

早晨，高高一睁开眼，立刻从床上爬起来，径直跑到浴室照镜子。一个月前，她在浴室里安装了一面墙的大镜子，此后，照镜子就成了她的早修课。

高高的功课做得极认真，一抬手，睡袍滑落在地板上，头凑到镜子跟前，睁大眼睛，审视整张脸，每一处都不会忽略，检查了足足十分钟，才把目光移到脖子上，脖子向左扭，向右扭，眼睛所能看到的地方都仔细看过后，倒退一大步，目光随着游走到了身上，前面后面看个遍，然后重重地叹了口气，这一声幽怨的叹息是每次照镜子后的收场曲。

冲过澡后，高高开始化妆，先拍一层爽肤水，一、二、三、四……手在脸上轻轻地拍打，心里数着拍打的次数，一直数到一百，才停止第一层护理。接下来拍保湿乳，她把乳液轻轻拍到脸上，再用手指轻轻按压整个面部，感觉乳液全部吸收了，便开始涂粉底液，她新换了一瓶遮瑕粉底液，比以前的粉底液涂抹得足足厚一倍，每当画到这时，她才开始觉得脸重新白皙起来，哀伤的心也渐渐有了些微自信。

画着画着，高高就想起《聊斋》里的《画皮》，那个丑陋的女鬼画呀画，直到把自己画成勾人魂魄的美女。是啊，哪个女人骨子里不希望自己漂亮呢？继续画，手不停，她打开粉饼盒，粉扑在粉饼上蹭了蹭，然后就像抹墙一样，在脸上大手笔地擦起来，擦得小脸儿白白的，再扫腮红，白里透红才是最美的脸。大面积的美化结束后，她又很认真地画了眉毛和眼线，这时，她的化妆工程才告一段落，满意地走出浴室。

早上的时间过得飞快，大把的时间花在卫生间里，早餐就实在是太潦草了。一扬脖，一杯奶下肚，再塞进嘴里两块南瓜饼，就算把肚子打发了。高高吃得不多，却不可救药地发起福来了，去年夏天的裙子，今年统统瘦了一码，穿不进去了。去年的款式裸露得太多，穿得进去今年也不穿了，高高重新买了几套裙子，这样安慰自己，也不觉得太奢侈。

高高迅速打开大衣柜，拿过那件藕荷色防晒长裙，罩住了从脖子到脚踝的所有皮肤，大夏天的，都这么防晒，她新买的这几套裙子都是这个款式的。

再进浴室，照着镜子画上口红，一切准备工作就绪，高高长长呼一口气，走出家门去上班。

下电梯的时候，高高看着电梯里的金属映出的自己，对自己的脸还算满意，或者说，对自己的化妆技术还算满意。可是，纸包不住火呀。高高稍微轻松的心不禁又沉重起来。

高高之所以忧心忡忡，是因为昨晚接到张伦的电话，说他今天就要回来了。

张伦是高高的男朋友，准老公，原来他俩在一家公司工作，现在张伦被派到南方拓展业务。每天打电话，高高都有说不尽的思念，都热切地期盼着张伦早点回来。现在，离见到张伦只有几个小时了，高高的心却突然悬了起来，她开始害怕看见张伦了，甚至希望张伦坐的班机始终飞在天上，永远也到达不了机场。

这能怪谁呢？如果不是张伦去南方，也许他们早就结婚了；即使不结婚，还是像以前一样，每天早上一睁眼，两人就讨论吃什么，然后一起起床去做饭。张伦还说："这样的小日子，简直就跟南唐后主李煜一样。"他俩都喜欢李煜的词，一边做着饭一边背诵诗词，日子过得舒心惬意有品质。

可是没过久，公司派往南方发展的名单公布了，上面有张伦的名字。当时高高抱着张伦的肩膀，央求张伦留下来，张伦却一副大丈夫志在四方的样子，劝慰她说过个一年半载就回来了。她知道张伦是希望到南方多挣点钱，免得一直住在她的家里，她不能不顾及张伦的尊严，便到公司申请去南方，结果没有得到批准。

张伦一行人走后，公司人手少了，高高的工作也忙得要命，早上既没时间也没兴致起床做饭，周末到超市买回一周的南瓜饼，每天早晨用微波炉热两块，一顿早餐就这样解决了。

其实高高也不是有多爱吃南瓜饼，只不过觉得开袋后热一下就能吃，比较方便。吃了两周后，她才觉得南瓜饼太好吃了，后来工作不那么忙了，每顿饭前她还是会不自觉地想到南瓜饼，南瓜非常有营养，而且细细的、滑滑的，还有一点儿甜丝丝的味道，口感好极了。在公司吃午饭，没有南瓜饼，她就专挑南瓜吃，下班散步到菜市场，买回一个南瓜，自己蒸南瓜块、炸南瓜饼、熬南瓜粥……南瓜，真是有无穷无尽的吃法。

吃完南瓜餐，高高兴致勃勃地给张伦打电话："你走后，我就和南瓜黏上了。南瓜真是身边的美味啊，怎么吃也吃不腻。"

张伦戏谑地说："小心吃成大南瓜，我回去可不娶你哦。"

高高听到这些她就笑："那我就趁还没吃成南瓜，找个好人嫁掉了。"

张伦就在电话里霸道地说："你没吃成南瓜谁也不许嫁。"转而又唱起来："妹妹你要嫁人你就嫁给我……"

"那你什么时候回来呀？"一想到张伦在南方工作遥遥无期，高高心里就堵得慌。

"会很快就回去的，等这边正常运转，我们就回去了。"张伦每次都这么说，说得高高的耳朵都磨出茧子了，张伦还没有回来。

没想到，昨晚突然接到张伦的电话，说他回总公司办点事，可以和她在一起待上两天。高高真是又高兴又恐惧，一个晚上都没睡好觉。

好不容易挨到了下班，高高蔫头耷脑地去机场接到张伦，就一下子扑进了恋人的怀里，好像受了多大的委屈一样，低声啜泣起来。

"好了好了，我这不是回来了嘛。"张伦轻声软语地安慰高高。

高高像想起了什么，赶紧擦擦脸上的泪水，不哭了。这才好好打量了下张伦。半年不见，张伦更有型了，好像又长高了些，又瘦了，不过还是很结实的样子。高挺的鼻梁上戴着一副大墨镜。短袖外面罩一件防晒服，又阳光，又帅气。

两人去以前常常光顾的小饭庄吃着晚餐，高高试探着说："伦子，我这几天有点不方便，你回公司宿舍去住好吧？"

张伦停下手中的筷子，眯起眼睛盯着她，好像已经穿过她的裙子，看穿了她的身体。高高心虚得简直要晕倒了。

张伦逼视了半天，直看得高高感觉呼吸困难、手脚冰凉才说："是你不方便，还是家里不方便？我才走这么两天，你就不方便了？"

高高吁了口气，打起精神撒娇地说："你想到哪去了？我不是每天都和你电话视频嘛，我每天都陪着你，你还说这样没良心的话。"

张伦气呼呼地说："我争取出差的机会回来看你，可你一点儿都没想我，我懂了，今天我就回公司宿舍去睡。"

说完，张伦就站起身，去开包厢的门。

高高慌了，连忙跑过来拉住张伦："伦子，你也太爱生气了吧？我不是那个意思。"

"那你什么意思？"张伦严肃起来特别有型。

"我真的……不方便。"高高嗫嚅着说。

张伦推开高高的手，拉开包厢的门。

高高连忙挡在包厢的门前，生怕张伦走出去，她像下了多大决心似的，说："我允许你回家来住，只是，你要睡沙发。我们谁也不能碰谁。"

张伦见高高还是那么紧张自己，凝重的脸色缓和了一点儿，用手摩挲着高高的小脸儿说："你不方便的时候，我什么时候碰过你了？"

高高轻轻叹了口气，和张伦手拉着手回到家里。

两人一进房间，来不及开灯，就抱在一起热吻起来，刚见面时的不愉快和约法三章早就忘得一干二净，无尽缠绵起来。

一阵激情过后，张伦才像想起了什么似的，关切地问："你说什么不方便，怎么回事？"

"没什么了。"黑暗里，高高偎依在张伦的胸前，抚摸着张伦胳膊上的肌肉，幽幽地说。

"快点说呀，你有事情还要隐瞒我吗?"张伦睁大眼睛，想看清楚高高的脸。

高高低垂着眼睛，脸平静如水，她什么都不想说，只想就这么和张伦搂抱在一起，直到天荒地老，永远也不天亮才好。

## 二

高高心里有事，一宿也没睡好，天刚蒙蒙亮，她就醒了，轻轻地把张伦抱着她的胳膊拿下来，放回到他自己的身上。张伦累了，均匀地呼吸着，一点儿也没有被惊动。

高高悄悄地起身下了床，小心翼翼地扭开浴室的门，溜进浴室。因为张伦回来了，她的早功课便要提前一小时，赶在张伦起床之前，把这项巨大的工程结束。

不过，高高今天的功课还是略显匆忙了，她没有像每天那么细致入微地照镜子，只是从上到下扫两眼，便开始淋浴。简单冲洗一下，她便关掉了喷头，刚想取毛巾擦身体，浴室的门突然开了，吓得她"啊"地大叫了一声，连忙取下浴巾遮盖身体。

张伦站在浴室门口，睁着惺忪的睡眼，打着呵欠说："你怎么起得……"他的话还没有说完，一下子发现了高高裸露着的身体，在浴室的灯光照耀下，黄得那么娇艳，黄得那么绚烂，简直就像晴空丽日下的一株向日葵。张伦惊诧得瞪圆了眼睛，嘴巴张大得仿佛能塞进一只鹅蛋，但他立刻恢复了常态，一步跨到了高高的身边，抱住了几乎要晕倒的高高。

"高高，这到底是怎么回事?"张伦把高高抱到卧室床上，用手抚摸着高高黄艳艳的大腿，心疼地审视着高高的皮肤。

高高从头到脚都是娇嫩嫩的黄，只是脸部由于她每天花大力气去美白、遮盖，比脖子稍微浅一点点，但根本不是以前的高高。

高高一时也不知道说什么好，她像犯了错误一般，把脸伏在床上，嘤嘤地啜泣起来。

"你确定没得黄疸一类的病吗?"张伦问。

"我去医院抽血化验过了，不是。"高高带着哭腔说。

"那大夫说是什么原因？"

"大夫也不清楚。大夫除了两只眼睛露在外面，整个全身都包得严严的，一副拒人千里之外的架势，也不容患者多问。"

张伦叹了口气，半晌才说："昨天一直躲着我，就是因为身体突然变黄了，是吗？"

"嗯。"

好半天，高高才停止了哭泣，房间里一点声音也没有，就只有墙上的时钟在滴滴答答地走，仿佛谁在房间里埋了一枚定时炸弹，空气紧张得好像随时都要爆炸一样。

半晌，高高坐起来说："你饿了吧？我去做早餐给你吃，我给你做炸南瓜圈吧？"

张伦恍然大悟说："你的饮食出问题了。我不在的这段时间里，你不停地吃南瓜，你比较一下，你的皮肤是不是和南瓜一个颜色的？"

这回轮到高高惊讶了，她连忙捂住自己大张的嘴巴，是啊，自己半年来几乎天天都吃南瓜，南瓜是那么好吃，一会儿不吃点儿，心里就猫挠一般难受。

"难道，谁在南瓜里面注射了毒品？"高高为自己的馋嘴懊悔不已，可吐也吐不出来了。

"没有，只是现在的食物，为了卖相好看，种植的时候都喷了一种药，让这种植物长成一样的规格，大小、粗细、颜色都非常统一。你经常摄入，潜移默化中也吸收了喷洒在植物上的这种药，这种药的作用太大，简直要把你异化成南瓜了。"

"啊？"高高吓得连忙抓住了张伦的胳膊，"那该怎么办？难道除了南瓜，别的食品上就没有药吗？"

"所有的植物都被喷洒了药，只不过吃的种类多，颜色未必是单一的。这个问题你不是首例，为了避免这种情况，有些药里，已经加入了让人美白的成分。"

"啊，那对身体能好吗？"高高想起这个夏天，大家突然都罩起了长长的防晒服，即使在办公室都不肯脱掉，难道大家都和我一样，都快被异化成植物了吗？这时她又想起特别爱吃猪肉的经理，每天中午都会从经理办公室传来猪嚎一样的呼噜声，她的全身立刻起了一层鸡皮疙瘩。

"别怕，"张伦把高高搂在怀里，说："我回来的时候，在飞机上遇到一位科学家，他正在研制清除植物残留药液的药品。"

"哦。"高高思忖了一下，不屑地说，"科学家哪有空费口舌跟你聊这些，说不定是个跑江湖卖假药的。"

"不是，是科学家发现了我的秘密。其实，也是大家共同保守的一个秘密。"一边说着，张伦挽起了衣袖，露出的一截胳膊泛着莹莹的青光。

"啊？你这是怎么回事？"高高拉过张伦的胳膊，把眼睛凑过去仔细瞧，一边心疼地嚷起来。

"我们刚到南方的时候，条件有点艰苦，任务量又大，我们的菜经常就是黄瓜，后来就跟你一样，依赖上黄瓜了，结果，我们五个人就都成隐者神龟了。"

"你还有心思开玩笑。"高高嗔怨地拍打了张伦一下，"我们可怎么办呢？干等着科学家的伟大发明吗？"

"我们有的选择吗？可是，我想，与其花费心思研制药品，为什么不禁止给植物喷洒药呢？让植物遵循大自然的规律，按照它自己的意愿去生长，那该多好啊。"张伦不无感慨地说。

"是啊，咱们小时候天多蓝、水多清啊，人们的生活是原生态的，健康又环保。"

"这就不是那个科学家能掌控的范畴了，他只负责研制发明。"张伦苦笑了一下。

"谁都有权管这件事，我们是纳税人，我们又是直接受害者，我看，让我们携起手来，一起呼吁这件事，饮食安全一定会引起重视的。"高高倔强的劲儿又上来了。

"太好了，我也是这样想的。"两只年轻的手紧紧地握在了一起，两道坚毅的目光也融合在了一起。

# 第三辑　一朵蒲公英的梦想

## 作家陈小默

陈小默出书了，一口气出了五部童话故事。这些书一溜儿摆在书店最醒目的书架上，五颜六色的书名和下面黑漆漆的陈小默三个字，漂漂亮亮、大大方方地列队站着，像等待检阅的士兵，真有出息，比整天窝在家里码字的陈小默强多了。

网站上这套书都脱销了。书店都赶着进陈小默的童话故事，每个店顾客爆满，排着队抢购陈小默的书。

大人领着孩子来到书店，小心翼翼地取下书，抚摸着书皮对孩子说："你看看人家陈小默，才十岁，都出书了。你要努力啊！"

也有大人独自来买的，他们说要好好研究一下，从中找出一条成才之路，争取把自己的孩子培养成一个作家，一个少年作家，甚至儿童作家。

满大街的人都在谈论陈小默："啧啧，真是个神童！"

"这小子这么丁点儿个人，就耍大腕儿，哪家书店请他签名售书他都不给面子。"

"陈小默是我同学，他语文学得根本不好，满脑子奇怪的想法，我们老师总批评他。"这是一个奶声奶气的不屑的声音。

人一出名，正面负面的说法都有。

我什么都没说，到家后从布袋里掏出陈小默的书，我很想知道陈小默这个小圆脑袋瓜里，到底装着什么奇思妙想。

打开画有卡通动物图案的书封面，扉页上的陈小默正冲我得意地笑着，那神气劲儿跟他两年前打游戏过通关一样。

我正想深入到他的世界里去，电话铃响了，我战友张顺在话筒那边粗声粗气地说："李文，望花路十号陈小默，是你吗?"

"不是，我叫李文，书上有那小孩子的照片嘛。"我很无奈，一个陈小默，把大家搞得晕头转向了。

话筒里又传来他稀里哗啦的笑声："哈哈，我还寻思你要炒作，从哪弄来的照片呢。你们望花路出作家啊，这小作家你认识吗?"

"认识，就住在我家楼上。"

"太好了，我女儿买了一套他的书，想要他亲笔签名，你能帮个忙吗?"

"嗨，他就是个十来岁的孩子，签什么名啊?!"

好像一阵风，战友冲进了我的家门，非拉着我去找陈小默，无奈我只好陪他上楼。

陈妈见是我，热情地把我们让进客厅："李老师，您来得正好，我家小默出书了，正打算这两天去感谢您呢。"

"不用客气。"其实我给小默讲故事，只是偶尔为之，我要在空闲的时候看见小默，又正好他也有空才行，而且，我主要是看看孩子们是否会对我写的故事感兴趣，再就是我不想让小默把太多的时间都花在玩电子游戏上，前两年她们娘俩总因为电子游戏大动干戈，吵闹得四邻不安。

陈妈把家里罐装的龙井拿了出来，给我们沏茶："现在是小默的写作时间，再过十分钟，他就出来了。"

品着清茶，聊几句家常，小默就从书房出来了，穿着他去年那件跨栏背心，下面是有点褪色的红短裤，和每天在我窗前玩时一样，他把手臂举起来，向外舒展了一下，又低下头去揉眼睛，看见了我，兴奋地叫着李叔叔，蹦跳着过来贴着我坐下。

"要注意用眼啊，你把故事写在本上比较好。"我摩挲着他滑溜溜的小胳膊说。

"不在电脑前我没感觉。"他噘着嘴执拗着。

我指着张顺说："小默,这是张叔叔,他家里有一个跟你差不多大的小姐姐,知道你出书了,特崇拜你,想让你在她买的书上签个名,你给他签一个吧。"

小默冲我做了个鬼脸,去书房取来笔,翻开书的扉页,赫然写了一个大大的"ch",突然,他挺直了身子,慌慌张张地说:"糟了,我用拼音输入法习惯了,写成拼音了。"他羞愧得涨红了脸,眼泪在眼圈里打转。

我搂过他的肩膀:"没事没事,叔叔也买了你的书,叔叔下楼取去。"

陈妈拦住我,"家里还有。"

她取来书,给儿子鼓劲:"小默,没关系,这回好好写。"

小默表情严肃了,屏住呼吸,握着笔,一笔一画地在扉页上写下"陈小默"三个工工整整的字。

张顺点头哈腰地一再感谢,和我一起走出了小默家。

他把书丢在我桌子上,指着书气呼呼地说:"这蜘蛛爬的字,我怎么向我女儿交代啊?"

我眉头紧锁着,哪天我还得和小默谈谈,但现在的首要问题,是我得和张顺谈谈。

## 我来给你当儿子

那天上完体育课,我们刚走到教室门口,就看见李老师坐在教室里抹眼泪。

李老师非常和蔼可亲,上课时柔声细语,课后和我们有说有笑,我们都喜欢她。她说的话,对我们如圣旨般有效。

我们正面面相觑,班长手一挥,我们就跟随着到了操场。

"老师手里的贺卡是谁送的?"

我的心一颤,"贺卡是我送的!"

快到元旦了，高年级的同学有送老师相框的，也有给老师送日记本、钢笔的。我们班的同学也都跃跃欲试。可李老师说："你们也想送老师新年礼物？老师先谢谢大家了。不过，有要求，你们送我的礼物，要不花钱的才行。你们才上小学三年级，哪有钱啊？你们向爸爸妈妈要钱买的礼物，不是发自内心对老师的爱，如果你们真心祝福老师，那就要送你们亲手制作的才行，亲手制作的礼物老师最喜欢。"

"你在贺卡上写了什么？"班长使劲瞪了我一眼，气呼呼地问。

我一下子蒙了，"没写啥呀，祝福老师呗。"

"写的什么？快说。"十几张嘴在我面前一张一翕，晃得我眼睛都花了。

我无助地四处看看，冬日的萧瑟里，周围什么都没有，只有那一个劲儿往脖颈子里钻的寒风，让我的脖子越缩越短，我瑟缩在同学们的对面，像极了电视剧里"文化大革命"时期批斗会上的反面人物。难道我真有什么错误吗？

"快说。"班长咄咄逼人的目光有如利剑，直刺我心。

眼看冤假错案就要尘埃落定，我头一扬，豁出去了："我能写什么呀？你们不也都写了祝福的话吗?!"

上课的铃声响了。

班长指着我说："你等着。"一甩胳膊先走了，那十几个人冲我瞪眼睛，吐唾沫，都踢踢踏踏地走了，我冲他们的背影做了个鬼脸，也向教室走去。

老师讲的什么我都没听到，我反复地想，是我的贺卡惹老师生气了吗？我说的都是心里话，表达了我对老师最高的敬意和真挚的爱，这有什么不对吗？

也许老师正拿起我的贺卡时，想着别的事生气才哭了呢？这一定是班长他们误会了。

下课了，老师在教室没有走，班长几次示意我出去，我都没动，我不是怕她，我内心坦荡，没必要跟她解释什么，我看着坐在讲台上批改作业的老师，想着我自己的心事。

李老师还像当年那么漂亮。我上幼儿园的时候就喜欢她，那时她总穿一条红裙子，班长偷偷地告诉我们李老师结婚了，我和几个淘小子就喊她新娘子，她冲我们笑着，一点也不生气。

后来李老师做了我们的班主任，听李老师的课，有如沐春风般的温暖；和李老师一起玩，让我们觉得她特别平易近人；她还跟着我们去家访，一路上给我们讲好多故事……爸爸说："李老师哪里都好，就是每年都要请些日子的假，耽误孩子的课啊。"这时妈妈就反驳爸爸："她能愿意这样吗？她的心里不知道有多难过呢，孩子的课，她补一补不就撵上了。"我听出了端倪，就问妈妈："我们老师为什么会难过呢？她不来给我们上课，干什么去了？"妈妈摸着我的头说："你们老师的小孩丢了。"我妈妈是在编瞎话，我们老师从来没有小孩，怎么会丢呢？她来上班后，我问道："您孩子找到了吗？"她一愣，想笑，眼泪却一下子涌了出来。那天，班长他们几个还追着我打了一通。

胡思乱想着，又上课了，班长他们没等到我，气得干瞪眼。我不理睬他们，其实我不是不敢说，我要是真说了，他们也许会羡慕我的想法，会后悔自己没想到呢。他们也经常说老师要是有小宝宝多好啊，等有一天老师把小宝宝领到学校来，我们全班同学都带着小宝宝一起玩。我们都是这样想的。

老师看出了我走神，用手指轻轻点了点我的头。

放学了，我磨蹭到最后，等大家都走了，老师微笑着走到我的身边，拍着我的肩膀叫我快点回家。顿时，一股甜蜜的暖流在我的心头荡漾，"老师，再见。"

我跟老师告了别，劲头十足地走在回家的路上，我没有错，老师根本就没跟我生气。班长他们谁也不知道，我在贺卡上除了祝福，还写了一句话："老师，我给您当儿子吧。"

我偷偷地乐了。


## 小鱼的眼泪

2002年4月的一天，和风送暖，县环保局年轻的张局长在乡政府干部和派出所民警的带领下，走进了"钉子户"苏二的屠宰场，拿出辽河流域畜禽屠宰污水治理方案，对刚杀完猪的苏二说："你这个屠宰场未经政府批准定点，予以取缔。从现在开始，就不要再在这屠宰了……"

张局长的话没等说完，苏二就把手里的尖刀"啪"地一下掼在了肉案子上，眼睛一瞪，说："老子就在这儿杀猪！看谁能把我咋的！"

张局长看了一眼乡政府干部和民警，他们一个个都低着头，谁也不敢跟苏二对着干。张局长心里有数了，但是，事情还是要办。他找了条凳子坐下，取出香烟，递给苏二一支，苏二别愣着脑袋，没有接张局长的烟。

张局长给自己点燃，吸了一口，说："我也是辽河边长大的，小时候也成天泡在辽河里。我知道你在辽河边住惯了，不愿意换地方开场子，故土难离嘛。唉，刚才来你家的路上，车走在辽河边，真是臭不可闻啊，更别说下河……"

苏二一拍肉案子："你可别给我灌迷魂汤，告诉你，认识我苏二的人都知道，我就是一混人，软硬不吃！你们马上走，我还有要紧事！"

苏二话音刚落，民警抬腿就走了出去，乡政府干部对张局长说："张局长，走吧。到乡里坐坐。"

张局长无奈，只好站起身，心想：我当然要到乡里去。你们当地就是这么配合我们的工作的？一个地痞，就把你们吓成这样，还怎么开展工作！

刚走出院子，就看见一个八九岁的男孩垂头丧气地走了过来，张局长猜想：这可能是苏家的孩子，就大声说："有了这屠宰场，附近的气味真难闻啊！辽河也下不去脚咯，不比当年喽。"

说完正好和孩子走到对面，便伸出手摸了摸孩子的头。孩子懊丧地看了他一眼，没说话，进了苏家大院。

苏二三十多了才有这么个儿子。平时对儿子百依百顺，唯命是从。看见儿子放学回来了，浑身都舒坦，马上满脸堆笑着迎上去，说："大宝，今天心情怎么不好呢？"

苏大宝见爸爸问了，就气呼呼地从书包里取出画，对爸爸说："同学都嘲笑我画画不好看。"

　　爸爸一看，一条大河灰灰的，河里有小鱼吹的泡泡。于是，他耐心地教儿子说："大宝，河应该涂成蓝色。你没见书上说'蓝色的小河'嘛。还有，泡泡画在小鱼的嘴边……"

　　大宝不认同爸爸的观点，说："爸爸，我们为什么看书上说的，我们家门前不就有河嘛。你自己去看看辽河是什么颜色？它不是蓝色的，也不是无色的，而是浑浊不堪、恶臭无比的灰河。老师要求在河里画小鱼和水草，辽河里面没有鱼虾，水草也没有，我不敢不画，就画了小鱼。那不是吐的泡泡。小鱼那么爱干净，生活在这样的小河里太委屈了。它们都在怪我，不该把它们画到这样的河里受罪。于是，它们都流泪了。它们都哭了，我也非常难受。爸爸，我不喜欢这样的辽河……"

　　大宝不停地说着，苏二的心就酸了，叹了口气，说："大宝，我何尝不想让辽河回到从前！以前的辽河，那真是我们玩乐的天堂啊！"

　　大宝说："我听有人说，咱家开屠宰场，污染了辽河。爸爸，咱家别开屠宰场了。"

　　苏二看看大宝天真的样子，说："不开屠宰场，咱家吃什么、喝什么，我拿什么供你上学？"

　　大宝说："爸爸，咱可以吃得粗糙一点，环境好了，才能拥有健康。否则，天天吃大鱼大肉也一样生病。"

　　苏二不由得仔细打量起自己的儿子，没想到这小子念两年书，竟把事情说得头头是道，自己都说不过他了。他想了想，说："大宝，辽河的污染，不是咱一家的事。你爸不开屠宰场了，能挡住别人污染吗？辽河还不是这样？没救了。"

　　大宝说："爸爸，辽河是我们的母亲河，拯救母亲，从我做起呀。我们要用自己的行为去影响别人。也许一开始没人做，但你带了头，大家也就都跟着爱护辽河了，不污染了。辽河自然就好了呀！爸爸，救救辽河吧。我要清澈的辽河。就要！"大宝说着说着就哭起来了。

　　苏二见宝贝儿子哭了，连忙抱起来，亲着儿子满脸泪水的小脸蛋，说:"好大宝,不哭不哭。容爸想想。哎呀,我的祖宗,你就别哭了,我答应了你还不行吗?"

第二天张局长带着公安局的干警来到苏二屠宰场,见大门紧闭,邻居说:"苏二不开屠宰场了。进城考察市场,准备转型了。"

张局长讶异苏二的转变,周末把这一怪事给女朋友说了,在辽河岸边教书的女朋友笑了。张局长问她笑什么,她笑着摇摇头,什么也没说。

## 乖桃子

桃子是我教过的最听话的孩子,让她做什么她就做什么。上课时,她小腰板挺得直溜溜地听讲,工工整整地写字,学习成绩也很好;下课了,跟两三个女生安安静静地做游戏,从来没有闹意见来告状的时候,让她擦黑板、拖地什么的,她总是先冲我笑一下,然后默默地走过去,把活干完。

课余时间和其他任课老师交流,大家对桃子的印象都很好,都说她懂事,乖巧,遵守纪律,还说如果学生都像桃子这样,那当老师的就省心了。就连老师们批评学生,都不忘说一句:"你看看人家桃子。"

这学期开家长会,我还特地和桃子妈妈单独聊了下,介绍了一下桃子在学校的近况,其实入校这三年来桃子的性格一点变化都没有,始终如一。桃子妈妈满足地说:"桃子在家也这样,听话,不像别的孩子哭闹啊,管爸爸妈妈要吃穿啊,带她去超市,问她吃什么,从柜台这边走到那边,就是从来都不选,买什么都吃;每天,让穿哪件衣服就穿哪件,从来不挑剔。无论做什么事,都会跟我说一声,每天固定活动的时间表贴在墙上,到什么时间就干什么,从来不用我操心,有时做得快,提前完成了,她就过来问我能否看一会电视,或者是否可以玩一会儿。有时我不在家,她也要给我打电话请示,如果我不同意,她也不再要求,默默地走到一边去。看着孩子,我才觉得这日子有点劲头。"说到后来,桃子妈妈的眼神有些茫然缥缈了,下意识地把衬衫领口往上提了提，我装作没看见她手腕处的淤青，微笑着跟她告别，看着娇弱的母女渐走渐远，我的心莫名其妙地有点疼痛。

每天，我总喜欢多看桃子两眼，天真烂漫的小脸红扑扑的，忽闪忽闪的大眼睛笑盈盈的，多可爱的孩子啊，可是最近，我发现她不笑了，眼睛里常掠过一丝忧伤。

得空，我把她叫到办公室，再三追问，她才迟疑着问我："老师，我不乖吗？为什么妈妈不想要我了？"

我安慰了一下桃子，准备下班后约桃子妈妈谈一谈，桃子还小，她应该拥有幸福的童年。

没想到放学后全体老师开会，散会时天色已有点昏暗了，大家急匆匆走出来，远远地看见校门口站着一个小女孩，穿一件艳粉色的外套，梳着马尾巴，垂着头，小肩膀一耸一耸的，好像在哭，是桃子。我赶忙跑过去。

真是桃子，她看见我，放声大哭起来："老师，我妈妈没来接我，她不要我了！"

我教三年级，很多学生都可以自己走回家了，按学校规定，我只把学生送出校门就可以，不必再送到家长手中，但我知道，桃子每天是由妈妈接送的。

"不会的，桃子没给妈妈打个电话吗？"我蹲下来，把瘦小的孩子搂在怀里，掏出纸巾给她擦眼泪。

"打了，我打了十多遍，她一直关机。"桃子抽泣着。

"给爸爸打电话了吗？"

桃子愣住了，显然没有，看来她根本没想到要给爸爸打电话，也许，她从来没给爸爸打过电话，也许，她的心底里从来就没有爸爸。

我心痛了，把头扭向一边，不让桃子看到我眼角的泪水，我拉起她的小手说："走，老师送你回家。"

## 文文的小屋

文文原来并没有什么小屋，这个小屋也是她无意中发现的。

在文文发现之前，没有一个人知道这个世界上，还有一间这样的小屋。所以文文一进入小屋，理所当然认为小屋就是她的，谁还能跟她争一间只能容得下她一个人存身的小屋呢。

文文不在乎它是世界上最小的小屋。文文有了小屋，小屋就是她的整个世界。她把自己喜欢的一些东西带进小屋，被褥铺在地板上，躺在上面，望着尖尖的屋脊，她甚至想起了以前看过的一场剧，真的有一种神奇的感觉，终于有了属于自己的家，她筹划着以后每晚都睡在这儿。

文文正憧憬着美好的未来，一边想一边忍不住捂着嘴笑，她不敢大声，怕人听见，怕会失去这来之不易的小屋。

有了这样的想法，文文有些忧心忡忡了，她爬出小屋，向绝对权威的女人请求：这间小屋是我的。

嗯。

文文得到肯定后说话顿时有了底气："以后，我住在小屋里，谁也不能把它拆了。"

女人扭过身子，转过头来，推了推眼镜，看看文文，又看看小屋，耸耸肩膀说："那怎么行。它马上就会被拆掉。"

听到反对，文文急得像热锅上的蚂蚁，在小屋边走来走去，指着小屋，可怜巴巴地对女人说："我好不容易才有了一间属于我自己的小屋啊，为什么必须得拆掉？我住在这里多好啊，睡地板，地板防潮；屋子小，蚊子也找不到，我也不会被蚊虫叮咬；我在屋里看看书，干我自己乐意干的事，既不影响别人，也不给别人添乱，怎么就不行呢？"

"你的小屋在这儿，碍事又碍眼，既不科学，又不美观，根本不符合规划。"

文文并不懂什么规划，可她从女人的语气中，感觉她的愿望难以实现，但她还想进一步努力。

文文靠近女人，想套套近乎，甚至想亲女人一口，可她的心情有点糟，就放弃了这个想法，她哀求女人说："我的小屋不挡你走路，也不影响你什么。它立在这儿，多么独特啊，你看看它的屋顶，满是小狗的图案，我已经给它起好了名字，就叫小狗屋，多漂亮，多美观。你为什么偏要和别处一样？一点儿创意都没有。"

女人似乎有些累了，便不再开口，而是坚定地摇了摇头，文文着急地扑过去，双手摇晃着女人的肩膀，继续恳求。

见女人无动于衷，她伸出一根手指，说："就让我睡一晚，我只在这儿睡一晚，求您了。"

女人有些不耐烦，"不行，在这儿怎么睡？！"

女人说干就干，一把扯过小屋的屋顶，文文伸手抓住一角，带着哭腔喊："屋顶，我的小狗屋啊！"

文文眼看着女人把印有小狗图案的屋顶拽到光板的大床上，又把地上的被褥往小狗屋顶上倒腾，她失望地大哭起来："我的家没了，妈妈坏！"

文文的小屋在哭声中瞬间消失了。

## 小鱼的一天

操场上，岩岩正追赶着小艺，她们的笑声传进小鱼的耳朵，如鸭叫般刺耳。小鱼一个人坐在台阶上，显得渺小而单薄。

小鱼轻轻叹口气，上节课单元测试，岩岩趁老师没注意，便悄悄看了一眼她的答案，小鱼连忙放下胳膊，挡住考卷轻声说："岩岩，考试呢。"

岩岩白了她一眼，下课后急忙跑出去了，她赶忙跟出去，想跟岩岩解释，给她讲讲这道题。却见岩岩几步跑到小艺身边，一把挽住小艺的胳膊，她的心像被玻璃划过，很疼，她按着腹部弯下身子，一屁股坐在台阶上，满眼都是岩岩和小艺闹在一起的身影，满耳朵都是她们叽叽喳喳的笑声。

友谊如此不堪一击，又是这么轻易就可以建立！小鱼偷偷抹了下眼角，咬着嘴唇，装出一副无所谓的样子，站起身，回到教室，不让岩岩看出自己落魄的神情。

隔着教室的窗玻璃，岩岩和小艺正亲密地搂着肩膀说悄悄话，她们会说什么呢？岩岩会不会把她以前说小艺的那些话告诉小艺呢？小艺长得真漂亮，水汪汪的大眼睛，总像在说话，长得跟她妈妈一样。想起小艺妈妈，小鱼的心习惯性地疼了起来，她枕着胳膊趴在课桌上，不再看她们。她想起了妈妈，其实妈妈的眼睛也挺漂亮的，只是太爱哭，又红又肿的眼睛怎么看也不美。

总算放学了，小鱼一边慢吞吞地收拾书包，一边偷偷地观察岩岩。

"小艺。"岩岩的喊声太嗲了，虽然早有心理准备，小鱼还是差一点把午饭都吐出来。她懒得看岩岩，背起书包往外走。

岩岩大概跑得太急了，一下子绊倒了，摔在了教室门口。

"小……艺。"这次的喊声带着哭腔了。

小艺摆摆手："岩岩，我回家了。拜。"

小鱼的嘴角向上翘了翘，她想无视地走过，可看岩岩坐在地上一直没起来，只好走过去，蹲在岩岩面前说："起来吧，这也不是热炕头。"

岩岩瘪了瘪嘴，说："我脚脖子崴了，疼，起不来。"

小鱼把胳膊从岩岩的腋下伸过去，架起岩岩，扶起她。

岩岩半个身子靠在小鱼的身上，小鱼扶着她，一点一点向校门口移动。

终于挪到了校门口，小鱼跑到收发室，向门卫借了电话，岩岩给妈妈打了电话，小鱼陪她一起等妈妈。

"小鱼，今天……我那么气你。"岩岩的眼神里充满了愧疚。

"明天还气我不？"

"再不了。"岩岩顽皮地歪了下头。

岩岩被妈妈用电动车带走了，小鱼一边往家走，一边愉快地哼着歌。一整天的坏情绪，早已经跑得无影无踪了。

突然，小鱼把两手一背，捂着书包跑了起来，她要对妈妈说，别再跟爸爸吵架了，只要对爸爸好点，爸爸会回来的。

妈妈会听她的吗？会的，妈妈爱她。

她飞快地向家跑着，心里无声地喊着：妈妈，爸爸……

# 妈妈，我好想你

妈妈：

　　你在哪里？你什么时候才能回家来呢？你的桃子好想你。

　　妈妈，桃子想你的时候，就一个人默默地坐在院子里抹眼泪。姥姥根本不喜欢我，她每天都有干不完的活，从来没给我讲过一个故事，也不给我买小画书，没问过我开不开心，有时夜里醒来，听着姥姥的呼噜声，我就想起躺在你怀里的那些日子，眼泪湿了枕头。

　　妈妈，桃子很想你，但也恨你，你说你爱桃子，可你为什么要离开桃子呢？那天，你趁我在院子里捉蝴蝶，想悄悄地溜走，可还是被我发现了，我哭喊着追赶你。妈妈，你为什么不停下来，反而飞快地跑了呢？你知道当时我有多害怕、多无助、多绝望吗？爸爸已经不要我们了，你再离开我，这个世界只剩下桃子一个人孤零零的，桃子怎么活呀？我也不知哪来那么多力气，哭啊，喊啊，跑啊，当时心里只有一个念头，就是要和你在一起，我不能失去你啊，妈妈，我不想当孤儿。妈妈，我很快就要追上你了，可一辆大客车突然停在了你身边，你连头都没回就上了车，大客车扬起一片尘土，鸣一声喇叭开走了。我"哇哇"大哭着，继续追赶，妈妈，你说你最爱桃子的呀，你看见桃子这样拼命地追你，一定会从车上下来的。我正跑着，突然被一块大石头绊倒了，摔在地上，再也爬不起来，我打着滚，号啕大哭。马路冷冰冰的，我的腿钻心地疼，我的心也疼痛得要命。

　　好半天，姥姥才喘着粗气赶上来，冲我吼着："桃子，你闹什么，你妈上城里挣钱去了，过年就回来。走，回家。"

　　我哪肯起来，哭闹个没完没了，姥姥像拎小鸡一样拽起我，把我夹起来，夹得我肋骨生疼。

　　"啥时候过年？"我成天跟在姥姥屁股后头问。我多么盼望过年，妈妈，我多么想扑进你的怀抱啊。

　　姥姥指着墙上的日历说："看，这本日历全撕完，你妈就回来了。"

她喂猪去了，我一个人站在日历下面眼巴巴地看。

姥姥每天早晨站在日历前看看，然后撕下一页，她可真是笨，撕这小本本还不是小菜一碟。我搬来凳子，翘起脚，把日历拿下来，撕扯着那一页页薄薄的纸，还没扯到最后，姥姥进屋了，见我在撕日历，立刻瞪圆了眼睛，凶神恶煞般把日历抢了过去，还在我屁股上打了几巴掌，火辣辣地疼，我张开嘴哭了，"我要妈妈，我要让妈妈快点回家。我要让妈妈柔软的手拍我睡觉，我要让妈妈给我讲故事，我要让妈妈拉着我的手去玩，我要妈妈……"

妈妈，我一个人在院子里坐着，想你的情绪弥漫着，我无时无刻不在想你，隔壁岩岩姐来哄我："桃子，你别难过了，你妈妈出去挣钱了，回来会给你买好吃的，还会给你买花裙子呢。"

"岩岩姐，你想妈妈吗?"

岩岩姐摇了摇头："我不想，妈妈在家，就会让我学习啊，写字啊，看书啊，现在根本没人跟我啰唆，妈妈回来还给我买东西，带我出去逛街，要啥买啥，多好啊。"

我看着岩岩姐的得意劲，一点也高兴不起来："岩岩姐，我不要好吃的，也不要花裙子，我只要妈妈。"

妈妈，一提起你，我的眼泪就在眼圈里转，岩岩姐只好从衣兜里掏出一小段粉笔，说："这是粉笔，从学校拿回来的，你看，能用它写字和画画呢。"

我看到粉笔，就不哭了，在地上画起来，画着画着，我又想你了，我要用粉笔画一个妈妈，让你陪在我身边。于是，我找了一块大点的空地，画了一个大大的你，短头发，连衣裙，可像了，地上的你还冲我微笑呢，我的心情明媚起来，看岩岩姐不在身边，我轻轻地叫了声：妈妈。

我捏着酸痛的胳膊、腿，望着地上的你，你的表情好温柔，身体好温暖，便蜷缩在你的怀抱里，微风轻拂过我小小的身体，多像你的手在抚摸着我啊，我感到好踏实，好舒服啊，我仿佛又回到了和你在家的日子。

妈妈，桃子想你，你快点回来吧。

此致

敬礼！

想你的桃子

2012 年 8 月 24 日

## 蒲公英的梦想

据说，每一朵花开，都有一个天使诞生。

——题记

小离低垂着头，孤孤单单地走着，她没有走往常回家的路，而是向西洼那片荒草甸走去，她想一个人待一会儿。

草甸不远，转眼就到了。她把书包扔在草甸上，就像甩掉了学校里所有的不快，轻轻松松地跑进了大草甸。

正值初夏，草甸上，一眼望不到边的绿地毯上开满了金黄、雪白、淡紫……的小花，十分漂亮。

"啊——啊——"

小离弯着腰，把双手拢在嘴边，对着空旷的大草甸，喊了一声又一声，直到声音有些嘶哑，才一下子躺倒在柔软的草地上，郁积在心中多年的郁结一下子都倾吐出去，心里有种空空的感觉。

小离一骨碌爬起来，看着草甸上一棵又一棵蒲公英举着毛茸茸的小拳头，高兴极了，蹦蹦跳跳地跑着，折下一支蒲公英，用嘴轻轻一吹，绒毛轻轻飘飘地飞走了。在夕阳的照耀下，蒲公英背起梦想，和阳光握手，轻盈地舞蹈。她再折下一支，把绒毛放飞……她在草甸上跑来跑去，一边吹绒毛，一边欣赏：它们会飞到哪里呢？我要是一朵蒲公英，该多好啊，我就可以飞到一个没有学校、老师和同学的地方。

想到这里，小离轻轻地叹了口气，她拣了一处蒿草很高的地方坐下来，把小小的身子掩藏在蒿草里，抚摸着手背上的小疱疹，回忆着教室

穿过迷雾的阳光 | 113

里发生的那一幕：她从教室外走回来，看到茵茵的书掉在了地上，便弯下腰，把书捡起来放在茵茵的桌子上，茵茵大哭大喊，叫她离远点，她正想解释自己的病根本不传染，老师走过来，把她推了个趔趄，嗔怨着说她像个癞巴子似的，乱摸什么。教室里的同学们哄堂大笑，她真想在那一瞬间消失，她不知道自己怎么回到座位上的，也没听清老师是怎么安慰茵茵的。她趴在座位上悄悄地流泪，又悄悄地擦去泪水，她讨厌泪水，仿佛从眼睛里流出的泪也是一个个小疙瘩。

老师厌恶她，只在她弄响了凳子或请假上厕所时，才像忽然想起了她，不得不怨怒地把眼神移过来，呵斥她一两句，每次都不忘骂一句癞巴子……

她曾偷偷地到小池塘边去看癞巴子，灰不溜秋的，浑身疙疙瘩瘩的，她哭了，她恨自己。她知道，有天使的地方就会有恶魔，可为什么偏偏自己是夹杂在天使群中的小恶魔呢？一滴泪从满是疱疹的脸颊滑落下来。

妈妈说她不是恶魔，是一个遭遇了魔咒的小天使，只要和妈妈一起努力，一定会像其他孩子一样有光洁的皮肤。每天，妈妈都用温柔的手轻轻抚摸她，亲吻她的脸颊，用温温的艾蒿水给她洗澡，妈妈用慈爱的目光鼓励她，温软的语气那么坚定。妈妈一直在努力，给她试过那么多偏方，可为什么还是不管用呢，血里的病就这么难治吗？

太阳渐渐向西滑去，小离有些想妈妈了，妈妈干完活回家找不到她，该着急了。她从蒿草丛里钻出来，折下一支蒲公英，拎起书包，向回跑。

今天回家有些迟了，小离一口气跑到河边，想从河上抄近路回家，河里有一溜儿石头，踩着石头走过去，比大路近一半呢。

小离急匆匆踏上石头，一边走，一边急切地数着，一块、两块……走完十一块石头，就到家门前的大道了，一盏盏灯亮起来了，隐隐约约地，母亲喊孩子回家吃饭的声音此起彼伏。

"小离，小离——"妈妈也在喊，喊得她心里暖暖的。

突然，小离脚下一滑摔倒了，额头磕在了石头上，有点疼，她感觉有液体从额头淌下来，她挣扎了一下，没有起来，河水凉沁沁的，舒服极了。她平卧在河里，天上涂抹了胭脂的云彩倒映在河水里，像天使的翅膀，陪伴在她的身旁。

转眼又到了春天，蒲公英花开花落，一把小小的降落伞怯怯地飘进了教室，落在一个美丽女孩的书上，难道，这小小的绒毛也想读书吗？讲台上的老师好亲切，好慈祥啊，眼睛里闪着微笑，目光抚过每一个孩子的小脸。女孩顽皮的眼睛眨了眨，轻轻吹了下，绒毛又飞起来，落在桌脚边，她想在教室里寻找一寸土，开一朵金黄的小花。

## 最美的钻石

小岩望着单元测试卷，有点魂不守舍，昨晚没睡好觉，但更主要的是，他心情不太好。

他张开大嘴，打了个呵欠，突然，眼角的余光发现前桌妮子的脚下有一颗钻石在闪亮。

"啊，钻石。"他连忙捂住嘴，以免自己喊出声来，顿时睡意全消。

小岩稍稍抬起头，偷看一眼讲台前的老师，老师没有发现他的小动作；他又看了眼妮子，她正专心地答卷呢。

小岩放下笔，悄悄地从凳子上蹭下来，从桌子下面钻到妮子旁边，伸出两根手指，轻轻地捏住了这枚耀眼的钻石。钻石是红色的，艳艳的红，像初绽的杜鹃花，像天边的晚霞，像火热的心，要多美有多美，小岩从没见过这么美的钻石，他忘情地欣赏着，觉得自己是世界上最幸福的人。

妮子的脚伸过来，一下子把钻石碰掉了，紧跟着，妮子也蹲下来，一把抢过钻石，眉眼和嘴角弯出得意的笑，说："给我吧。"

小岩急了，拉住妮子的手说："不行，这次不给你了。"

"在我脚下，本来就是我的。"

"哪写着你的名字？"

"你俩出来！"老师严厉的声音突然在头顶爆炸，小岩和妮子连忙从桌下爬出来，规规矩矩地站在老师面前，垂下了头。

"答卷。"老师的高跟鞋有节奏的铿铿声渐渐远了，美丽的钻石也越来越远了，小岩的眼睛紧紧地盯着老师的手，他的心也被老师带走了。

"啪啦"，钻石飞进了垃圾箱。小岩的心"刷"地掉进了冰窖，他痛苦地闭上了眼睛。

良久，小岩抬起头，见妮子正低头认真地答题呢，"哼，都赖你。"小岩用只有自己能听见的声音嘀咕了一句，抬起脚使劲蹬了下妮子的凳子，妮子回过头，狠狠地瞪了小岩一眼，转回身继续答卷。

"还说跟我好呢，看见钻石就抢，算什么朋友。"小岩在心里抱怨个不停。

放学的音乐铃声响了，小岩以最快的速度装好书包，像离弦的箭一样射了出去。

"小岩。"还没等跑到垃圾箱旁边，老师的叫声截住了小岩。

哦，小岩垂头丧气地来到老师讲台前。

"你的卷交了吗？"

"没有，还有两道题。"小岩打开书包，掏出卷子和文具盒。他用眼睛偷偷瞄了下妮子。妮子正慢吞吞地装着书包，若无其事地等他呢。

他朝垃圾箱努了努嘴，可妮子没看见，蹦蹦跳跳地跑出了教室。

死妮子，这会儿你又把钻石忘了。小岩一边暗暗怨恨着妮子，一边赶紧把落下的题补完。

小岩把卷子交给老师，放垃圾箱的桌子已经空了，他跑出教室，在门口看见正扔沙包的妮子，气得举起了拳头。

"干吗？我好心等你，还想打我？"妮子的眼睛一挑，叉着腰说。

小岩放下拳头，埋怨起来："都是你抢钻石，抢钻石，钻石丢了你怎么不找？"

"不是被老师没收了嘛，我上哪找去？"妮子白了小岩一眼，噘着嘴说。

"被老师丢进垃圾箱了。"

两个孩子撒腿往垃圾房跑去。

刚跑到房门口，迎面碰见倒垃圾的同学出来。

"你们把垃圾倒哪了？"小岩带着哭腔问。

同学指了指垃圾房的一个角落。

"哎呀，别去，怎么找啊？明天，我陪你去操场捡，也许能碰到更好看的呢。"妮子拉住了小岩的胳膊。

"这是我看到的最漂亮的钻石。在操场上，什么时候碰到过这么好看的？"

"那你找到就得给我。"妮子娇横地说。

"怎么总得给你？"小岩气呼呼地向角落走去。走了两步，又回到妮子面前。"妮子，昨晚，我被爸爸妈妈吵醒了，最近他们老吵架。妈妈说爸爸整天在外面瞎混，不着家，还给别人买钻戒。你知道钻戒是什么吗？就是镶着钻石的戒指。我看到这枚钻石后，就想把这枚钻石送给妈妈，让妈妈镶在戒指上。这枚钻石多漂亮啊，妈妈看到后就不会生气了，妈妈不跟爸爸吵架，爸爸就回家了。我爸爸一走，就好几天不回家，我想他。"

妮子亮闪闪的大眼睛眨了眨，她伸手在小岩的眼角抹了抹，坚定地说："快找吧，我帮你找！"

"好妮子。"小岩拉过妮子的胳膊，想了想，又说："妮子，这枚钻石给我妈妈。等我将来长大了，我也给你买钻戒，只给你一个人买。"

"嗯。"妮子开心地点了点头。

## 环保小卫士

他经常捡起同学们座位下的小食品包装袋。刚入学的孩子能主动去维护教室的整洁，真是难能可贵。我安排他做劳动委员，还颁给他一枚"环保小卫士"之星。

可是他穿的却不干净，有时袖口已经油黑发亮了，我告诉孩子，回家叫妈妈洗衣服。

孩子表情黯淡地回到座位上，第二天来上学，还是那件破旧的脏衣服。

上课好一会儿了，他迟迟没有回到教室。不是我的课，我便亲自去找他。同学说他去扔垃圾了。我决定先去垃圾房看看。

走近垃圾房，透过敞着的窗口，我看见瘦小的他正背对着我，手里握着一大把小食品包装袋，一点一点把小食品残渣倒在手上，塞进嘴里，然后，再把食品袋撕开，伸出舌头，认真地舔着食品袋的里层。

我悄悄地向回走，又折回来，故意放重脚步，喊他的名字。

他跑出来，嘴巴已经擦干净了。我故意嗔怪他说："扔个垃圾袋怎么去了这么久？都上课了。"他"哦"了一声，跑向教室。

我决定去他家一趟。上学两个多月了，我竟然不了解自己的学生，我深深地自责着。

敲开一间破旧的土坯房，一个病怏怏的老头子接待了我，是孩子的爷爷。孩子的妈妈早在孩子两岁那年就跑了，孩子的爸爸外出打工也已经三年音信皆无。奶奶早已去世，他最近又病了。

"那送孩子的……"

每天送孩子上学的，不过是邻居顺便捎上他罢了。

我流着泪，心情沉重地向学校走去。我要严格执行规定了：不许吃小食品！从家带来的也不可以！

## 远方的风景

在小区墙外 100 多米处，是一栋老式的楼房，今年虽在楼外贴了保温层，刷上了土黄色，可还是那么老老旧旧的。我现在正走出小区，踏着黄昏金色的土地，走向这栋楼，走向这一年前我无意间发现的风景区。

这是我一个人的风景，也是第一次鼓起勇气走过去，我早已细心观测，我的目的地应该在那栋楼中间单元的顶楼。今天我出来得早了点儿，旖旎的风景还没有出现。

一年前，我偶然抬起沉重的头，突然发现对面楼上有一个身着艳粉衣服的少女，她把半个身子伸出窗外，好像是在眺望什么风景。我四处看了看，我们小区的院子空荡荡的，只有我一个人孤单寂寥的身影。我又向那姑娘望去，心里犹豫着不知是否要做个回应，她却把头一扭，娇羞地回到房里去了。

从此，每当走进院门，我就不由自主地向对面楼观看，总能看见那个少女，穿着艳粉的衣服，有时还向我挥挥手臂，停留那么一分半分钟，又转身回去。她认识我吗？她怎么知道我每天放学的时间？难道是我新买的这件红夹克吸引了她的眼球？我疑惑着，任美丽而神秘的她填满了我的心。

每天从书山题海里挣扎出来，我都会慢慢沉浸在浪漫的黄昏里，这是我和对面少女共同的秘密。每天望着她停留过的窗口，我想象着她迷人的模样，一定是个黛玉般多愁善感的姑娘，披着一头瀑布般的直发，微蹙着胃烟一样的眉毛。那次，我考前模拟进了前50名，我兴奋得想要与她共同分享；那次，我们球队比赛赢得了第一，我也真的想让她和我一起庆祝；还有高考前两天，我心情特烦躁，我好想向她倾诉一下，那天吃过晚饭，我向她经常出现的窗口走去，就要走到楼下的时候，我又转了回来，我怎么去呢？我还是愿意让她和我一起开心，而不是为我分担什么。

我已经19岁了，是成年人了。如果她真的喜欢我，就让我拿着烫金字的录取通知书去见她吧，我相信那是最大的快乐。每次都这样想，所以始终克制着自己，没有去见她，而且我比平常更刻苦地学习了。每当我拖着夕阳拉长的身影走进小区，见到艳粉色的她如期守候在窗口时，我的心就柔软了，就轻松了，就更加平静了。有这样一个女孩陪伴，多少苦闷、多少无聊又算得了什么呢？

黑色的六月终于过去，我可以松口气了，我有一种强烈的渴望，我非常想见到她——艳粉女孩，我要握着她的手告诉她：其实我早就知道她的心，这么长时间里，我也一直都很想她。这么迟才来，请求她能原谅。

就这样，我来了。

我踏着黄昏金色的土地走到了对面的楼前，刚才远远的还看见她含情脉脉地等候在窗口，大概是看见我走过来了，害羞地回到房间里面去了。不过没关系，我已经积蓄了足够的勇气来敲开她的家门。

我一口气爬上了六楼，门开了，一个妇人站在了我的面前，左脸大概是被烫伤过，像涂抹上了绛紫色的糨糊一样狰狞，一件艳粉色的睡衣裹在瘦弱的身上，使我有一种走进聊斋的感觉。她不解地问我："你不是也来找小军的吧？"说完，狐疑着转过头去看，如瀑的长发十分顺滑地垂在腰际。

这时我才发现，一个十来岁的小男孩正坐在餐桌边，端着碗往嘴里扒饭。听到他的名字，好奇地往我这边看了一眼。

我吓出一身冷汗，急匆匆地奔下楼，奔出好远才停下来喘息。

关于见面，我设想过万种版本，却从来没有想过，窗前那个艳粉色的"少女"，怎么会是一个每天在楼上喊孩子回家吃饭的面目那么狰狞的妇人呢？

## 赵一名死了

赵一名跳楼自杀了。

赵一名从 A 大学中文系教学楼八楼跳下来，不知被谁拍了照片，发到了微博上，整个 C 城沸沸扬扬地谈论着这一惨剧。

学校在第一时间通知了家长，赵母正在给小学生讲课，听到消息当时就晕倒在了讲台上，赵父根本不相信这个事实，他以最快的速度赶到学校，看到女儿蜷缩着腿，脑浆迸了一地，像个大大的问号躺在冰冷的水泥地上，顿时跌坐在地上，抱着女儿僵硬的身体哭起来，在场的人都不由得流下了泪。

"刚考上大学就跳楼，一个大学生把生命当儿戏，白受这么多年的教育了。"

"正是花样的年华啊，幸福的人生才刚刚开始。"

"也不为父母想一想，现在这孩子哟。"

"赵一名学习多好啊，前途无量，怎么这么想不开呢？"

"我们好不容易熬过了艰难的高中生活，刚开始享受人生，她太傻了。"

"早上赵一名问上大学的目的是什么，人生的幸福什么时候才会来，我们还打趣来着——赵一名你选修哲学了。谁也不会想到她下午就跳楼了。"

师生们窃窃私语。

赵一名是在上完最后一节班会课跳楼的，作为班长，她主持的班会"说出心中的梦想"。当时有老师旁听，大家畅所欲言，根本没有任何事情刺激到赵一名。大家回忆细节，班会刚开始时，赵一名说自己的梦想是当一名医生，结果同学们说，那你怎么不考医学院，跟我们一起学什么中文啊。她一笑，事情就过去了。这根本不算什么，不可能成为刺激赵一名跳楼的原因啊。

校方帮助赵父料理后事，好像就是一瞬间，这个高大的北方汉子显得矮了半截，背也驼了，手也抖了。掌上明珠啊，赵一名这个名字还是他取的，当时抱着小小的女儿，自豪地说："咱的姓在百家姓里排第一名，咱的女儿就叫一名，以后干什么都争个第一。"好像一转眼，如花似玉的宝贝女儿，说没就没了呢，泪水难以下咽，洪流似的决了堤。

钱校长轻轻拍着赵父的后背，"这孩子我们都喜欢，头一天还和几个同学帮我整理旧书，我们聊起《红楼梦》，她把小说人物的病症，所吃药的名称、功效，了解得太透彻了，我们从早上一直聊到黄昏，我还想介绍她加入红学会呢。"

赵父把脸埋进女儿的头发里，不断地念叨着："一名，来世爸爸一定做主让你当医生……"

一个星期后，赵父扶着赵母再一次走进学校，有些物品要整理，赵母执意要来看看，她的头发都白了，目光呆滞，像祥林嫂一样，絮絮叨叨："一名从小就乖巧，成天抱着书本学，从小学到高中毕业，一直都是班里的第一名，根本不用我操心，从来不玩，我教一辈子学了，没有一个学生比我女儿强啊……这个没良心的，我从小把她抚养大，她啥事都跟我说，啥事都跟我合计，这回竟这么狠心，抛下我走了……"说着说着，又大声哭起来。这个平日精明强干的女人再也不注意自身的形象了，悲恸欲绝的声音在学生宿舍楼里回荡。

赵父鼻涕眼泪早已糊了满脸，他受不了听到女儿的任何事。

他们跟跟跄跄走进赵一名的宿舍。自从赵一名死后，学校就把其他三个女孩子调到了别的宿舍。

赵父伸出颤抖的手，抖抖索索地整理女儿的衣服和被子。赵母倚靠在床边，摩挲着女儿枕边的书，女儿喜欢看书，枕边总放着书。她发现书中有一张小纸片，上面是赵一名娟秀的小楷：小学、初中、高中、大学、硕士、博士、博士后……从我，无书。

赵母手一松，纸片轻飘飘地落了地，她也随即跌倒在了地上，昏厥了过去。

赵父连忙呼唤赵母，掐人中，混乱中，陪同前来的钱校长瞥了一眼纸片上的字，他的心不由一战：这傻孩子，那天我是出于爱才……才建议你将来考研读硕士、博士、博士后呀。

钱校长不动声色地自责着，他不知道，赵一名在填报高考志愿的时候，是赵母不肯让她学医。学中文，当作家，写书，曾是赵母年轻时的梦想。

# 笑　脸

"会可以组词为开会"。小学一年级的孩子，词汇还不是很丰富，这么简单的组词都会把诚诚难倒。

"开会是什么意思？"

"开会就是把大家集中起来，就一个问题或几个问题进行研究、讨论，或总结以前的情况，布置新的任务……"

"那咱们今天也开会吧。"

"好啊。"看着诚诚一本正经的小脸，我在心里暗暗发笑。

"爸爸，开会了。"

"哦。"诚诚爸爸正坐在沙发上看电视，头也没回地答应了一声。

我跟过去，饶有兴趣地坐在沙发上，等待开会。

诚诚关掉电视，无视爸爸的愤怒，跳到沙发上，坐下，指着对面墙上粘贴的笑脸说："妈妈，为什么咱家只有我一个人有笑脸啊？我爸爸没文化，得不着笑脸也就不说啥了，可妈妈呢？妈妈，我真想给你的笑脸撕掉，可你没有啊，如果要给你发的话，我得先给你发个哭脸。"

敢情我和他爸在他心里就是这么个形象，我真是哭笑不得，不等我发表感慨，他爸爸首先提出了抗议："我咋没文化了？我昨天没给你讲题？"

"可你不懂科学啊，你吃烧烤，还喝酒，总后半夜回来睡觉，这样身体能好吗？你再不相信科学，一会儿兴许死了呢。"

"你就这样说爸爸吧，爸爸没法喜欢你了。"

"孩子说的话也不是一点道理也没有，你要深思啊。"我强板住笑，提醒诚诚爸爸。又转过头来问诚诚："我整天看你，接送你上学放学，陪你写作业，讲故事，给你做好吃的，洗衣服，买水果……整天围着你转，不但得不着笑脸，还得哭脸？"

显然他没想到我竟为他做了这么多贡献，他想了一会儿说："那你有时候也对我大喊大叫的，有时候还打我呢。你欺负小孩子，就应该被撕笑脸，你没有笑脸，就给你得哭脸。"

"我为什么生气发火啊？还不是因为你有错误吗？你要是什么事情都照我说的马上去做，我能发脾气吗？"

"我错了你就告诉我呗，也不能打我啊，你不是说有人欺负我你心疼吗？你打我你不心疼吗？"

"好吧，以后你表现得好点，我也不打你了。尽管我不经常打你，但打人的确是不对的，我接受批评。"

看我这会没发脾气，他撒着娇，攀到我身上："妈妈，你啥时候能得笑脸啊？"

"是啊，我什么时候得啊？我也期待啊。"

"我教你吧，你背《三字经》，做题。"

"我哪有那工夫啊。"我质疑:"这样的考评太单一了。我做的很多好事都可以得笑脸,比如说上个星期天,你要买那本故事书,我就给你买了。我每天叫你起床,陪你跑步,送你上学让你不迟到,我以后再做这些的时候,你要想着给我发笑脸哦。"

他看看我,跑回小卧室,不一会儿,举着笑脸粘贴说:"妈妈,我给你两个。"

"算了吧,以后你觉得妈妈做得好的时候再给妈妈。"

"给爸爸吧。"正在剪指甲的爸爸看见笑脸廉价发送了,伸出手逗他。

他白了爸爸一眼说:"你要靠自己的努力才行。我妈妈都没要呢。"

"妈妈,我们这算开会吗?"

"算啊,今天会议的主持人就是你,你给爸爸妈妈开了一个要努力进取促和谐的会,以后,我们都要积极向上,看谁得的笑脸多。那样谁就是咱家最优秀的人。"

"谁能比过你们娘俩啊?"他爸有时候就像个孩子。

诚诚很认真地说:"你只要做得好就能得到啊。你会开车,还是象棋高手,这不都是你的优点嘛。"

"好吧。"诚诚爸爸无奈地做了个鬼脸,把我们都逗笑了。

会后,墙上五颜六色的笑脸旁边,又多了两张白纸,上面分别写着我和诚诚爸爸的名字。

## 调 查

星期五的下午,华英中学梅校长坐在教育局新调任的局长家的沙发上,满脸堆着笑,搜刮尽腹中的花言巧语,希望局长高抬贵手,放学校乱补课的老师一马。补课老师交给校长的两捆钱,隐藏在校长的公文包里,正寻找着适当的时机,准备名正言顺地出来,水到渠成。

这时,局长的小外甥曾诚垂头丧气地走进来。他是为了上学方便,上周到舅舅家来住的。

"曾诚，你怎么了？"

曾诚见舅舅问他，便走过来，嗫嚅着说："舅舅，我们明天交100元钱。"

"这是你们华英中学初一的学生。"

局长说得轻描淡写，梅校长却有如芒刺在背，连忙问："哪班的？学校没有乱收费啊。"

局长又把目光转向孩子："你上初一才几天，不认识你们学校梅校长吧？"

孩子一听面前的人是校长，惊愕得两眼睁圆，嘴都合不拢了。

局长看了看他："曾诚，你哭过？你要对我们说实话，我们才能帮你呀。"

"我刚才在学校图书馆门口被抢了，他叫我明天还要带100元给他。不许告诉家长，否则还打我呢。"说完一伸胳膊，两道长长的血痕露了出来。

局长脸一沉，看了梅校长一眼。

梅校长轻轻托着孩子的胳膊，咧着嘴，一副心疼的样子："还记得抢钱的人长什么样吗？"

曾诚说："蓝头发，刘海可长了，有人说是初二的，外号叫蓝精灵。"

"上学期间，在校园里抢劫，学校的安全措施何在？学校的管理何在？"

梅校长的脸刷地白了，汗珠顺着脑门淌下来，像一条条毛毛虫，痒痒地，他也顾不得擦。"真是无法无天了！我这就回去调查，等查清楚再向您汇报。"

"你自己想好，能不能胜任校长的职务，别误人子弟！"

梅校长"咣当"一声推开学校政教处的门，好像把所受的气都撒在了这扇门上。

聂主任正在电脑前玩"血战上海滩"的游戏，他两步跨过去，一把拔了电源："在家玩电脑，在学校玩电脑，你离不开电脑了！"

聂主任笑呵呵地站起来，站在梅校长的对面。梅校长是他岳父，平时对他挺宽容的，今天一定是生气了。

"初二有个叫蓝精灵的你知道吗？"

"知道。我批评过他很多次了。"

"叫他到我办公室。"

不一会儿，聂主任把学生送到校长室门口，便急匆匆回来，赶紧打开电脑，再玩一会儿。

校长审视着蓝精灵，蓝色的头发，额头前一绺长长的刘海儿，学校还有打扮成这样的孩子，他竟然没有看见，真是失察。

"刚才你在图书室门口干什么了？"

蓝精灵低着头，一言不发。

"你还要看看监控吗？还是我给你父母打电话？"

蓝精灵急忙摆着手说："别找我父母。"说完，他"唉"了一声，低垂下头。

半晌，他缓缓地说："我姥爷病了，我妈在医院照顾我姥爷，实在没时间再为我操心。"

校长见他开了口，脸上的肌肉松弛了些，点燃一支烟，说："你能为妈妈着想，说明你是个很孝顺的孩子。知错能改，善莫大焉。"

蓝精灵抬头看了校长一眼，犹疑了一下，郑重地点了点头。

校长说："图书室门口，为什么那样呢？"

"我也不想要那小男孩的钱，还不是那天我们几个人吸烟被聂主任看见了，我也是没办法。"

校长被绕糊涂了："吸烟？聂主任？和这事有什么关系呢？"

"我们吸烟被聂主任看见了，聂主任要找家长，我们只好说交罚款吧。以前犯了错误，只要被聂主任抓住，我们就交点罚款，吸烟一百，打架两百。这些，都有价格。交了之后学校就不追究了。学校省事，我们也自在。可最近我姥爷生病了，我妈愁得要命，我不能再管妈妈要钱了。见那男孩兜里有钱，就一时动了邪念。我下次不了，校长，您别找我妈了。"

"看在你这份孝心上，这次就算了。罚款不用交了，以后也不能再偷再抢，也不能再吸烟。还有，你的头发……"

"我一定改，都改。"

蓝精灵出去了，但他的话一遍遍在梅校长的耳边回响，梅校长仿佛听见去年被几个大孩子要钱逼得跳楼的那个男孩在哭诉，仿佛听见是因为没钱被几个大孩子追着打的那个男孩在哭诉，仿佛看见拿到钱的大孩子在笑，那狰狞的笑脸也好像是他那不学无术的姑爷聂主任的……他揉揉眼睛，不想了。

他打电话到政教处，叫聂主任来。他得找他谈谈，说实话，他更想骂他，甚至揍他。

然后呢？

他还要想想该怎么向局长汇报这件事，局长外甥的钱，还有那个补课老师的钱，要不就说是交罚款？

他仰靠在椅背上，好疲惫……

## 机　器

眼皮老是跳个不停，要出什么事吗？

我是个负责的老师，只希望在期末统考的时候，班级名次靠前一点儿。

为此，从开学初到近期末，我一直认真钻研教材，扎实上好每一课，为了多写多练，其他科的课我都不让他们上，课程表都是一成不变的：早自习，背《三字经》；第一节课，数学；第二、三节课，语文；第四节课，做数学作业；午休后半小时，读《爱的教育》；第五节课，做语文作业；第六节课，写练习册；第七节课，背诗；放学后，孩子们都到我家里，做家庭作业、练习册两个小时。

我知道他们累，我也很累，可有什么法子？谁不知道孩子需要减负，可高考竞争仍然激烈，我们基础教育哪敢放松，每学期的统考成绩是我们最重视的事儿。

　　我从作业本上撕下一小块纸，吐点唾沫，贴在眼皮上。我一边批阅学生的作文，一边听他们背诗。听着听着，我突然听到录音机的声音。哪个孩子竟然把录音机带到学校了，当着我的面就敢放出声来！我怒不可遏地抬起头，准备揪出这个调皮鬼。

　　就在我抬头的瞬间，我惊呆了，孩子们那一张张天真可爱的小脸不知道什么时候竟然都变成了像电脑一样的宽屏幕，嘴巴一张一合，发出音响一样的声音。他们都认真地背着，谁也没发现自己变了。

　　我的眼泪一下子流出来了：可怜的孩子！这可怎么办？

　　放学的铃声响了，孩子们漠然地收拾书包，准备去我家写作业，没人注意到我脸上的泪水。

　　我心痛地跟在他们的后面走出教室，突然发现：其他班级走出来的孩子们，也都是电脑样的小机器……

## 向爱靠近

　　七一前夕，我带领五名学生去市里表演节目"榆城满族剪纸"。一向内向的童童坐在了我的身边。我看着她一副若有所思的样子，就安慰她说："别紧张。咱在学校时已经剪得非常熟练了。到台上，就像平时一样，不会出差错的。"她点点头。

　　其实我的心里和他们一样紧张，虽然我校的剪纸作品已经远送日本、新加坡等国，但这几个山村里的孩子去市里登台表演，还是第一次。尽管如此，在学生面前，我只能表现得镇定、泰然。

　　五名学生中，童童是年龄最小的，只有十岁，也是唯一的一个女孩子。本来，我是不想让她参加的。因为当初挑选剪纸选手的时候，有经验的老教师告诉我，让我都选男生，说女生心理素质不好，上台容易发慌。可童童听说要去市里表演，就蹦跳着非要参加不可，摇着我的手求我，向我保证她一定会出色地表现，保证表演圆满成功。一反她沉默安宁的常态。我被她纠缠得受不了，就说："那你就跟着练，试试吧。"

　　她听我松了口，像受了大赦一般，再三感谢我，然后蹦蹦跳跳地跑开了。此后的每天下课、放学，只要有一点闲空她就要握着剪刀练习，而且进步飞快。我被她这股认真劲感动了，也被她对剪纸如此痴迷感动了，辞退了一个调皮不听话的男孩，替换上了童童。在长达一个半月的练习过程中，童童是最听话最让我省心的孩子，可能是她知道自己上场的机会来之不易，才如此珍惜吧。她没令我失望，也不会让我在其他教师面前无话可说。我很欣慰。

童童推了推我的胳膊，把我从回忆中拉回来。她怯怯地问我："老师，我能给我妈打个电话，让她来看我表演吗？"

我一时没明白她在说什么："你妈？……"

童童羞涩地说："我妈在市里打工。自从春节走后，我还一次也没见过她呢，我好想她。"她哽咽着，声音越来越小，长长的眼睫毛上还挂了一颗大大的泪滴。

我真怕影响到她的情绪，忙搂过她说："孩子，等咱们到市里，就给你妈打电话，让你妈来看你剪纸，好吧？"

童童听我说完，立刻破涕为笑了，不好意思地倚靠在我的身上。

三个多小时的车程，孩子们都靠在车座上睡着了，童童也偎在了我的怀里睡着了。瘦小的孩子，像一只猫似的。红扑扑的小脸，一副恬静的神情。不知道在梦里，是否已经提前见到了妈妈。

看着这小小的孩子，我又陷入了一个多月前的往事中，童童在剪纸课上，大多数时间都是静默的，根本看不出她有多热爱剪纸。是那次我跟她们班老师在班里无意中说起，要带几个学生去市里表演剪纸，之后她就变了，变得对剪纸热情高涨起来，几乎把能利用的所有时间都用在了剪纸上。难道这个小小的孩子，是为了来市里和妈妈见面，才竭力要参加这次表演的？真难为了她这颗小小的心啊！我疼爱地摸了摸童童的头。她又向我的怀里靠了靠，是不在梦里，把我当成她的妈妈了？

想到孩子的心愿，我不禁担忧起来，我们是去市政府的礼堂表演节目的。大家都是凭票进入。她妈如何能进得了礼堂呢？如果母女不能见面，势必会影响到孩子的心情，她为了见妈妈而来，失望后怎么可能心无旁骛，把节目表演好呢？而且，我们是掐准时间来的，表演完了还要马上回去。毕竟，我们路途遥远啊！

车刚驶入市里，童童就像有人叫了她似的，醒了。看到外面繁华的街景，她问我："老师，到市里了吗？给我妈打电话，行吗？"

我点点头，掏出手机递给童童。她接过去看了看，又还给了我。她不会拨号码。我替她拨通后，又递给她。她把手机放在耳边，大声说："妈，我们老师带我们来市里表演剪纸了。你来看看我行吗？"

听到这，我连忙告诉她我们演出的地点，童童重复了一遍。又说："不行，我们演完就得回去。我得跟老师在一起。"

不知妈妈在那边说什么，只听童童用几近哀求的声音说："妈，你就请假呗。我能来一次市里多不容易啊！我们都多长时间没见面了？我天天做梦都跟你在一起。"

童童停下来，哽咽着。

我连忙抚着她的头发问："童童，妈妈说什么？妈妈是因为上班太忙请不了假？妈妈想留你在她身边住一宿吗？你要理解妈妈，她一定也很想见到你的。"

童童把手机还给我，说："妈妈说她跟老板说说，尽量来。"

她妈妈在一家小餐馆当面点师。我们的演出时间是下午1点半，这个时间餐馆里一定还有很多客人。她妈妈怎么跟老板请假呢？老板会答应她吗？我看着童童神情黯淡地低着头，心里也乱糟糟的。

我搂过童童，抚摸着她手掌上因练剪纸而磨出的茧子说："童童，别难过了。妈妈一定会想办法来看你的。就算实在来不了，咱来参加这么大型的演出，也能上电视的。到时候让妈妈看到电视里的你，妈妈同样会非常高兴的。"

童童一听说要上电视，立刻抬起头，用亮晶晶的大眼睛看着我。半晌，她说："其实，我早就知道妈妈打工非常忙，非常辛苦，非常不容易。我知道就算我来了，她也未必能请下假来的。但是，我还是要积极争取到市里来。我想，哪怕我见不到妈妈，能到市里，也是离妈妈很近了。我一样觉得很温暖。"

童童竟是个这么懂事的孩子，她说得我的心都要碎了，我紧紧地搂着她，半天才把眼泪忍回去。我说："好孩子，不管妈妈能不能来看你的表演，咱既然来了，就要好好表演，别让回忆留下遗憾。"

童童郑重其事地点了点头。

直到演出开始了，也没见到童童的妈妈。童童上台了，眼神里闪过一丝失落，但是，整个剪纸过程她都表现得十分流畅，十分自然，比平时哪次练习做得都好。我的心终于放下了。

表演结束了，我们开始往外走，大家都兴高采烈地谈论着刚才的表演。童童始终一句话也没说。我知道她一定是因为没见到妈妈而难过，可又不知道该如何安慰她。

走出礼堂，童童突然冲下台阶，一边跑，一边喊："妈妈！"

台阶的下面，一个中年妇女刚跨下自行车，童童扑进了她的怀里，她一把把童童抱起来，亲了亲童童的脸蛋。见我走过来，她放下童童，从车把上摘下一个塑料袋，说："老师，我来晚了，没看见孩子演出。这是我们老板让我给孩子们带来的馅饼，您给孩子们发吧。"

我接过馅饼，激动地说："大姐，你能来实在是太好了。童童表演得非常出色，真是个好孩子。"

听我这么说，妈妈高兴地摸了摸童童。

我们要回去了。妈妈又亲了亲童童的小脸，从车筐里拿出一个纸盒，说："童童，前几天给你买的裙子。"又从兜里掏出50元钱，放进童童的衣兜说："回家给奶奶。"童童点头答应了。

上车后，童童跪在大客车最后一排的座位上，不停地向骑着自行车的妈妈幸福地挥手。

# 第四辑　隔壁有眼

## 遗　产

我一个人漫无目的地走在街上，没钱的滋味只有我自己知道。艾欣欣就像一块大石头，重重地压在我的心上，这个爱钱如命的女人。

突然，有人跑来告诉我，继父去世了。

继父去世了，他的律师找到我，说他1200万元的财产全留给我了，我正和律师挤眉弄眼，暗自庆幸事情进展得很顺利。艾欣欣一个箭步冲到我面前，一招九阴白骨爪，我的右脸颊顿时火辣辣的疼，她疯了一般尖叫："马勇，我爸怎么会把财产留给你？无耻！"

艾欣欣是继父的女儿，这女人真是见钱眼开，我来不及多想，一把把她推倒在地，擦着脸上的血迹："你爸生病的时候你来看过他吗？你为他做过一点点小事吗？现在看到钱红眼了？这是对你这个不孝女的惩罚，自己反省吧。"

我把继父的各种卡、公司票据统统收进包里，对艾欣欣摆摆手，说了句"拜拜"，就搂着律师的肩膀扬长而去。

我有了1200万元，我在床上打滚，在屋角倒立，对着镜子扭屁股，把花花绿绿的票子扬起来，让我的周围下钞票雨，我欣喜若狂！我有钱了，我所有的梦想都可以实现了，包括迎娶艾欣欣进门。艾欣欣再也不会跟我赌气了，再也不会不理我了。

正想着，电话响了，传来一个女人的声音："勇，你今晚有约会吗？我们喝一杯吧。"听这娇滴滴的声音，我就知道是继父的情人，她叫英娜。想起她，满屋子都弥漫着她的香味。以前她从没正眼看过我，继父一死，我的魅力就彰显出来了，是钱的魅力。

我把皮鞋擦得锃亮，换上最帅气的西装，又喷了点香水，刚要赴约，电话的音乐铃声又响了。

是艾欣欣打来的，才一会儿，她就一百八十度大转弯，不可一世的尖叫换成了流莺的呢喃："勇哥，上午我实在是昏了头，不顾兄妹情分，我真恼恨自己，你就原谅妹妹吧。"

我一手搂着英娜，一手搂着艾欣欣，左边亲一口，右边亲一口，她俩都满眼含着笑，轮番向我敬酒，我一杯接一杯地喝，岑夫子，丹丘生，将进酒，杯莫停。与君歌一曲，请君为我倾耳听。有钱人的生活真好。

我把她俩都安抚睡了，刚走到家门口，不知是谁在我后脑勺上重重地击了一下……

"喂，醒醒，怎么睡在马路上。"有人在我耳边喊，我睁开眼，打了个呵欠，从地上坐起来。

"马勇，你跑哪儿喝这么多酒啊，让你去借钱你借到了没有，你不买楼了是吧？艾欣欣也不娶了？"母亲从人群里钻进来，指着我的鼻子问。

我摇摇昏沉沉的头，继父没有了，1200 万元也没有了，只怕，艾欣欣也将离我而去了……

# 深　情

花香淡雅：刚看完你的小小说，构思挺好的，只是要注意用准确精练的语言表达人物的心理，语言不要太官方。

超音速：学了这么久，语言还是不过关，我简直对自己失去了信心。

花香淡雅：慢慢来，好文章需要打磨。成功从来不是一蹴而就的。较入学时，你已有很大的进步。是我对你们太严格了，总说你们存在问题，少表扬，多批评。我是对文字比较苛刻，也想给你们一个好的开始，让你们养成严谨的作风。

超音速：我理解。感谢老师，我相信严师出高徒。我会按老师要求的方向去努力，争取实现我们共同的心愿，能做小小说界的一匹黑马。对了，昨天听师妹说老师病了，都是因为看我们一篇接一篇的作业累的吧？高研班规定我们每月上交两篇作业，可老师每月都修改我五六篇，太操劳了，心疼老师。还以为老师会休息几天，没想到这么快就回复了我的作业。

花香淡雅：时间会回报一切坚韧不拔的努力，我愿意做你们成功路上的铺路石，加油。别担心，我只是重感冒而已，先前跟你们告假，是因为我头昏昏沉沉的，看不了你们的作业。这种状态，看了也是白看，我不能为了完成教学任务而误了你们。现在打了吊针，好多了。收到你们的短信，好温暖，谢谢你们的关心。

超音速：这一句问候实在不算什么，只恨相隔太远，不能到病床前伺候老师。以前总是为老师深夜发来作业回复而感动，现在想到老师病中还坚持批改，我真是太感激您了。其实，我能感受到您的虚弱，还记得那次高研班上课，您在群里和同学们互动交流吗？那次您打字速度多快啊，那么多同学提问您都一一作答。老师还要注意多休息，别太记挂辅导我们。

花香淡雅：哈，你可真是个细心的人。我用手机上网，打字慢。我不需要你们感恩，我是你们老师，这是我应尽的职责。你们叫了我老师，我就愿意以实现你们的理想为我的理想，你们写出好作品，是我最高兴的事。

超音速：遇到一个好老师，真是一生的幸运。师从您后，我觉得再不为写小小说迷茫了，离成功也越来越近了。

超音速按照花香淡雅老师提的建议，把小说又认真地读了一遍。突然，她想到老师还没有对她说的话进行回答，看看时间，已经过去五分钟，这是从来没有过的，以前每次话题说完老师都会说："乖，去忙吧。"或者"我要去忙会儿了。"老师怎么了？这个念头刚一闪过，她的汗立刻从头上冒了出来，从电脑桌上抓起电话，手颤抖着翻老师的电话号码。她没能记住老师的号码，因为她从来没有给老师打过电话，她知道老师忙，不忍心打扰。

舒缓的歌声怎么也不能让她的心安静下来，她恨不得扇自己两个耳光，明知道老师病着，怎么还跟老师纠缠那么久，没长心一样。一曲将近，她刚要挂断电话，准备再去翻离三门峡最近的师妹的电话号码，这时电话接通了："喂。"一个很甜很甜的女声。

"老师，老师您怎么了？我真不该跟您聊天，耽误您休息，您没事吧？"超音速急切地问。

"怎么没事？你就是刚才跟她聊天的人？你这个女人太不懂事，知道是病人还一个劲地聊，连滚针了都不知道。"电话里传来气呼呼的声音。

"快别这样，是我学生。"一个细弱的声音也传进了超音速的耳朵。

"是个小护士，你别在意。我没事，不小心弄滚针，重扎上了。你修改小说吧，别担心。"声音甜美，语气平和，这才是老师的声音。

"嗯。"超音速郑重其事地点了点头，挂断电话，下意识地看了看自己的手背，仿佛手背上有一块因滚针留下的淤青，隐隐作痛，她抬起另只手，轻轻地抚摸起来。

# 大东北

大东北高挑的个儿，浓眉大眼，嘴唇紧闭时文质彬彬的，说起话来却粗声粗气，让人不由得想到一个词——女汉子。我是坐她的出租车去沙漠采风时认识她的，一见面她就摆着手说："我外号叫大东北，你就这么叫吧。"

车刚开出城，前面有一辆车突然转弯失灵，横在了路中间，大东北按了两下喇叭后，"砰"地打开车门，高声叫骂起来，我怕她吃亏，连忙拉着她的胳膊劝她不着急。她气呼呼地说："怕什么，把车开成这样就上路，我去削他。我惯他脾气！"前车很快开走了，我的心才算放下。

接下来，她就打开了话匣子，给我讲她当"协警"处理违反交规的事件。

这时，她的手机响了："我接了个大活儿，得跑二百多千米呢。今天你就别给我打电话了，我没事，你放心吧。你也照顾好自己。"

她对着电话呢喃的语气是那样轻柔，那样和蔼，我开玩笑说："是你的心上人吧？真关心你啊。"

"是心上人，心头肉，小棉袄，你们文人不就是喜欢这么形容女儿嘛。我女儿天天给我打电话，月月给我寄钱。"

大东北的话极具跳跃性，开始讲她女儿，孩子大学毕业，月工资八千多。她自己没念几年书，中学时正赶上"文化大革命"上山下乡，回城后在麻袋厂上班，坐办公室看仪表，下岗后买了这辆车。

"孩子长大了，不用太辛苦了。"我望着她眼角刀刻的鱼尾纹，劝慰她说。

她轻轻叹了口气，摇摇头说："劳碌命。孩子大学毕业后，他爸又得了尿毒症，一星期透析一次，我现在一边拼命挣钱，一边为他寻找肾源，有合适的，就给他换肾。"

没等我从她的悲惨生活中挣脱出来，她便笑笑说："没啥，现在的生活比孩子上高中那阵儿强多了，那时候我可真害怕孩子放学，她回来一张嘴就要钱。记得有一次，她下晚自习回来，说第二天要交一百八十元，当时我兜里真凑不上。他爸在外地打工，工地离城里远，晚上十点多，他爸也不能出来给孩子打款。我还不能跟孩子说，怕孩子为家操心分散精力。看孩子睡了，我一个人在大街上走啊，那天晚上的风雪老大了，路上一个人也没有，我大脑一片空白，就是漫无目的地走。后来，我在路上真遇到一个男的，这时我才知道我要干什么。我稀里糊涂地，也不知道跟这个男的说了什么，他答应给我二百块钱，我就麻木地跟着他，直到在一个小屋前站下。他拿钥匙开门的瞬间，我突然醒悟了，转身就跑，他就在后面追我，一边追一边骂，把我吓坏了，拼命地跑。他追了一阵，就不追了，骂声也渐渐小了，听不见了。可我不敢停下来，一直跑到家，拿钥匙开门的时候，手都是哆嗦的。进屋后，我趴在床上悄悄地哭，不敢大声，怕女儿听见，也怕女儿看出眼睛肿，哭完就睁眼睛坐着，后来，不知什么时候，昏昏沉沉地睡了。第二天，我告诉女儿，一会把钱给老师送去。女儿走后，我拨通她爸的电话就号啕大哭，还是他爸给我们打回一千块钱，让我们母女继续维持生计。你能理解我吗？”末了，她突然问我。

“我理解你，你是个好女人。”

“有时生活就是这么艰难，孩子上学时，我把首饰都卖了，十来年我一件新衣服都没买。不过，这些都过去了，现在孩子毕业了，她惦记我，看我脖子上戴的这条项链，就是我女儿给我买的。”说到这，她又笑了，笑得很开心。

车在沙漠边停住，我带上相机，招呼她一起进沙漠。她却从车里掏出个小马札：“我有腰脱，得找个阴凉的地方歇会，你把风采够了喊我。”

我丢下她，独自奔向大沙漠。

一会儿，我又跑回来喊她：“大东北，你能帮我拍照吗？”

她面露难色：“我这双鞋是新买的，进不去呀。”

没事，那我照风景。

走着走着，一回头，大东北正光着脚丫子向我跑来，她那双新鞋整齐地摆在车旁，我心头一热，冲她举起了相机……

## 莲香四溢

推土机刚开到西洼子边，机器的轰鸣声就引来了百姓的围观，大家指指点点：“来一个官就搞点工程，这回没啥搞头，搞起西洼子来了。”西洼子是一小片沼泽地，终年泥泞不堪，荒草丛生，野花寂寞地开了一季又一季。

“西洼子不是耕地，不是居民区，不用拆迁，不用给老百姓钱，当官的干捞实惠呀。”

“这西洼子能建啥，在这洼地盖楼，谁买？当官的都是想一出是一出，不占老百姓的地，花的也是老百姓的钱。"喝得醉醺醺的王伟走过来，喷着酒气说。

"听说新来的白县长要在这建一方荷塘。"有知情人透露。

"没有荷花咱老百姓不照样过日子，当官的就能搞花样。搞工程变相捞钱。"王伟大呼小叫着，脖子上的青筋都暴起来了。他是低保边缘户，为没评上低保，喝点酒就要发一阵牢骚，像祥林嫂一样。

不过说归说，建荷塘招工的时候，王伟还是头一个去报了名，挣钱呢。大家伙齐动手，挖沟，引水，栽荷，种芦苇，修栈道，热热闹闹，三个月工夫，荷塘初露妆容。

傍晚，人们在栈道上散步，欣赏着荷花，真是心旷神怡，大家都说这是一件惠民的好事，人们多了个娱乐的好去处嘛。

千里来做官，为了吃和穿，人们在心里接受了白县长的举措。

一日，大家把栈道边的告示牌围了个水泄不通，原来，白县长在这贴出了建荷塘各种花销的复印件，上面密密麻麻地写着各种款项的来龙去脉，买材料、工程款价格都非常合理。工伟咂吧着嘴说："现在的政府真是政务公升了，把财务账贴到百姓眼前了。"

大家由衷地敬佩白县长，王伟一个劲地给白县长竖大拇指，夸他是好官。

又过了些时日，县里出台了新举措，荷塘边上的那座小房子变成了收费处，荷塘和东边的大台山一道，打造旅游消暑的好景观。不过收费是从早八点开始，到晚四点。早晨和傍晚，还是对老百姓开放的。

坐在屋里收费的就是王伟的女儿平子，县里知道她家贫困，特地照顾她家的。她收了几天费，懂了些政策，对街坊四邻说："建这荷塘，一是让百姓有个健身娱乐的好去处，也是为了让咱县多点创收，脱掉贫困县的帽子。"

人们沉浸在香飘四溢的莲花中，都由衷地说："白县长是好官呢！"

## 传递快乐的女人

文子和我在一个办公室工作五年了，给我的印象就是安静优雅，她总是静静地坐在她那张靠窗的办公桌前，埋头写材料，或看书，我和别的同事聊到有趣的事情，她就抬起头，冲我们微微一笑，随后又低下头去，像一弯新月，从薄薄的云层里探出头来，又娇羞地躲回去。时间长了，我们也借机调侃她几句，她仍旧抬起水汪汪的大眼睛，笑笑，再低下头去。偶尔没有工作，她站在桌边，看窗外的风景，常常是看着看着，突然转过身，笑盈盈地对我们说："看那棵树多美。"有时是一朵云，有时是一束花，一只飞鸟，都能映入文子的眼，走进文子的心，她欣赏着外面的风景，我们欣赏着她，阳光轻柔地披在她的身上，明媚清朗，恬然而静美。

我们中午在一起吃饭，文子经常从包里掏出咸鸭蛋给我们，我把淡青色的鸭蛋握在手里摩挲，看见有浅浅的油笔字迹，仔细看，是"平安"两个字，那娟秀的笔迹是文子的。我把鸭蛋举起来："平安?"

文子头一偏，笑着说："腌鸭蛋的时候，为了记住放鸭蛋的先后顺序，也是为了捞鸭蛋、吃鸭蛋时那份好心情，我每次都不写日期，而是写平安、快乐、幸福等祝福的话，谁拿到写有什么祝福的鸭蛋，谁就收到了那份祝福。"

"祝我平安。"我脆脆地说，快乐的波浪在我心中荡漾，那顿午餐吃得非常愉快。

和文子接触久了，感觉文子就是个随时随处传递快乐的女人，有天早上，打开邮箱看到文子发过来的邮件，正文栏里写着"祝您快乐"几个字，当时心情真的很舒畅，一整天，我都洋溢在快乐的氛围里。和同事们谈论起文子，大家都说文子发的是快乐邮件，她就像个快乐的天使。有次和局里一位科长出差，聊着我们单位的事情，聊着聊着便聊到了文子，科长说，感觉文子特别有心劲儿，是个内心丰富充满温暖的人。是的，文子就是这样的人。科长又说，感觉她特别优雅，只是未曾谋面，不知感觉是否正确。我连忙称赞科长的识人能力，连从未见过面的下属都了如指掌。

文子做的是内勤，她只是在办公室整理、书写、发送一些材料，她从来没去过局里，我知道她根本不认识领导。

　　可是有一天，文子突然接到局里的电话，说局长让文子去一趟。文子虽一向沉稳，可脸上还是有点慌慌的，回来时又恢复了一脸的阳光，她说，局长助理要调走了，局长准备在基层单位选一个人，一个科长推荐了文子，立刻得到了各科科长及所有领导的一致认可，大家都没见过文子，却对她印象特别好。今天把她找去，就是谈话，了解一下文子的情况，征求她的意见，她已经同意了。

　　虽然心中非常不舍得，但也为她高兴，同时我也在思索，局领导为什么会对文子的印象那么好呢？我突然想起了文子发邮件时的习惯，我望着对面恬静的文子，仿佛看见她的纤纤素手在键盘上翩翩起舞：祝您快乐。

　　机遇总是青睐有准备的人，我想：走向成功，文子早已准备好了。

## 绿洲边的牧羊女

　　一只、两只、三只、四只、五只，五只大绵羊挪移着肥肥壮壮的身体，在林边悠闲地吃着草。树林里，一排排碗口粗的绿树间，草长得很茁壮，泛着绿色的光芒。羊低着头，尽情地啃食着，偶尔，抬起头"咩咩"地叫几声，一唱一和，给寂静的树林增添了几许生气。牧羊女丹倚靠着一棵大树，注视着眼前这一幅美丽的写意山水画，感觉真是一种享受。是的，她喜欢这些乖孩子们，喜欢整天和它们在一起。看着看着，丹朱唇微启，也哼起了小曲："面朝黄土背朝天，小曲儿一唱解心宽……"正唱着，一辆轿车迎面驶来，沙尘在车后慢慢地飞舞，像旌旗迎风招展。

　　丹连忙起身，吆喝着羊靠边。

　　轿车在丹身边停住，车窗缓缓摇下来，一个小伙子探出头来，朝着丹喊："大姐，沙漠还有多远啊？"

　　丹朝车里望了望，几个男人女人坐得满满的，她把手朝右指了指，满含笑意地说："喏，朝右转个弯，一猫腰就到了，那边蛮好玩的，还有饭店和旅馆呢。"

几个人笑着，七嘴八舌地谢过丹，车子绝尘而去。丹的目光漫过车子，朝着沙漠的方向望去。

　　时近中午，已经有好几辆车向她问路了，她几乎每天都给人们指路，好像活路标一样。她不知道沙漠有什么好看的，能吸引来那么多人开着车子来。每年春天，狂沙漫天飞舞，吹得睁不开眼，禾苗因为缺水，长得也干枯矮小，亚男不喜欢在沙漠边住，总劝她一起出去打工，可她要是走了，谁照顾妈妈和妹妹呢，她只能顶着风沙一次次送走亚男，再回来放她的羊。

　　丹喜欢放羊，喜欢一边放羊一边想亚男，亚男憎恶这沙漠，总说不再回来了，她知道，亚男会回来的，因为她在这里。

　　其实，她也憎恨这沙漠。

　　春天，她把羊撒在树林边，便去沙漠里给草浇水，茫茫的沙漠里长着一簇一簇的青草，像金黄的毯子上盛开的绿花，她喜欢这些草，每次来放羊都带些水来浇灌，她想，等这片沙漠长满了草，亚男就回来了。

　　突然，村长的声音在身后响起："你可不能把羊带到沙漠来放呀，咱这草可金贵着呢。"

　　"我知道，我怎么会在这放羊呢，我是来浇水的。我的羊都在树林那边吃草，也不吃树。"丹一边说，一边躲避着村长死死盯着她的眼睛，她低着头，想从村长身边绕过去，村长却一把抱住她："丹，你太美了，想死我了！"

　　"哎呀，你要干什么！"丹拼命地挣扎，一口咬在村长的胳膊上。村长"哎哟"一声松开了丹，丹赶紧跑开，这时，她才看到那只刚刚长出角的羊两腿前屈，低着头，角已经把村长的裤管豁开了，"大胖，快跑。"丹气喘吁吁地招呼着羊，跑走了。

　　从此，她憎恨沙漠，再也不去浇灌那些小草了。

　　亚男，亚男要是在这，该多好啊，他就可以去沙漠里给小草浇水。可亚男要出去挣钱，亚男要供妹妹读书，她只好盼下雨，每当下雨，她就梦见绿油油的一片草，把整个沙漠都覆盖住了。

　　沙漠里到底有什么好玩的？丹叹了口气，坐回到大树下，继续欣赏她的羊。

夕阳像玩滑沙一样，很快就溜到沙漠那边去了，丹起身吆喝着羊，准备回家了。

这时，一辆轿车停下来，从车上走下一个小伙子，正是先前问路的那个人，手里拿着照相机，兴致勃勃地对着丹说："大姐，你站好喽，我给你照张相，太美了。"

丹不好意思地笑笑说："我美啥，照羊，羊多美啊。"

"好的。"小伙子对着丹咔嚓咔嚓按了几下快门，又调好角度拍羊，拍丹赶羊。丹不懂，城里人动不动就说太美了。

丹望着绝尘而去的车子，我美吗？手触到脸颊上的口罩，才想起为了抵御沙尘，她把脸捂得只剩下两只眼睛，连一头秀发也包裹在头巾里。她不由得笑了。

丹停住脚，回头朝沙漠的方向望去，她仿佛看到了绿油油的大草原。她相信，总有一天会的。那时，她摘下头巾和口罩，和亚男在草地上尽情地放羊，那才美呢。

# 虚惊一场

那天在娘家吃完晚饭，天已经完全黑下来了。想到爸爸一到晚上就头痛，便故作勇敢地说不害怕，拒绝了他送我。

领着孩子走夜路，心里一直怯怯不安。终于到了我家楼下，刚拿出钥匙，突然发现距楼门10米左右有一个男人在打电话。在这漆黑的夜里，看谁都不像好人了。心里刚刚想了问号，这男人已经向我们走来了，边走边说："别关门。"

这时我用最快的速度打开了门，我那刚能蹒跚走路的小孩子，破天荒头一次进门没费劲，一步跨了进来。我急忙跟进来，关上了电子门。

这一瞬间男人的手已经到了门口，他使劲拍着门，求我帮他打开。

我已经吓出了一身汗，谁管他怎么样！我安安稳稳地拉着孩子上楼了。

翌日一大早，碰到对门的小媳妇急匆匆下楼，我笑着打招呼："这么早就出去?"

她着急地说："昨天我家那死鬼没带钥匙，我又出门了，硬是等我10点来钟回来才一起进屋。冻发烧了。"

原来昨夜，想进楼的人竟是对门!

## 一把新椅子

早晨推开办公室的门，一把黑色的皮质办公椅突兀地摆在地中央，我只觉得一阵眩晕，连忙扶住办公桌，一手按住了太阳穴。

昨晚上的梦又清晰地浮现在了眼前：石川没来上班，我一个人消消停停地过了整整一天。快下班时，我疲惫地推开文件，从座椅上站起来，舒展了一下双臂，突然，我的座椅晃动起来，天哪，它离开了地面，飞起来了，我连忙伸手去抓，没抓到，它绕过办公桌，飞出了主任室。这要是让局长看见，像什么话? 我慌了，跌跌撞撞地追出去，不想石川正从对面走过来，擦肩的一瞬，他嘴角微微翘起一丝冷笑，我顿时感到浑身冰凉，仿佛跌落进了冰窖……

一激灵，我醒了，睡意全无。

我在床上翻来覆去，做自己的解梦人。石川半年前调入我们单位，和我坐进了一个办公室，听说是市长家亲戚，为人却相当低调，每天早来晚走，打扫办公室的卫生，工作起来不怕苦不怕累，样样有条不紊，经常得到领导的夸奖。他对我也是毕恭毕敬，连我的茶水都给沏好，整天文姐长文姐短地叫，可我总觉得他眼镜片后面的小眼睛深不可测。最近有小道消息说副局长要调走，我们办公室的空气顿时紧张起来。

一夜没睡好，早上起来时头特别胀，可为了给局长留个好印象，我还是坚持起来了，我到办公室时，石川还没来呢。

这把椅子是我先发现的，昨天下班还没有呢，哪来的? 我站在椅子面前认真审视，这种黑色的皮质沙发椅摆在办公室里很气派，靠背的弧度很优雅，海绵的软座坐上去应该很舒服，它的扶手上也包着皮，很牢靠地固定在椅子上，再看我原来那把硬单皮座椅，有两处皮子都破了，露出了里面的木头。

它一定不是配给我的，否则之前应该跟我打个招呼，让我先高兴一下，对领导表达一下感激，昨天副局长还到我办公室坐了一会儿，根本什么事也没有。

我按捺住心中的不满，看了眼石川的座位，难道办公室给他换新椅子？半年前，他搬来时，办公桌椅都是新置的，美其名曰跟我的配套。现在再给他换新椅子，我说什么也不同意，到时候我得找领导好好说说，我工作了大半辈子，任劳任怨，吃苦在前，享受谈不上，可总不能让一个毛头小子比我优越吧，我不服气。

打定主意，我又把心放开，静观其变。

该不会是我们办公室又新进人了吧？领导要提拔个主任，这事也不用事先跟我商量。我的心不由得一紧。说提拔就提拔，我一个人干着游刃有余的工作，偏偏提拔了石川，他年轻又有能力，我一看见他，心就堵得慌。

我头晕目眩，浑身无力，可在没有领导指示前，我宁可坐原来的硬座椅，也不会挨一下这把新椅子，它太突然了，显得诡异，我又环视一下办公室，坐了十来年的办公室，不会被偷偷安了摄像头吧。

门开了，石川神采奕奕地走了进来，"文姐。"他冲我笑着，好像我们是多年未见的老朋友。

"哎，哪来的椅子啊？"石川一眼看见了我身边的椅子，夸张地张大了嘴巴。

我察言观色，心里稍稍放松了些。

"不知道啊，我看挺精致的，多讲究，多气派，你坐上来试试。"我怂恿着石川，让他做试验品，我已经试过他很多回，他浑然不觉。

现在八点刚过，领导们已经陆陆续续来上班了，石川刚才进屋时，恰巧没有带上门，如果哪位领导看见他坐在这把新椅子上……

不过这次没有成功，石川笑得像一条光滑的鱼："文姐，你坐吧，你看这椅背还带按摩的呢，坐上去一定舒服，你按摩按摩，气色不太好呢。"

"我没事，你坐吧。"我怎么可能上他的当？

我俩站在新椅子前，正互相推让着，一楼的通信员又搬进一把椅子，说："换办公用品了，每屋的办公椅都调换成新的了。"

"哦，太好了。"石川乐呵呵地把刚才那把新椅子搬到我的桌前。我踏实地坐在椅子上，冲着同样坐上新椅子的石川微笑着，他不知道，我正在思考副局长的那把椅子，不知换成新的没有。

## 收信人艾凡

带着某种期待，钥匙在锁孔里轻轻一转，邮筒门"咔吧"一声开了，我取出寥寥几封信，果然有寄给银波水岸小区四号楼 332 号艾凡的，两封。我把艾凡的信锁进抽屉，其他的信交给邮递员。

下班了，同事陆陆续续走出邮局，办公室只剩下我一个人，我拉开抽屉，取出一沓艾凡的信，数了数，已经四十二封了。艾凡是男是女多大年纪什么职业我统统不知道，但这么多封寄给他的信让我的好奇心像涨潮的海水，恣意泛滥。难道小镇上出了什么明星吗？即使不是明星，在这个极少有人寄信的年代，在短短二十天的时间里，收到四十二封信，这个人绝不简单。我把玩着手中的信，想象着艾凡。

可没有人认识艾凡，我拿到他第一封信时，就像发现新大陆一样跑回办公室，递给同事们看，大家搭了一眼，都笑："纸糊的信封，画上去的邮票，这不是小孩儿干的，就是脑子有问题，没有指定的信封邮票，咱不受理，扔垃圾桶里得了。"大家七嘴八舌地说着。

我看信封背面画的海底世界挺有创意，就随手把信扔进抽屉里，没想到第二天、第三天，我实习的这二十天，每天都有寄给艾凡的信，每封信的信封都是纸糊的，邮票或是画的，或是剪下来的小图案，寄信人都是本镇大台山村各组的，难道大台山村的人以为纸糊的信封还能寄信？但邮票从来都是要花钱的呀，我满心疑问。

暑假结束，我就实习期满回学校了，艾凡的信怎么办？我决定给艾凡送信，顺便看看艾凡是何许人。

迎着绚烂的晚霞，我来到了银波水岸小区四号楼 332 号，按响了门铃。

门开了，一个二十多岁的女人出现在门口。她梳着一条马尾辫，脸干干净净，好像没有涂抹任何化妆品。

"请问，这里有叫艾凡的人吗？"

"我就是，你有什么事吗？"

原来艾凡这么年轻，她有什么神奇的魔力，那些奇怪的信是谁寄给她的呢？

"有事吗？"我的思路被艾凡银铃般的声音打断。

"哦，是这样。你有一些来信，可这些信是不符合规定的，所以邮局没有义务给你送信。可我看信件这么多，怕耽误你什么事，就送过来了。耽搁了一些时间，还望见谅。"我一边说一边掏信。

她像事先知道的，笑着说："是我学生寄给我的，给你添麻烦了。进来喝杯水吧。"

我走进她的家，很整洁，一面墙的书柜里摆满了书。

我接过她递来的水杯，喝了一口，问："你的学生不买正规的信封邮票，你很难收到信啊。"

她眨了眨眼睛："不是有你送来了吗？"

见我疑惑，她又说："我在大台山村小学教三年级，二年级时我们学了写信，我多么想让孩子们填写一下信封，真真正正地往邮筒里投信啊，如果他们能在假期给我写信，既增进师生的感情，又练习写信的格式、锻炼写作能力，可是，大台山村很穷，家长都在外面打工，平时他们的铅笔小得不能再小了也舍不得丢掉；带他们出去活动，有的孩子连个玉米饼的午餐都带不来，他们哪有闲钱买邮票啊。于是，我就让他们自己制作信封和邮票，这也培养孩子的动手能力呢。"说着，艾凡又笑了，露出一口洁白的牙齿。

"二年级时学的写信，那学生已经不是第一次给你寄信了？你收得到吗？"

艾凡狡黠地笑了："这是我的秘密。"

我从艾凡家走出来，一直在想："以前是谁帮她送信的呢？"

# 一张照片

早上八点刚过，我正准备召开每周一的例会，突然接到县纪委干部张涯的电话，叫我去一趟。我跟张涯没什么来往，只知道他毕业于中国政法大学，在县纪委工作6年了，处理案件不温不火，保管让被查案件水落石出，黑脸包公，从来不讲情面。

半个月前，我们镇党委书记被提拔到市政府工作了，作为镇长的我被县里指定主持全镇工作，在这个节骨眼上，县纪委找我，毫无疑问，有人告我的黑状了。告我什么呢？二十多年来我始终清正廉洁、克己奉公，没做过半点腐败渎职的事情。是谁告了我呢？我秉公办事，得罪人的时候是有的，一路上，往事一桩桩一件件浮现在我眼前，我的心情无比沉重，但我坦荡，我相信很快就会澄清一切。

我来到张涯的办公室，他和一个叫李一墨的小伙子正讨论着什么，李一墨是他部门新毕业的大学生，和我有过一面之缘。见我来了，张涯便招呼我坐到他对面的椅子上。

刚一落座，他就问我："2011年11月5日晚上你在干什么？"

我不由得笑出了声："张主任，那我哪记得，一定是在家睡觉，我几乎每天下班都直接回家。"

"我提醒你一下，那天晚上你在满庭芳，那里的姑娘很漂亮很温柔吧？"

我的头"嗡"一下子大了。

满庭芳是我县最有名的酒店，说有名，主要是里面的小姐有名。

"去年冬天我的确去过一次满庭芳，但饭没吃完我就提前离开了。"

"为什么提前离开？几点离开的？去哪了？"

张涯一句紧跟着一句，问题像炮弹一样射过来，李一墨在一旁做记录，电视里经常出现的场面，今天竟发生在我身上了，但我的表情十分平静，十分自然，我不会有事，我知道。

"不记得了，宴会开始不久，我接了个电话，单位有事，我就走了。"

"去哪了？"

"后来在电话里解决了，就回家了。"

"回家了？"张涯举起一张打印纸，"在满庭芳和你家之间的交通岗录像显示，你的车6点20分过来的，11点23分回去的。你离开饭店去哪里了？"

我突然觉得头好沉重，大脑一片空白。我该说什么？怎么说，合适吗？

"回家之前干什么去了？那姑娘长得好看吧？回味无穷吧？"

"我不记得了。"

"聊得那么热乎，又都提前离席，怎么能说不记得就不记得了？这种事情太多了？"

我的心一陡，满庭芳有摄像头？我迫使自己保持冷静。

"怎么会呢？我提前离开是单位有事情。"

"单位有什么事？去哪办事了？是跟这个小姑娘办事吗？"张主任连喘息的机会都不给，语调平缓，却咄咄逼人。

李一墨递过来一张照片，我拿起来一看，是我和一个小姐的合影。那小姐圆圆的脸，圆圆的眼，长得的确很甜。我的思维飞快地旋转，那次宴会，坐我对面的是原县委书记的小舅子，就是他请客。他想在我镇建一个淀粉厂，经考察，该淀粉厂会对我镇造成很严重的环境污染。我和党委书记研究决定，宁愿放弃招商引资，也不能干危害子孙万代的事情。他仗着姐夫的权势，企图对我镇施压强行建厂。接到邀请后，我向党委书记做了汇报，书记让我赴宴，了解一下情况，因此我对那天的情形记忆犹新。现在看来他是早有预谋了。

"怎么样？还是如实说了吧。"张主任掷地有声的话，把我从遥远的酒宴中拉回。

"如实说？怎么说？烦请领导证明……"

我正在整理思绪，突然县委秘书在门口说："张主任，县长叫你马上过去一下。"

张主任出去了，偌大的房间里，只剩下我和李一墨，空调的冷风让我有点要窒息的感觉。

张主任推门进来，"你先回去吧，"又冲李一墨说："我去趟市里。"

第二天，我又被叫到纪委办公室。

一进门，张主任就说："那天你接的电话是你们原党委书记的吗？你们俩直接去市里了？"

我点了点头。

"有你的，去告县委书记的状啊？不过为民着想，你这官做的。"张主任拍着我的肩膀说。

那天我们了解到他们已经跟县里疏通好了，便直接去向市里做了汇报，把建厂的事情硬顶了回去。这，让我怎么说呢？

回单位的路上，我又想起了那张照片……

# 开下门，好吗

一大早，峰就信心百倍地出门了，城里的高楼、马路、车辆、街边的花树，一切都井然有序。峰在人流中挺着腰杆，跟随着师傅自豪地走着。

师傅在一座花园式的小区门口，递给他一份名单，说："这一片儿归你，有事打电话。"说完就走了。

峰按照名单上的指示，走进一号楼一单元，在 111 室门口，他拽了拽衣襟，拢了拢头发，端端正正地站好，抬起手按响了门铃，一个女人的声音传来："谁呀？"

"我是供热公司的，来检查一下排水阀漏水不。开下门，好吗？"

屋里没了动静，峰觉得门口太狭窄了，呼吸有些困难，哪像山里啊，推门就能看到外面，一家连着一家，大大的菜园，门前总是坐着几个织毛衣或闲聊的女人，看着就叫人踏实。

等了一会儿，峰又按了下门铃，女人的声音传出来："我家没人，你晚上来吧。"

峰惊讶得张大了嘴巴，他虽然看不到里面的情况，可他知道里面有人，咋说没人呢？又不是小孩子的声音，真好笑！莫不是精神有问题吧，现在她就是想开，我也不进了呢。

峰这样想着，悄悄地把脚挪移了。

对门也没反应。

峰继续往楼上走，电子门的外面早已贴了通知，要求每户都要留人以便检查，可家家还是大门紧闭。

峰敲着，走着。他还是充满了信心，因为师傅给他讲过，他有心理准备。

他按了门铃，刚走进二单元，122 室就把门打开了，一个老太太探出头，露出一张慈祥的笑脸，峰一阵欣喜，连忙迎上去，刚走到门口，门"砰"地一声关上了。老太太在屋里上气不接下气地说："吓死我了，我还以为是老头子买东西回来了呢。"

峰在门口一边敲门，一边暗暗在心里说："吓什么吓，我又不劫财，你又没有色，怕成这样？"

门里面一点动静都没有，峰无可奈何地摇摇头，只得离开。

峰继续走着，敲着，两条腿像灌了铅，工具包也越来越重，压得肩膀都抬不起来。

一户人家的门开了个小缝儿，露出一个五六岁的小男孩稚嫩的小脸儿，他奶声奶气地说："叔叔，你是陌生人，我妈妈不让我给陌生人开门。"

他看到孩子，心一下子柔软了，蹲下来说："叔叔是来给你家检查排水阀的……"

屋里有人踢踢踏踏地跑过来，门一下子关上了，屋里传来女人的叫骂声，孩子的哭声，峰叹了口气，离开了这户人家。

走到电子门前，他破天荒地照了照自己的脸，虽然模糊，可他也没看出自己哪里像坏人呀！他掏出面包，给自己增添一点走下去的力量。

闭门羹继续吃着，他恼火了，他真想砸开那些家的房门，让他们看看，自己究竟是不是坏人。可他没有，他耐着性子走下去，他相信精诚所至，金石为开。这上初中时学过的名言还真能鼓舞人呢。

峰把头垂得几乎与前胸平行了，一步一步挪下楼梯，他看了一眼西方着火的天空，小区里高楼的影子压过来，他不由得叹了口气。自从来到城里，每天行走在鳞次栉比的高楼中间，他总觉得自己是只小蚂蚁。

峰木然地在路边走着，时不时地踩到一片落叶，发出咔吧咔吧的响声。其实，峰没有听到响声，满耳朵充斥着汽车的喇叭声、刹车声，偶尔经过他身边的行人打电话的谈笑声，就在这喧嚣声里，他的心飞回了大山，在深秋的山里，他一脚踩上去，就会发出咔吧咔吧的响声，会把松鼠、山鸡都吓跑。山里的动物怕他，人可不怕他，山里人家大门小门春夏都是敞着的，即使是不认识的人，进门讨口水喝，山里人也都是热烈欢迎。

这城里人跟山里人就是不一样啊。

他来到一扇门前，把手伸进衣兜，顿了顿，攥紧铁锤一样的拳头，咚咚地敲起门来，他好像要把一天的气都撒在这扇门上，门有些受不了，跟着颤颤巍巍地动着。

门大开了，一个男孩笑嘻嘻地打开了门，他一脚跨进去，拎过男孩的肩膀，把他立在自己面前，粗声粗气地说："你为什么给我开门，你不知道不能随随便便给陌生人开门吗？"

女人从厨房走出来，嗔怪地瞪了他一眼："你是陌生人吗？不怕吓着孩子，吃饭吧，刚做好。"

他的眼睛有点湿，赶紧低下头，拉着孩子坐到了餐桌边。

"我的这份工作又泡汤了，我谁家都进不去。"

"大白天的，一般男人都上班去了，家里不是女人就是老人，谁敢给陌生人开门呢。"女人轻声软语地说，末了，又说，"要不，一会儿我陪你去，我帮你叫门，我们一家三口去，这样不像坏人吧。"

晚上，风停了，比白天似乎暖和了许多。

## 接电话

左秘书从中午直喝到晚上 6 点多，才晃晃悠悠地走进家门，一头倒在床上，打起了呼噜。

一阵悦耳的音乐响起，左秘书睁开迷蒙的醉眼，掏出口袋里的电话："谁呀……哦，我实在去不了，喝多了，才躺下……先是和几个同事弟兄，后来主管领导来了，都是必须喝的，推不掉啊……起不来了。"

挂了电话，立刻鼾声如雷。

这时熟悉的音乐又响了，左秘书把电话举向耳朵："谁呀……都有谁啊……唉，真的去不了，已经喝多了。"

挂断电话，擦擦嘴角的口水，翻个身继续鼾声震天。

恼人的音乐又响了，左秘书不耐烦地举起电话："谁呀……有县里主要领导吗……县长也在？好，好，在哪家酒店……我马上去。"

左秘书一骨碌爬起来，东倒西歪地拐进卫生间，把手指伸进喉咙，"哇哇"吐了好一会儿，又把嘴伸到水龙头下面，漱了漱口，踉踉跄跄地走出了家门。

## 对　手

傍晚时分，李文一走进宾馆房间，屋里立刻响起了欣喜的叫声："你总算来了。"田玉梅满脸堆笑地跑过去，把李文拉到床边。满脸胡须的杨晓飞也做了个拥抱的姿势，李文笑着躲开了。杨晓飞身后，一个大眼睛的小姑娘怯生生地望着李文，她是杨晓飞的学生王雪，李文冲她微微一笑，算是打了招呼。昌图县入围辽宁省实践活动大赛的师生只有他们四人，到齐了。

李文在床边坐下，聊着路上的情形，像老朋友一样。能和李文一起入围参赛，田玉梅真觉得幸运，要知道，她连续申报了五年，这是第一次入选。看着李文一次又一次抱回奖杯，她那个眼热哟，平时开会，她总刻意地接近李文，问李文活动开展情况，了解比赛的信息……可开会的时间有限，她只能捕捉到只言片语，这次和李文在一起吃住三天，她怎会不好好把握机会呢？

"明天答辩的时候，专家都会提什么问题啊？"田玉梅笑吟吟地问。为了答辩，她准备好几天了。

听她这么问，杨晓飞和王雪也凑了过来。

"专家会问你是如何开展活动的，为什么开展，还有哪些设想……你都要回答上来。"

正如李文所说，田玉梅的材料是自己设计并带领学生开展了活动，加上精心的准备，她已经把包里的材料倒背如流了，她相信能表现得很好。

"是一个人一个人进屋接受专家的提问吗？"杨晓飞也是第一次参赛。

"不是，明天我们进作品展区的时候，你找到自己的作品，站在前面，专家对你的作品感兴趣，就会提问的。"

每年都是李文一个人来参赛，这次有伴儿了，她详细地告诉大家参赛的事项，让大家做好准备，她希望大家都能取得好成绩。

"你今年的实践活动是什么题目？"田玉梅问。

"科学引领游戏。现在的孩子都不会玩，下课了靠墙根一站，要不就打打闹闹，有的老师为了追求成绩好，有时竟然不下课，针对这种现象，利用大课间时间，分年级安排一些游戏……学校再组织比赛，孩子们这回都知道做游戏了，还能自己创造游戏呢。有的学生设计出好几种棋类游戏，可开发智力了。"李文把活动开展的过程从头到尾讲了一遍，又问田玉梅："你今年参赛的项目是什么？"

"我引导学生认识饮料的害处，通过查找资料知道饮料的配料，再参观饮料的制作过程，让学生了解到饮料是一种没有营养的饮品，使学生养成不喝饮料的习惯。"田玉梅小心地说着，她的作品是照李文去年作品的格式做的，她生怕李文听出什么破绽。

李文没在意那么多，她的思维沉浸在活动里："你这个活动好啊，贴近学生生活，对学生的健康有好处。"

田玉梅挺了挺腰杆，露出了自信的微笑。

杨晓飞老师根据本校剪纸特色，带领学生开展学习剪纸的活动，培养学生的动手能力和艺术素养，而他的学生王雪对雾霾天的空气做了大量的调查，自己又申报了一个课题，没想到师生共同被推送到大赛。

大家聊了很久，直到李文禁不住打了个呵欠，田玉梅便恋恋不舍地起身送李文回房间了，她要问一下李文怎样才能评上省十佳辅导员，李文早已得此桂冠了。

十佳都在一等奖里评选。李文想了想又说："你的作品挺好，有望评上一等奖呢。"

回到房间，李文把参赛的材料又认真地看了一遍，想象着专家的提问，照着镜子一一作答。

领队来了，把王雪送给李文，让她和李文一起住。

送走领队后，李文充当评委，根据王雪的材料，把能想到的问题都问了一遍，又帮王雪整理了一下，直到她认为满意了两个人才睡。

第二天答辩结束后，大家又聚在了一起，交流与专家问辩的内容和心得。

结果很快出来了，听到他们荣获一等奖的消息，田玉梅简直兴奋得要跳起来了，平静后她问李文："还能获十佳吗？"话音刚落台上就传来李文荣获辽宁省十佳辅导员的消息。

李文站起来，高兴地向田玉梅笑了笑，田芳没有笑，她为与十佳失之交臂有点难过，可看到李文气质优雅地走上领奖台，她又释然了，举起了照相机，对准了台上的李文。

# 竞　聘

我刚找到自己的考号坐下，就看见郭敏袅袅婷婷地踱进来，脸上挂着招牌式的微笑，大波浪的烫发和一流身材的曲线，充满活力，富有弹性。我的心一沉，她也来竞聘？

"把包放前面。"监考老师毫无表情的命令又一次响起。郭敏的包顺从地从肩膀上滑下来，白皙修长的手指从包里取出三部电话，一一关机，又放进包里，优雅地走到考场唯一的空座上坐下。

我的视线始终黏在郭敏身上，白天鹅来了，恐怕我们这些早早等在考场的丑小鸭都没有希望了。我早听说过，哪家单位的领导想安排三亲六故或者红颜知己进单位，都是大张旗鼓地贴出招聘告示，设计一轮又一轮的考试，最后在面试的时候，让自己心中最理想的那个人选胜出。看来，这场轰轰烈烈的市重点中学招聘老师的考试，是为郭敏安排的，谁不知道，郭敏是市教育局局长的小三啊。

郭敏原在不到十分钟车程的三中工作，再说她根本不去上班，成天在城里优哉游哉地打麻将、逛街买衣服，多好啊。要是考到市重点去，按点上下班，请假又扣分又扣钱，她能受得了吗？即使她要进城工作，跟局长发发嗲不就行了，何苦来跟我们一起考试遭这份罪呢？据说上批分配到市重点中学的老师，有花二十万人情费的，可郭敏还用费吹灰之力？别人花的二十万，没准都在她的腰包里呢。郭敏神通广大，这是我对她的评价。

考卷发下来了，我把心思从郭敏身上揪下来，安安心心答卷。即使知道自己毫无希望，也要认认真真地做完，名次总不能排在太后面呀。考题真是开放，都是零零碎碎、五花八门的知识，好在我文化底蕴深厚，把卷纸写得满满的。考试才进行一个小时，就有几个考生交卷了，监考老师让他们再检查检查，他们嘟囔着说不会，把卷纸平放在讲桌上，出去了。我也答完了，可是郭敏不交卷，我也不交。我知道有些考生作弊，专门等大家都交卷了，剩下他自己的时候拿出资料抄；有的监考老师帮助考生，把别的考生的答案告诉他。我怀疑郭敏，我怕监考老师把我的答案告诉她，所以我要等她交卷后才肯交。打定主意后，我安安静静地坐在座位上，一遍又一遍研读考题的每一个字和我书写的答案，还真检查出两处错误呢。

离考试结束还有十分钟，考场只剩下我们两个考生了，郭敏交卷了，我也交卷。

走出考场，郭敏看见了我，冲我微笑着说："去哪？我送你。"

她还记得我，我们可以说是老战友了，去年还一起参加过教师基本功大赛，那次她第一名，我第二。我一直抱怨不公平。

坐在郭敏轿车的副驾驶上，我说："真没想到你来考试。"

"玩嘛，要不脑子都要锈掉了。"

看她一脸的轻松，我的牙根恨得直痒痒，为了玩？不可理喻。林黛玉和焦大真是谈不拢。

"你在原来学校不也挺好的嘛。"

"是啊，我前些年太拼命，累得腰脱，在家休养了好久，校领导对我挺关心照顾的。"顿了顿，又说，"不过谁都希望考好。"

我倒吸了一口凉气，市重点只招一名语文老师，她一门心思想去，我没有希望了。

下午笔试成绩出来后，我还是去市教育局大门口看了，我入围了。入围的是郭敏和我。我以一分之差排在郭敏的下面。她又是第一，我的心里真堵得慌。

第二天试讲考试，从教育局回来我立刻投入到教案堆里。

一夜未眠，我红肿着眼睛第一个走上讲台，有礼貌地向评委老师问好，开始上课。

"松下问童子，言师采药去。只在此山中，云深不知处。同学们，还记得这首《寻隐者不遇》吗？诗人贾岛寻友而不得，怅然离去，那作家李汉荣到山中访友，是一场怎样的际遇呢？这节课我们就来学习《山中访友》。"

我沉稳地板书，又挑选了一段课文，很有感情地朗读……

下课了，我坐在考场外，等郭敏出来。

郭敏出来了，成绩也出来了，我以高于郭敏0.05分的成绩胜出，我考上了。

太意外了，我一把搂住郭敏，她微笑着，淡定如常。

这次考试太公平了。

我考上了就是公平的？我猛然间想起以前的怨怼，便不再发表任何意见，一如郭敏的缄默。

# 冒充局长

太阳刚从地平线上跳起来，宇文山就起床了，洗脸，刮胡子，梳完头发还用手蘸水摩挲了几下，直到头发更加服帖，才走出来，匆匆喝了一碗粥。又找出半年多没穿的西装、白衬衫，一一换好后，在镜子面前端详了好半天，才心满意足地对老伴说："我走了。"

"走，走，大过节的也不说回去看看老娘，只顾自己穷开心。"老伴的唠叨里充满了怨怼。

九月初九重阳节，宇文山当然没忘。

"你知道什么？"宇文山得意地藐视了老伴一眼，凑到老伴耳边，说："我去冒充局长。"

老伴差点被他这句话雷倒："冒充局长？你想干违法的事吗？假冒伪劣产品！"

老伴的话真难听，宇文山索性不理她，抛下一句"吃完饭你回娘家待一天，陪陪娘"便迈着方步走出了家门。

仲秋的清晨透着丝丝凉意，大街上的行人来来往往，宇文山走在人群里，偶尔低头看看身上的西装，想起自己可不是普普通通的老头，而是叱咤风云的水利局局长宇文山。他不禁挺了挺腰杆。

路上的熟人有的远远朝他挥手打招呼，有的冲他微笑点头："宇文局长，这么大清早干什么去啊？"

"散散步。"他微笑着搭话，好像他此刻就坐在水利局局长的办公椅上，说话底气十足。

拐过一条街，一树一树的金黄让宇文山的心豁地温暖起来，几天来的郁闷与无奈一扫而光。他摇头晃脑地哼着小曲，陶醉在娇艳的秋天里。

眼看走到岳家了，宇文山停止哼唱，到街边的水果店买了个果篮，果篮标价 199 元，他递给收银员两百，潇洒地说："不用找了，这是我工资，我怎么花随便。"

走出水果店，他觉得这句牢骚有点针对现任局长。那天局长苦着脸对他说，经费都要花在办公上，办公时间不能出去搞与工作无关的活动，下班后他还要去医院护理老妈，真是一点时间也没有。

"孙子！"宇文山冲局长咬牙切齿地骂了一句，悻悻地离开了水利局。

现在回想起来，宇文山觉得自己太过分了，局长是外市调来的，不了解局里的情况，凡事以工作为主，照顾母亲有什么不对？真不该回局里指手画脚，还不是因为听苏秘书说今年重阳节不慰问老同志嘛。改不了的急脾气。他在心里暗暗骂自己。

他敲开了岳家的门，把果篮摆在桌上，冲半卧在床上的岳老大声喊："岳老，我代表水利局看您来了。"然后亲亲热热坐在岳老身边，拉过岳老干枯的手，嘘寒问暖，让岳老为他的工作指点迷津。

岳老是水利局的老局长，为局里做出了非常多的贡献，岳老的腿就是在一次抗洪抢险时摔伤的。岳老病退后，他陪伴局领导去看望岳老，一年又一年，他也当了局长，仍然坚持每年重阳节去看望岳老，和岳老拉家常，向岳老讨教工作方面的疑难问题。

如今岳老的耳朵已经很背了，与岳老说话和自言自语没什么两样，岳老也总是答非所问。又要去看岳老了，昨晚他便给儿子打了个电话，让儿子买个助听器寄回来。晚上睡不着，突然想到以前他说他已经退休了的事情，岳老也许根本没听见。那样的话，在岳老的心里，他还是局长，他完全可以冒充局长去看望岳老呀。

就这样，他来了。

岳老身体不好，宇文山坐了一小会儿，便起身告辞，轻松地走了出来。

岳老趴着窗户目送宇文山的背影消失在胡同口，从耳朵里取出水利局派苏秘书昨天送来的助听器，递给老伴，喃喃着："宇文是个好人。"

# 面　子

　　石强虽说是副局长，在我们单位却是叱咤风云，说一不二，连局长也要让他三分。在众星捧月之时，他非常注重自己的形象，处处留意给同事留下个好印象。

　　他和我办公室的大宋是麻友，所以总来我办公室回味麻坛趣事，有一天一大早，就来我办公室，眉飞色舞地讲大宋诈和的事，一边讲一边用手指敲着桌子，取笑大宋这样的麻坛高手竟犯如此低级的错误，又把什么样的牌，怎么看错等细节讲给每一个来我办公室签到的同事，大宋笑呵呵地听着，不置可否。因为同事是一个一个陆续来的，所以讲了很久，讲着讲着，他突然发现自己袖口内侧开线了，连忙把手从桌子上拿下来，手贴着开线处，插进了衣兜。

　　一天，石强来我办公室炫耀："臭鱼今天给我一盒烟。"大宋说："也给了我一盒。"我说："也给我一盒。"臭鱼姓于，是我们单位有名的"刺头"，平时不太上班，连局长都不放在眼里，因为他女儿结婚了，送给我们一盒烟报喜。石强听说我们也都得了，脸上有点不自在，说："臭鱼也真是的，家有喜事应该通知我们，我们也好去捧捧场。"我和大宋也说："是啊，补他礼金他说啥也不要。"石强说："是啊，我也跟他撕巴半天，说啥不要钱，反倒给我一条烟。"他把"一条烟"三个字说得很重，还用眼睛扫了一下我和大宋，见我们没在意，表情又放松了下来。

　　那天下午我胃痛，我跟大宋说通勤车能否走我家楼下，正巧石强来了，大宋就向石强请示这件事，本来走哪条路都不影响谁，可石强打着官腔，说每次都走那条路，怕司机不高兴。他俩从这件事一直聊到司机的人品，一时半会没有决定的迹象，我捂着胃说："今天从我家那儿走吧，我……"

　　还没等我说完，石强突然提高了声音，呵斥我说："你没看我和大宋正说这事吗？你插什么话啊，你还向着大宋说话，跟我作对啊。"

我怎么能跟副局长作对呢？我连忙解释："我不是那个意思，这事是我跟大宋说的，我……"

"你说的算什么，你说的，今天这事就不行。"他男高音一下子提高了八度，整个一楼办公室的同事都过来了，我看他在气头上，也解释不清楚，就捂着胃出去了。

去哪呢，我直接就打车回家了。

县委突然下令要整顿各局，对副局长以上领导考核，石强来我办公室的次数更多了，满脸堆笑地和我们打招呼，还给我打电话让我给他投票。不光我们办公室，各个办公室都有他的身影。

投票之前，几个副局长都发表了热情洋溢的演讲，石强的演讲最慷慨激昂，罗列了多年来的工作，以及在各方面对同志们的关心，讲得台下一片唏嘘。

投票结果公布了，石强只得了一票，排名在副局长的最后一位。他气呼呼地走出了会场，我们也感到他在县委领导面前一点面子也没有。

# 朋　友

是的。栀子是我的朋友。

严格意义上讲，她首先是我的网友。是她，在网上发现了我那么多的文字，又知道我是县内的老师，便把我拉进文联委托她建的博客圈子。我把以前在论坛的文章都推送到圈子，在圈子初露锋芒后，她又向文联推荐我做管理员，短短两个月，我在县文学界便大红大紫，风光无限。

我们在网上交流圈子的建设，共同探讨圈子今后的发展方向，她负责圈子的规划，我主要是带领圈友们进行创作。渐渐地，我们谈理想，谈生活，发现她特别勤奋笃实，每天在圈子里评论博文到午夜，第二天又很早就去工作。后来我们交换了电话号码，偶尔打个电话，关心关注着彼此，发现我在报纸上发表了什么文章，她都把报纸收藏起来，我们就好像两处风景，互相欣赏。

半年后，我应邀参加圈子建设会议，走进小会议室，一个胖胖的戴眼镜的女人走上前来："小文。"

"栀子。"我猜到了是她，扑上去拥抱了一下。

咋来这么早？我一边在她身边坐下，一边问她。

"我早点来看看有什么需要做的事情没有。"

她真诚的一番话，令我肃然起敬。我不得不佩服她，总是那么精力充沛，能把时间都用在工作上，总说时间不够用，可我干了什么呢？九点开会，我利用开会前的时间做头发化妆打扮去了，相比之下，我又逊了。

会上，她就圈子的发展侃侃而谈，提出的建议都被文联领导记录了下来。

中午散了会，领导请我们吃饭，刚喝不到两杯酒，栀子就张罗走，大家苦劝，她说："我单位还有事。"

她走了，但温情还在，在博客里，总能看到她的身影，喝彩，鼓励，一句问候，总觉得她是那样贴心。

一天晚上，在县委工作的表叔和我闲聊，文联准备把栀子调过去，专门负责博客圈子。

"那我们还做不做？我们怎么做？"

我知道栀子对圈子做出了巨大的贡献，可她一农村小职员，一点背景也没有，靠一博客圈子就能提升？我不服气。

表叔从我的问话中哑摸出了不满的情绪："还没有确定，我们今天下午研究时，都觉得栀子对圈子最有热情，贡献突出，就提到她了，但她也有不足，她文笔不行，对很多博文的点评都不到位，不准确，我们需要一个各个方面都拿得起来的人来负责这项工作。"

我一听，表叔的话说明我还有希望，我还有机会，便仗着跟他有亲戚，大着胆子说："其实，我们就是分工不同嘛，我一直负责博客圈子征文活动，带领大家搞文艺研究和创作，如果让我去点评博文，我想我还是能胜任的。"

"嗯，一时没想到你，等明天我跟县长提一下。咱努努力。"表叔笑呵呵地说。

我趁机跟他诉苦："我们住城里的，谁愿意往乡下跑啊，你知道，我每天坐通勤车，中午食堂的饭菜可难吃了。"

调工作这件事一直在领导的会议上研究着，我没有回音，栀子也没有去文联工作。我们还是和往常一样，没事的时候聊聊天，谈谈圈子的事。

那天我正泡在网上，表叔给我发了一条消息："你知道栀子出车祸了吗？她老公被撞死了。"

我的头"嗡"地一下大了，跟领导请了假就往车站跑。

去医院的路上，栀子曾经跟我聊过的话一句句跳出来，她有个幸福的家，她老公很爱她，很支持她的工作，支持她为圈子的付出，现在冬天路滑，她老公天天开车送她上下班……

栀子躺在病床上，一见到我，泪水就流出来了，呜呜地哭着，我掏出纸巾给她擦眼泪，陪她一起落泪。

春暖花开的时候，我们又迎来了新的一年，栀子也康复出院了。

表叔又来到我家，说："博客圈子的建设的确缺人手，今天县长还说必须调个人来管理这事呢，我当时就跟他说你了，校长也知道你的文笔……"

"你怎么跟他说我呢？你们调栀子过去呀，那个圈子是栀子创建的……"

我跳着脚打断了表叔的话，看到他在我对面惊愕地睁大了双眼。

## 陈 哥

陈哥是我们办公室里年纪最大的，已经五十多岁了，单位照顾他，工作任务不多。他每天做完手头的工作，见谁闲着，就跟谁唠几句，见大家都忙，就到别的办公室去闲唠。陈哥跟谁都唠，唯独不跟我唠。我忙，他唠他的，我也从不搭话。

陈哥每天在单位唠得唾沫星子如雨，但内容大体只有一个：他有个弟弟，在外地开公司，有上千万的资产，这个弟弟对他极其大方。他经常抻着衣袖对我们说："看，这是我弟弟给我买的，报喜鸟，两千多呢。还有这裤子，这鞋，这羊毛衫，我这一身衣服加一起五千来块钱。"说到钱数，陈哥的眼神里有一种藐视，有一种炫耀，许是用了力，他左侧的眼睑开始抽动。每次提到钱，他的左眼睑都会抽动。

衣服说了几天，说得人人都垂了头，再不接话茬。陈哥就坐在办公桌后面跷着二郎腿吸烟，碰到同样有吸烟习惯的同事进来，就从烟盒里抽出一支递上去，点上，等到来客坐下来，和他一起喷云吐雾，他就把烟盒举到前面，说："这烟好抽不？都是我弟弟给的，三十多块钱一盒呢，我的烟都是他供。"于是，如数家珍般，把弟弟供他家的什么都介绍一遍，什么大米啊、油啊、肉啊，总之他家啥都不用花钱。

陈哥的儿子已经二十七岁了，女朋友分手了一个又一个，就有人关切地问："孩子啥时候结婚啊？"

陈哥说话连本儿都不打："我儿子结婚我一点也不愁，我弟弟给他一幢楼二百多平方米呢，一分钱都没用我掏，还给他买了辆车，天天开着，我有弟弟做坚强后盾，怕啥呀。"

陈哥说得神采飞扬，连左眼睑的抽动都特别有规律，我悄悄用眼角的余光看他，他也装作无意地瞥我，我埋头工作，大家附和的话不时飘过来，"陈哥的弟弟真好啊，这么有钱还这么惦记哥哥，我们要是也有这么好的一个亲戚多好啊，不用这么辛苦了。"他笑呵呵地答应着，语调里满足得很。

一天，陈哥没来上班，办公室难得耳根清净，没有烟雾笼罩，空气也清新了不少，可毕竟是同事，大家给陈哥打电话，得知他老父亲生病了，他在家伺候。

几个同事买了些礼物，准备去看望他的老父亲，他说什么也不同意大家去，大家说东西都买了，执意要去，他才要我把大家带过去。

同事挂了电话，看着我大跌眼镜："看你平时不太搭理陈哥啊，私下里有联系啊。"

"没有没有，碰巧知道的。"

　　我带着大家七拐八拐地走进胡同，走进一栋破旧的老楼，踩着有裂纹的水泥楼梯，气喘吁吁地爬上五楼，敲开落了漆的铁皮门，陈哥头发蓬乱，脸色蜡黄地出现在我们的面前，眼睛里还有血丝，苍老得好像六十多岁的老头，同事民子半调侃半心疼地说："咋造这样啊，是你父亲有病还是你有病啊。"

　　"别提了，都进来吧。"

　　我们走进陈哥的家，才觉得五口人挤在这七十多平方米的楼里是多么逼仄，跟陈哥平日里描述的落差太大了，大家一时有点转不过弯来。

　　"这不老人病了吗？没人照顾，我们只好搬过来，一起住。"陈哥指指床上的老人，解释说。

　　我不由得把眼睛瞪大了，真不敢相信他现在还有心思这样说。多年前，陈哥那个弟弟因为家穷离家出走后，陈哥就开始吹嘘他是多么有钱，老了，竟换了这样的一个版本。

　　我满腹心事，随大家走出楼梯口，看着对面花园小区里的家，怎么也没敢请大家去坐坐。

# 高　手

　　在莽莽苍苍的长白山余脉，掩映着一座叫大台山的小山村，这里民风淳朴，妇女大多心灵手巧，把满族剪纸演绎得活灵活现，过年过节，家家红红火火满堂彩，挂签、窗花等都是自家剪出来张贴上去的。不知从哪年开始的，端午节后，农活告一段落，大台山就迎来了又一个节日——剪纸节，这一天，妇女们把自己精心剪刻的作品带到赛场展览，由老一辈剪纸艺人担任评委，评选出新一代剪纸高手。

　　在这群剪纸妇女中，剪得特别好的有两个——梅子和文子。

　　梅子的娘家在全国满族第一县新宾，地地道道的东北人，她长得高大，性格直爽，她擅剪满族风情，每个小动物的头上都顶着一朵石榴花，人物服饰点缀着花边，和大台山的剪纸风格基本相同。

　　文子是从陕北嫁过来的，长得小巧，为人随和，她的剪纸内容多是娃娃、小媳妇等，剪得并不十分细致，但轮廓造型却很随意，人物的表情也传神。

俩人是同一年嫁到大台山村的，成了邻居，还同岁，便经常在一起剪图样，聊家常。

可自从文子的剪纸作品在剪纸节上获得"剪纸高手"的荣誉称号后，梅子就不来文子家了，见面也淡淡的，文子几次想和梅子热络热络，都碰了一鼻子灰。一来二去，俩人就生疏了。

梅子心里不服气，文子的作品既没有锯齿边，又剪不出石榴花这些高难技巧，凭什么她能获奖，还不是靠那一张巧嘴，勾住了评委的心？

虽说梅子看不上文子的剪纸，却有一些大姑娘小媳妇专门跟着文子学，就连村里的几个后生，都缠着她索要剪纸作品呢。

一年，两年，三年，一晃文子已经蝉联三届"剪纸高手"的称号。大家公认文子的剪纸作品新鲜有创意，只有梅子，仍咬着牙，较着劲，暗地里在剪刀上下功夫。新宾的满族剪纸全国有名，她作为老剪纸艺人的亲传弟子，比不过一个陕北女子，她年年参赛，她偏不信这个邪。

时光斗转，在俩人都嫁到大台山的第七个年头，文子又怀孕了，她习惯性流产，每天躺在床上保胎。一个人的时候，她常想起和梅子在一起的日子，特别希望春天能过来陪陪她。她知道梅子在家，梅子吆喝猪鸡的声音不时地飘进来，她就在心里勾勒着梅子的样子，想着以后把梅子的形象剪出来，这么想着，日子就悄悄地过去了。

终于，她抱上了一个白白胖胖的大儿子，她又可以出门了，可她大多时候只抱孩子在院子里走走，很少出门。因为她出门要路过梅子的家，梅子还没有孩子，她知道梅子的心。

不久，梅子也不能出屋了，她的子宫肌瘤太大，被切除了子宫。听着梅子哀哀的哭声，听着梅子男人不满的呵斥声，文子的心像猫挠一般的难受，她以前也没有孩子，俩人常在一起谈论没有孩子的失落，她知道梅子此刻的心情，只有她，才能抚慰梅子受伤的心。只有她，才能把梅子从绝望中拉出来。

文子把孩子交给男人，几步跨到了梅子的家。

"结婚不包括生孩子，梅子，这也不是你想要的结果，你没有错，你要坚强，要挺直腰杆，别再折磨自己了。"

"无论你怎么难过，事情也不会有所转变，你身体要垮了，就更没有希望了。"

"孩子也不是生活的全部，注定不能有，再想还有什么意义？不如把时间精力都用到剪纸上，你不是一直想把满族剪纸发扬光大吗？"

文子语重心长，直说得梅子陷入了深思。

梅子不哭了，身体刚刚好转就操起了剪刀，做着活计时也要思索构图、用剪，简直到了痴迷的程度。

去年，党的十八大召开之前，梅子特地剪了一幅十八米的长卷作为献礼送到了北京。

端午节一过，妇女们的剪纸作品又参加大台山的"剪纸高手"评选了，这一年的桂冠，当然是梅子的了。

梅子在大家的欢呼声中登上了领奖台，接过印有"剪纸高手"的奖杯，转身跑到台下，把奖杯递给正抱孩子看热闹的文子面前。

文子笑了："梅子，拿着，你是剪纸高手，也是生活中的强者。"

## 诱　惑

两个人的对抗，最初的印象是看着别人打。那是哥哥姐姐们放寒假都回奶奶家带他一起玩儿的时候。那时他还小，才4岁。虽说是看别人打，却也只能是从围观人们的夹缝处看上那么一两眼。更多的时候，人们围得水泄不通，找不到缝隙，就只好在外围来回转悠，偶尔听到挨打的人骂："这么损呢！"他就像得到了什么重要信息一样，一遍遍地叨咕："这么损呢。"尽管，他并不知道这句话是什么意思，但这样说着，好像自己也参与了他们中间一样，不那么格格不入。

他很聪明，看过一次，打斗在他幼小的心灵里就刻下了深深的烙印。他觉得两个人对抗的时候真是酷极了，炫急了，紧张又刺激。他真想亲自上场打一次，可他太小了，什么都不会。他只能把想法告诉哥哥，哥哥虽然才 12 岁，却是业内高手，有很多必杀技呢。哥哥疼爱他，满足他所有的要求，不断向高手挑战，锤拳、倒跃踢、碎石踢……一次次打败对手。哥哥还能教他，如何使用能量喷泉、疾风横拳、升龙弹等令人目眩的华丽绝招。这些飞快的动作常常刺得他眼花缭乱，他悄悄揉揉眼睛，舍不得错过一个动作。

哥哥上学了，他自己练习。那年，他 6 岁。一开始，他总是一下子被打翻在地，谁都不在意他，用不屑的目光蔑视他，但他不在乎，屡败屡战，百折不挠。慢慢地，他打斗的时间增加了，能还几下手了，能打败几个人儿了。一点一滴的进步，都令他充满了信心。他相信，只要他不懈地努力，就一定会像哥哥一样，成为一位英武的拳皇。

就在他取得了一次又一次的胜利，离心中的目标越来越近的时候，在城里打工的妈妈回来了，来接他进城上学。

他没有自己选择的权利，眼看着奶奶把他的衣服、玩具、画报收拾了一个包，拉着他的手，送了他们一程又一程，一直把他们送上公共汽车。

城里的家破旧又狭窄，只能满足他们吃饭、睡觉最基本的生存需要。他那小小的心里，十分想念农村宽敞的家，想念从不管束他的奶奶，想念两年前，大伯搬回来让他和哥哥学习的二手电脑。

这样想着，无奈着，日子便一天天地过去了，他结识了几个邻居小朋友。大家一起玩的时候，也是蛮快乐的。

有一天，一个长他两岁的叫瘦猴的男孩带着他东拐西绕，来到一个狭窄的胡同里的光线极暗的小屋，他一走进就忍不住咳嗽了两声，屋里烟雾弥漫，有人在吸烟。不过他立刻就被吸引住了，这屋里的游戏机一台挨着一台，每台游戏机的前面都坐着一个大孩子，瘦猴交了钱，拉着他找到一台空游戏机前坐下，他靠着瘦猴，痛痛快快地过了一把眼瘾。

瘦猴经常带他去游戏厅，有时也给他一个币子……

他很快把农村抛在了脑后，开始琢磨妈妈塑料盒里的零钱。5 角、1 元，他只打一把、两把……在强烈的欲望支配下，他把塑料盒带进了游戏厅。

晚上，妈妈一边哭一边打他，扔掉了他从游戏厅带回来的十个币子。

接下来的日子，他和妈妈每天只吃白米饭蘸大酱……

# 竞选村长

大凡干部都长得肥头大耳，一脸富态相，人家籍学北当村长，有那个福气，再看看你，瘦骨伶仃，像只小鸡子似的，咋看也没有领导派头啊。看我真要参加竞选，大姐头一个站出来反对。

我狠狠地瞪了她一眼，这个无知的女人，真不知道籍学北给她灌了什么迷幻药，全村人都在背地里喊喊喳喳地说她，她不羞得躲起来，还敢来我这儿指手画脚，她是我姐没办法，如果是我妹，我早扇她耳刮子了。

姐姐看我梗着脖子，索性站到我面前，两臂在胸前交叉抱着胳膊："不服气是吗？真是初生牛犊不怕虎，你当我真是向着他，我是向着你呢，你斗得过籍学北吗？有多少人在力挺他？人家还挨家挨户地发了钱呢。你做得到吗？到时候选不上，还惹得籍学北不乐意，上届小利跟他争，咋地了？谁也没有他有实力。"她在我面前说来了劲儿，比比画画的，手指都快戳到我的鼻尖了。

我扒拉开她粗短的手指，四十多岁的女人了，风韵全无，籍学北跟她在一起，完全是为了选票。傻子都能看出来的事，她却浑然不觉，乐此不疲，看她在我面前口若悬河地替籍学北发表演说，我真为籍学北下三滥的手段感到恶心。

"大姐，你怎么那么肯定他一定会选上？咱们村民就为了那两张票子就选一个只知道喝大酒的人？难道这两年村民还不了解他的为人吗？"

"咱村是有名的贫困村，村民们就图那俩钱，一年土里刨食能见多少钱啊？不得白不得，白得谁不得？再说了，你咋知道籍学北只会喝酒呢？他不出去喝酒，咱村的事儿谁办啊？"

"他为村里办过事吗？"我看着大姐口若悬河的样子，突然觉得女人无知真可怕。

"你又能办什么事?"大姐白了我一眼。这时她电话响了,她看了一眼,没有接,匆匆忙忙地指着我说:听大姐的,不许瞎整啊,说完急匆匆地走了。

我气呼呼地弹掉了手里的烟。本来我有点不敢跟稳操胜券的籍学北对决,可这回我下定了决心,如果继续由籍学北连任村长,大台山指不定怎么乌烟瘴气呢?

选举的早晨,我洗了头,刮了胡子,穿上西服,皮鞋擦得锃亮,挺着腰杆向村委会走去,一边走一边想,我要当村长,一定不会像籍学北那样整天喝得五迷三道的,一定不会乱搞女人,一定要为老百姓干点实事,大台山村穷的原因就是路太曲折坎坷,村里那么多颗粒饱满的大玉米棒子、金灿灿的水稻,山上红艳艳的山里红、黄澄澄的沙果不是卖的价格低到极限,就是干脆烂到地里,农民辛辛苦苦一大年,却连最基本的生活保障都没有,我当上村长的头一件事,就是把路修好,这样,粮食水果的销路就不是问题了,农民的生活水平就会有所提高,这不比籍学北给大伙送钱奏效?

镇里的领导和村书记等村委会成员都已经到了,籍学北也早就到了,只是老百姓稀稀拉拉的,没来几个,我一看这局面,就明白了,籍学北怕他选不上,告诉老百姓都不要来投票,选举人数不超过半数,没法选。镇里领导也很为难,派村干部挨家挨户地去找,可来的人寥寥无几。

既然有人来,我就照事先的计划,从怀里掏出一张纸,当着村、镇领导和在场老百姓的面,给大家讲起了修路的方案,我一边讲一边用手比画,说得老百姓连连点头。

一个上午过去了,因为村民始终没过半数,这次选举取消了。

过了半个多月,第二轮选举开始了,这次要是还不过半数,就会由上届村领导班子连任,胜败在此一举,虽然我利用这半个多月的时间,也挨家挨户地讲了我心中的想法,但没送钱,我心里也没底。

还没走到村委会,就看到院子里站满了老百姓,我心头一热,伸出手来，挨个握过去，顺便重申我的设想。

投票开始了，看着老百姓握着选票，投进投票箱，我的手心都攥出了汗，唱票结果，我当选了。我给大家鞠躬致谢，再一次向大家表示，我上任后一定给老百姓谋幸福。

回到家里，大姐已经坐在炕上等我了，她眉开眼笑地看着我："真当上村长了，有两下子。"

"我岂止两下子，你就瞧好吧。"

# 恩　人

世满开着出租车刚来到金帝大厦的门口，就见大厦的台阶下走过来一位西装笔挺的中年男人。一招手，世满的车就停在了他的身边，世满是个特别勤快、特别识眼色的小伙子，车一停，他立刻推开了副驾驶那边的车门，乘客一步跨了上来，冲世满微笑着说："王者大厦。"

"好。"世满迎着乘客的目光，答应了一声，便向王者大厦驶去。

世满开出租车已经两年了，只搭一眼，就对乘客的身份了解了八九分，掌握乘客的情况，有利于他跟乘客聊点什么话题，在和乘客共处的这一小段短暂得不能再短暂的时光里，他愿意让乘客有一种轻松亲切踏实的感觉。这位乘客的西装是罗蒙的，皮包是 LV（路易威登）的。金帝大厦和王者大厦都是省城顶尖的商业大厦，距离不近，但这条路上车不是太多，跑起来还是很顺畅的。听刚才一位乘客说，今天王者大厦召开一个商业酒会，看来这位乘客一定是去参加酒会的。

世满刚想跟这位乘客打听打听关于今天酒会的事情，了解一下今天的新闻。乘客的手机响了，他掏出手机，是诺基亚很古老的一款，十多年前曾领先市场的那种。大概是什么人先到酒会了，只听他在电话这边说："快到了，刚开完会……好，一会儿我们仔细研究研究……一会儿见。"刚挂断电话，又有电话打进来，谈的还是一会儿就要见面的事。世满一边静静地听着，一边想：这个人在生意场上人缘儿很好呢。

乘客手中的电话刚放下，世满就把车稳稳当当地停在了王者大厦的门前，乘客一边对世满微笑着道谢，一边拉开皮包，突然他怔住了，难为情地对世满说："忘了带现金。"

世满堆着笑的脸一下拉长了，计价器上明明白白写着：16 元。世满挥挥手，说："没事没事，算了算了。"不算，能怎样？常拉车，碰到这种情况也没什么奇怪。

乘客不好意思地解释："我的司机家里出了点事情，把车开过去了。平时我也不坐出租车。今天开完会就直接从会议室下楼了，时间有点紧，想得不够周到。我记住你的车牌号码了，下次遇到你的车，一定把车费补上。"

世满点点头，说："好。"

乘客刚下车，世满又叫住他，说："喂，兜里一块钱都没有，等会儿你怎么回来呀！别再跟别的司机也说没钱了。我给你拿点得了。"世满扳开方向盘下面的抽屉，今天才跑三趟活儿，一共挣了三十几块钱，他都递了过去。

乘客迟疑了一下，伸出手接了，红着脸说："告诉我你的电话号码，等我一回去就把钱还给你。"

"好。"世满把电话号码告诉了他，才驶离王者大厦。

半个月过去了，世满早就淡忘了这件事。他却突然接到这位乘客的电话，叫他到金帝大厦去一趟。

世满上了五楼才知道，这位乘客原来是都市银行的总裁石念业。他热情地招呼世满坐下，跟世满聊起了家常，并没有提还钱的事。

"开出租一个月能挣多少钱啊？"

"五千。我跑的时间长，回头客也多，我挣的算多的。"

"那你可挺辛苦啊！"

"年轻的时候身体好，辛苦点不算什么。我的车是租的。打算买一辆属于自己的出租车，还得娶媳妇呢。"说完，世满羞涩地笑了一下。

石念业也陪着笑了一下，说："我知道你的车是租的。我的司机有事，不能来给我开车了。我一时找不到人手，你要是愿意，来做我的司机吧，月薪一万元。"

这简直是天上掉馅饼了！世满一口答应下来。每天接送石总上下班，偶尔出去见个朋友，一天开不了几趟车。只是石总每个月的周五要坐飞机到汕头去，石总的父母住在那里，人老了，不肯换环境，石总每月回去看老人一次。飞回来时是周日 12 点接机。

开始的两次，石总下飞机就带世满到机场附近的一家酒店去吃饭，石总吃得很少，跟平时完全不同。

世满觉得奇怪，就问："石总，怎么不多吃点呢？"

石念业笑笑说："我口轻，觉得这家菜稍微咸了点儿。"

世满这才觉得，这家酒店的菜，的确比单位食堂的菜要咸，机场附近只有这一家酒店，便说："你也是老主顾了，怎么不提点意见呢？"

石念业说："你们当地人都口重，为了我，改变人家的习惯，不是太麻烦了吗？况且，我也不过是一个月吃一回。随遇而安吧。"

世满不再说什么了，他觉得这辈子最大的幸事就是结识了石念业，不仅是好工作的问题，只要是和石念业在一起，他就有可学的闪光点。他的尊贵品质令他仰慕。

转眼，又一个月末。

世满从机场接出了石念业，坐到车上，世满没立刻发动引擎，而是从后座拿过一个保温桶，打开说："石总，饿了吧？这是我妈妈亲手为您烧的。"

石念业被深深感动了，没想到，世满是个这么有心的小伙子！吃一口这热乎乎的饭菜，一直暖到心里。

从此，石念业下飞机这顿饭，都是由世满带来妈妈的心意。

两年后的一天，世满刚把车停在大厦的楼下，就觉得一阵眩晕，倒在了车上，石念业来不及上楼，立刻把车开到了附近的医院，经检查，才得知世满患了尿毒症。

三个月后，世满病愈出院了，他由母亲搀扶着，来到金帝大厦石念业的办公室，世满感激地说："石总，你真是我的大恩人呢！我真不知道怎么感谢你！谢谢你借我这么多钱！如果没有你的帮忙，我……"

石念业这时已站起身，说："你们快坐下。不用提钱的事。那些钱不是我借给你的，是我给你的。你唯一要做的就是安心养病，我还等着你为我开车呢。"

世满郑重地点了点头。

## 去哪过年

"听说三亚那里过年非常热闹，今年咱俩去三亚过年吧，你不是总说我一辈子都没带你旅游过吗？以后每年过年休假，我都带你去一个地方，行吗？"

邱一水一开口，万爱迪立刻从沙发上站起来，躺到卧室去了。

邱一水叹了口气，打开电视，快过年了，电视里有很多热闹的节目，可以把空阔的房间填得满满的。

可什么才能填满万爱迪的心呢？女人的心啊，怎么这么窄呢？还有半个月就过年了，家里还一点年货没办呢，这个年怎么过？

邱一水不停地按着遥控器，哪个节目他都看不下去，索性关了电视，点燃一支烟。

卧室里有轻微的抽噎声。

这女人怎么这样？难道更年期到了？

邱一水无奈地站起来，踱到厨房，给女儿打电话："英子，其实我也觉得你应该跟阿南去他家过年，你妈嫁给我这么多年，还不是年年跟我在你爷爷家过？可现在你妈整天在家哭天抹泪的，就想让你回来过年，其实我理解她的心情，我也希望咱家热热闹闹的不是？阿南听你的，要不，你就跟阿南说说，今年上咱家过年，明年去他家，两家轮换着去行不？谁让一家只有你们一个孩子呢。我就是跟你商量一下，你和阿南要是没意见，我再跟你公公婆婆谈。行不？"

电话那边传来女儿温软的声音："爸，我不是跟我妈说好了吗？不管在哪里，我们都好好的，开开心心的，就行了嘛。我婆婆买了很多年货，还有我太公太婆婆，一大家子人呢，我和阿南回咱家，我婆婆多难办啊。上次您不是说带我妈出去旅游吗？回头我把钱给您打过去，我请你们。过完初二，我们就回去。好吧?"

"你妈是要你，咱家又不缺钱。好好，我还是按原计划，和你妈旅游去，现在过年出去旅游的人也很多，我们老早就想出去旅游了，你妈会高兴的。你放心吧。"

挂了电话，邱一水又叹了口气，回沙发上打开电视。

"腊月二十五了，你同意去三亚的话，我好订飞机票。"眼看着快过年了，邱一水又一次提起旅游的事。

"订就订吧。要不冷冷清清在家看电视，有什么意思，没有女儿在家，这年过得一点劲也没有。"万爱迪无精打采地说。

邱一水兴高采烈地站起身，刚要出门。

门开了，女儿和她婆婆走了进来。

"你们来了，阿南怎么没来?"万爱迪看见女儿回来了，一下子从沙发上站了起来，满脸堆笑地迎向亲家母。

"我们是来请你们去我家过年的，顺便来和你们商量一下，以后咱们两家在一起过年，好吗?"亲家母和颜悦色地说。

"这好吗? 这好吗……"邱一水在胸前搓着双手，咧着嘴不停地重复。

"去吧去吧，我妈买了好多年货呢。"英子一只手搂着婆婆，一只手挽着妈妈。

"去，一起过。"万爱迪干脆地说，脸上的阴霾一扫而空。

# 沙　雕

也许这里曾经是一片汪洋大海，也许是狂风南下时夹带过来的，人们没有时间去考虑那么多，这里的沙太迷人了，浩浩无边，天圆地阔，如水样自然地流淌，自由挥洒的线条，像青春女性的曲线，滑沙、钻沙堡、沙浴……置身沙中，任细腻的沙抚摸粗糙坚硬的心，真是太舒服了，人们尽情地玩耍着，欢呼着。

蔡儒看着快活的人们，他的眼里也充满了笑意。在生意场，他始终是个幸运的宠儿，一年前房地产生意亏了后，他一个人落寞地行走在城市的边缘，意外发现了这个荒凉的所在，太辽阔太原始了，他不由得被大自然折服，喧嚣城市里的人们，一定会喜欢这里的。脑子里灵光一闪，立刻噼里啪啦地打起了算盘。他通过找关系，贷款买下了这块沙地，建起了天然游乐场，赚了，又赚了。蔡儒就喜欢这种挥洒创意的生活。

正陶醉着，手机响了。

"蔡儒，你那个巨型楼群建筑进展得怎样了？下个月省里领导要去检查，兄弟先跟你透个话。"

蔡儒的眉头蹙起来，盖楼咋那么好？不过他不能说，他买这块沙地还是以房地产的名义。一定要建，当初送规划图的时候说得神乎其神的，一点工程的影子也没有可不行。来日方长，他不能让帮他的人为难。

蔡儒的脑子转得飞快，一个新的娱乐项目产生了。

第二天，游乐场上竖立着一个个几十米长的巨型胡萝卜、马铃薯，游人可以根据自己的创意建筑高楼、别墅、小区。一直渴望住上自己房子的人们，纷纷涌过去，圆梦……

听说，现在种植巨型品种的胡萝卜和马铃薯可畅销了。农民们在地里滚爬着，议论着……

## 隔壁有眼

吃过午饭，张青躺在校长室的沙发上，头枕着沙发一头的扶手，眯上了眼睛。

他睡不着，父亲的心脏病严重了，需要一大笔钱做支架手术，他在想向谁借钱比较合适。

有敲门声，张青打着呵欠，极不情愿地从沙发上爬起来，打开门一看，是王伟。他当校长之前，俩人都教美术，在一个办公室："是你小子，不知道我在睡觉吗？"

"就是趁你睡觉才来啊。"王伟跟他打着哈哈，随手带上门，掏出一沓钱放在办公桌上，你当校长，我心里别提多高兴了，以后有好事的时候可想着点小弟啊，评选市先进教师时您倾向点小弟，小弟绝不会忘了大哥的。

张青看一眼放在桌上的钱，心里一动，这不是瞌睡送枕头吗？可他又转了个念，坐直了身子，面对王伟，也面对着副校长马大海办公室的方向，用他惯有的男低音说："王伟，我们是好兄弟，你也是个好老师，工作很努力，积极上进，如果以后有什么提高的机会，我会考虑你的。市先进这个事，现在还没开始评选，等上级通知后，我们拿出一个评选方案，公开公平评选，每个够条件的老师机会都是一样的。还有，我这里，不是拿钱就能办事，办事不是靠钱。好好工作，就会有机会。"张青站起来，把钱推给王伟，说："回去好好工作。"

王伟怎能把拿出来的钱带回去呢，俩人推让起来，撕巴好半天，王伟见张青真的不肯要，只好把钱揣在兜里，走了。

张青累得气喘吁吁，刚坐进沙发，又有敲门声，他一边暗暗抱怨当校长后连个午睡都金贵，一边拉开办公室的门。兰兰扭着腰肢走了进来，目光里满含着摄人的诱惑，她随手推上门，一把搂住张青的脖子："青哥，你当校长就不理人了。"

兰兰既漂亮，又妖媚，他一度梦想当校长后一定要把兰兰拉上床。现在，他刚当校长，兰兰就亲自送上了门，真是天时地利人和。他的手不由得握住了兰兰的腰，突然他想起兰兰昨天从马大海办公室出来，他一把推开兰兰："快别这样，出去！"

兰兰怨恨地瞪了他一眼，摔门而去。

张青睡不成了，睁着眼睛盯着天花板，一遍遍梳理思路，兰兰会不会跟马大海勾结来害他？这事说不准，他必须洁身自好，当个好校长，不让马大海有可乘之机！这样想着，他下意识地看了眼办公椅。

校长这个位子，他和马大海都想了多少年啊，是上天对他厚爱，使他在角逐中胜出，要好好珍惜啊。他不禁又朝隔壁看了一眼，马大海一定在隔壁盯着他，想到这，他站起来，坐到办公椅上，腰杆都挺得直直的。

一年又一年，张青年年被评为优秀校长，学校也发展成了一所全市有名的特色学校。退休在即，马大海却被检查出肺癌晚期，弥留之际，马大海拉着张青的手，说："你是一个好校长。"张青温和地拍了拍马大海的手背说："这是你和全校老师共同努力的结果。"

其实，张青明白，他的成功是因为他时刻觉得有一双眼睛在盯着他，使他不敢错走一步。

## 秋姐来访

盛夏，我光着膀子，只穿一条大裤头，坐在电风扇下写作，写呀写，每个文字都像清凉的风，使我忘记了炎热，忘记了周遭的一切。

这时，电话铃声把我拉回现实，我咒骂着操起电话，一个急切的女声传进来："老兵，我来了，上哪去找你呀？"

我把这几句话放进嘴里咀摸了半天，不好意思地说："请问您哪位？"

"哦，"女声轻轻笑了，"是我，老秋。"

看我沉默，又加了句："市文联老秋。"

"是文联秋主席，"我一拍脑门："哎哟，秋姐。几年没联系了。秋姐，你还好吧？"

"好什么呀？到你家门口才知道人去楼空啊，老兵，告诉我上哪能找到你好吧？"秋姐说得极其小心极其客气，好像我是她的上级领导一样。

"秋姐来也不早说，我好准备一下。这样，你坐车到蓝色旋律酒店，我们到那见面。"

挂断电话，我忍不住又骂了一句："不出名喝西北风的时候，人都在哪？如今我出名了，她发哪根神经跑来看我？我可不是好了伤疤忘了疼的人，可她是文联领导，大老远地来看我，硬着头皮见吧。"

我下楼来到蓝色旋律，点了几样小菜，秋主席就风风火火地进来了，她一点没变，还是那个急脾气，一见到我，立刻热情洋溢地笑，嘴咧得好大，离老远就伸出了手，满头大汗都不顾擦一下。

"秋姐，您又发福了。"我伸出手，握住她汗涔涔的胖手。

就座，几杯酒下肚。

秋姐引入正题："老兵，祝贺你前段时间在省文学大赛上荣获金奖，这些年在全国各大报刊没少见你的稿子，书也出版了十多本，家乡人都以你为荣啊，跟你沾光了。咱市也算地灵人杰，有深厚的文化底蕴和氛围，现在又注重文化，很多文学青年勤于笔耕，形势人好。我寻思你有时间回去给大家做个讲座，对大家也是一个启发，一个激励。"

衣锦还乡一直是我的梦想，我也有荣归故里的资格，可是，两个出版社约稿，都跟逼命似的，我也实在是没时间。

秋主席大概看出了我的犹豫，语重心长地说："老兵，出了名也要为家乡做点贡献，你再怎么有名，咱文联才是你的家。晚辈们这样崇拜你，你就带一带孩子们。十年前李老师回来讲学，我跟他说你有潜质，让他多指点你。李老师多给我面子，帮你改过稿子吧。"

秋主席提旧情，我赶紧向她敬酒。她文章写得不好，为人却豪爽，她到文联后，托起了一颗又一颗新星，包括我。快退休了，还不辞辛苦地为文学奔波。我有些被她感动了，想抽出半天时间回家乡看看。"当年李老师牺牲时间教我写作，时光荏苒，如今我也成了文学青年眼里的偶像，也该为大家尽点微薄之力。"

"老兵，你定时间，然后我召集作协会员去听，再把高中文科生都找去，有学习的机会，人去得越多越好。"

不知是被秋主席感动，还是被酒精迷醉了，我开始筹划回家乡。"秋姐，下周末吧，这几天我紧紧手，争取先完成一本，然后回去看看。"

"老兵，我就知道你热爱家乡。我替家乡人民敬你。"

我干掉了这一杯，扶着晕乎乎的头，说："秋姐，你说我算个作家吗？其实你最初见到我，才没说我有潜质，那时你在报社当编辑，我去送稿，你抖着我的稿子，表情很不屑，这小作文也能发表吗？你当文学是吹气吗？不会写作就别写，浪费时间……被你讥讽了一通，回家我大哭一场，发誓放弃写作，可我放不下，甚至一天都没停止过。我是偏执狂，你越说我不行，我越要证明我行。"

秋主席静静地听我说完，然后她盯着我的眼睛，一字一顿地说："每个初学写作的人走进我的办公室，我都这样说。市场上粗制滥造的书和文章太多了，真不缺少制造文字垃圾的。有些人听了我的话，转身在别的领域里成功了。你犟，偏跟文学铆劲，所以你在文学方面有造诣了。你要感谢我，来，干杯。"说到最后，她眨眨眼，狡黠地笑了。

啪，我们的酒杯清脆地碰撞在一起。

## 永恒的瞬间

秋秋花枝招展地走进了福利院的大门，她是福利院王院长的独生女，经常利用假期来福利院做义工，不过还是头一次涂得满脸的油彩。

现在的孩子，一天一个样儿，没处看哟。

别管那么多，人家来伺候你就行呗。

老人们靠着墙根，对秋秋评头品足。

王院长和马兰从屋里走出来："秋秋，这是你马姐，咱县有名的摄影师呢。"

"太好了，我就想照相呢。马姐，能帮我拍几张照片吗？"

"好啊，我去取相机。"

不一会儿，秋秋就在花坛前、杨树下、假山边摆了各种造型，照了十来张照片。她一蹦一跳地来到马兰身边，马姐，我爸办公室有电脑，咱去看看。

她挽着马兰的手臂，走到老人身边时，很随意地说："史奶奶、孙奶奶，你们也去看看我的照片吧？"

老人们喜欢看热闹，都跟着来到了院长的办公室。

开机，点鼠标，马兰麻利地把照片放映在了大屏幕上，秋秋靓丽的身姿在屏幕上更漂亮，大家啧啧赞叹。

秋秋被大家夸得合不拢嘴。

"爷爷奶奶，你们也去照几张吧，多好看啊！"

大家一听照相，立刻交头接耳，窃窃私语起来。

"你还说照相会丢魂呢，你看秋秋照得多好啊！"

"那你先照，你照我就照。"

"我不会照，我二十多年没照过了。"

"我也不会照，我从来没照过。"

"有秋秋呢，咱怕啥。"

"对。马兰也能帮咱呀，人家可是省摄影协会的会员呢。"

"就是，我看马兰这姑娘挺好，昨天一张照片也没照，今天又来了，乐呵呵的，一点说道也没有。"

"爷爷奶奶，照点照片，没事的时候看看多好，亲戚来看你们时，也可以把照片送给他们一张，多好啊。还不去换新衣服？"秋秋站在老人中间，撒着娇说。

几个有主见的老人先去了，其他老人也跟着走出去。

一会工夫，老人们换了衣服走出来，依旧靠墙根站着小声嘀咕，谁也不第一个出来照。

秋秋见状，挽过孙奶奶的胳膊，把脸贴在了孙奶奶的脸上，说："来，孙奶奶，咱俩照一张。"

孙奶奶笑了，脸上堆起开心的皱纹，用干枯的手拍着秋秋的手背。马兰把照相机举到了眼前，调好了焦距，按动快门，咔擦一声，抓拍在这一瞬间。

"咱俩照。"秋秋又和史奶奶照了一张。

老人们议论的声音更大了，可还是扭扭捏捏地不敢上前。

王院长走过来说："山叔，你看，你最喜欢的栀子花开得多好，你跟栀子花照一张，过几天花谢了，你想看花时，拿着照片看就行了。"

被叫山叔的老人挠挠头，盯着栀子花看了半天，一小步一小步挪到栀子花旁边，扭扭捏捏地拽着衣角，讪笑着说："我也有七八年没照相，都不会笑了。"

不用笑，你就说"茄子"。

马兰的话把所有的老人都逗笑了，山叔也嘿嘿笑起来。

来看看你们的照片。马兰招手让山叔过来，把照片调出来让他看，其他老人也凑过来。大家啧啧赞叹。

"照相好吧？马兰可是专业摄影师，一会儿她走了，你们想照也晚了。"王院长煽动说。

"我照。"满枝娘鼓起勇气说。她靠在大树上照了一张，觉得花坛也很美，又坐在花坛前照了两张。

"我照，我也照。"

老人们都争着喊，或扶树，或站或坐，摆着各种姿势。

马兰举着照相机，咔咔按着快门，留下了一个个精彩的瞬间。

夕阳西下，马兰要走了，老人们拉着她的手，"马兰姑娘，你明天还来啊。"

秋秋望着爸爸，爷俩露出了满意的微笑。

# 第五辑　故乡词典

## 你还记得吗

你哭了，一个人躺在床上悄悄地吞咽泪水，枕头早湿了一大片，可你不想动，你发着烧，浑身酸痛，懒懒地窝在被子里。老伴淑珊走了，把你对生活的盼头统统带走了，你无数次念叨着淑珊，要她把你也带走，你一个糟老头子，活着，对你只是一种煎熬了。

你挣扎着爬起来，想去翻翻药匣子，看有没有退烧药，不经意又看到了那张全家福，照片上，淑珊甜甜地笑着，伟兵也甜甜地笑着，你笑得那么开心，一家三口多幸福啊！那时你还年轻，才三十几岁，你一心一意地爱着淑珊，和她一起供伟兵读书，希望他长大有出息。那时，你从来没想过有一天你能老去，风烛残年时又剩下你这把老骨头，你从来没想过伟兵有一天会不孝敬你，你什么都没想过，你只想着咋对他们娘俩好。

可你做得不够好，你不能忘了那天，你下班回家，淑珊哭哭啼啼地说，伟兵的老师来电话，说伟兵没去上学，她在附近都找遍了，也没找到孩子，她准备报警了。你连忙放下皮包，拉着淑珊的手，几乎走遍了县城内所有的网吧。午夜，终于在一家烟雾缭绕的网吧里，你找到了角落里的伟兵，你气冲冲地走过去，把沉浸在游戏里的伟兵拉到了网吧外，伟兵想挣开你的手，你扬手就是一耳光，伟兵捂着脸冲你吼："你有什么资格打我？你又不是我爸。"你愣在雪地里，不记得怎么回的家，淑珊逼着伟兵向你道了歉，可你总觉得在伟兵面前不自然了，你不是他爸，你自己早忘了这件事，伟兵硬生生地吼出来，成了你心头的一粒沙，常常硌得你生疼生疼。你常常自责，怎么那么冲动呢？这十来年的感情，一巴掌就打没了。"伟兵，求你别恨爸。爸真没有欺负你的意思啊。"可孩子信吗？跟一个十多岁的孩子解释得清吗？虽然伟兵再没去过网吧，可你知道再不会像以前那样毫无芥蒂了，他说了，你不是他爸。

你不是他爸，虽然你尽到了一个亲爸应尽的责任，为了更好地养活他，你和淑珊没再要孩子，你知道，爱淑珊，就要爱伟兵，你把伟兵当自己孩子来爱。可现在，现在，他妈走了，"你不是他爸"这句话老是从心里跳出来，你惶惶惑惑，伟兵不会再抽空回来，你又成孤家寡人了，想那些干什么，土埋到脖子的人了，怎么老没出息地掉眼泪呢？都是这发烧惹的，浑身一点力气也没有，心无着无落的。

门突然开了，一道阳光挤进来，有点晃眼。"爸，我回来了。"

伟兵?! 你又惊又喜，颤颤巍巍地走过去，"伟兵，你怎么回来了？"

"今天周末，爸，我回来看看你，你怎么无精打采的？哎哟，你发烧了吧？有病咋不给我打电话？"伟兵一边唠叨着，一边摸你的额头，扶你坐下，噼里啪啦地翻药匣子，给你兑温开水，看着你服下。

"伟兵，你还想着爸？"你抬起浑浊的眼睛看着伟兵，有几分胆怯，有几分欣慰。

"能不想吗？我小时候多爱生病啊，总是你背着我往医院跑，小时候我脚上挂吊针，总是你帮我扶着脚，一动不动，一直到滴完。爸，你还记得吗？打完针，你得背我回家才行。"伟兵搂着你的肩膀回忆。

"不记得了。"你摇摇头。"我打过你，你不恨我吗？"你望着伟兵笑盈盈的脸，支支吾吾地问，你又哭了，呜呜地，像个孩子。

"哪有儿子恨老子的？爸，要不是你打我，我能考上大学吗？"伟兵伸手拽下毛巾，给你擦眼睛，顿了顿，又说："爸，妈走了，你一个人太孤单了，我也不放心，跟我去城里住吧。"伟兵抚摸着你的头，一下一下，就像当年你的手在抚摸他一样……

# 祝　寿

乐乐昨晚有点发烧，刘悦一宿没睡好，等她拉着乐乐进了婆家的大门，两辆黑色的小轿车已经停在了院子里，小叔子们都从城里回来了，刘悦三步两步跨进屋。

小叔子两家已经把麻将桌支起来了，两个侄女坐在炕上看故事书。屋地上摆着两个大箱子，里面装着一台洗衣机、一个电磁炉。她把兜里的塑料袋往里塞了塞，还是小叔子们想得周到，有了这两大件，她不用再把公婆的衣服端到河边洗，婆婆也不用烟熏火燎地趴在灶边烧火了。

她站在麻将桌旁边，满脸堆着笑，揉搓着衣服的前襟："你们都来了。"

"啊，大嫂，大嫂来了。大哥还在外面打工呢？"小叔子小婶扫一眼大嫂，目光又匆匆回在麻将牌上，他们可是论输赢的，每个人的面前，都放着一沓一百、五十、十元不等的票子。

刘悦答应着，从公公手中接过暖壶，给大家续水。

凑到妹妹身边的乐乐被满屋子的香烟味儿呛着了，咳嗽了两声。

"小光。"正稀里哗啦打麻将的小婶突然拿腔作调地叫了一声，孩子立刻坐到她身边了，乐乐也要跟过去，刘悦看着小婶紧绷着的脸，一把拉住乐乐，她明白，小婶是怕传染了她的孩子。

刘悦走进厨房，婆婆正在择芹菜，揪下来的芹菜叶放在一个盆里，留着做咸菜，木耳已经泡在小盆儿里，开出了一朵朵乌黑的大花，还有一大堆菜堆在灶台上，红红绿绿的真好看。今天是婆婆的七十大寿，婆婆一个人在厨房忙活着，刘悦的心一阵愧疚。

"妈，你回屋吧，我做。"

"跟你在这待着吧，回屋也没啥干的。"是啊，一张麻将桌，占了半个屋地，婆婆心脏不好，怕吵。

刘悦操起一块生肉，放在盆里洗了洗，按在菜板上切起来，一眨眼，她就切了一小堆肉片，又切了点肉丝，再陪婆婆去择菜，把菜一样样准备齐全，摆在一个个盘子里，再把柴火填进灶门，点着了火，锅热了，倒油、炒菜，往灶门续柴火。她过门十七八年了，早就支撑起了婆家的厨房，煎、炒、蒸、炖，不一会儿，十样菜就做好了，又烙饼，过大寿早上要煮鸡蛋，中午烙饼，晚上擀面条，都是有讲究的。

刘悦最后把饼端上桌，刚要喊"开饭喽"，不曾想一颗麻将撒过来，差点打在她身上，小叔子小婶不知因为啥又吵起来了，小婶摔着，嘴里嚷着"再也不来了"，拉起小光往外走，小叔子被二哥拽着，嘴里骂骂咧咧的，挣扎着要去打，她急忙冲上去拦着，可怎么能拦得住呢？小婶推推搡搡地走出去，发动了轿车，载着女儿驶出了婆家。

"吃饭。"她不去看婆婆那无奈无助的眼神，跟没事似的招呼大家吃饭。

吃着饭，她想让乐乐跳支舞，调节一下沉闷的气氛，哄爷爷奶奶开开心，又怕小叔子多心，没有说出来。

吃完饭，送走小叔子们，回屋才想起来："妈，咱没问问这电磁炉咋使唤啊？"

婆婆白了一眼，说："使那干啥，咱可不是啥高贵的人，下回再来让他拿走。"

刘悦翻过来调过去地看箱子上的字，笑着说："过几天乐乐爸就回来了，他也许会用。"

婆婆仍怄着气，不说话。

"妈，我给你捶捶后背吧。"捶着背，说着闲话，在她轻轻的拳起拳落中，婆婆气消了，打起了鼾。她给婆婆搭上小被儿，一回身看见乐乐躺在身后睡着了，她试试乐乐的额头，没发烧，给孩子也盖好。她悄悄地出去打扫院子，公婆年纪大了，她有心搬过来照顾老人，可想到小婶的脸色，她轻轻地叹了口气，还是抽空过来看看吧。

"你也回去吧，孩子还病着。"

婆婆不知啥时候起来了，站在她身后。

"没事，我吃完晚饭再走，我还没给你擀面条呢。"刘悦目光柔和地望着婆婆。

婆婆的眉头突然皱起来，嘴也闭紧了，右脚的后跟跷了起来。

"妈，你脚后跟又疼了？"刘悦连忙扔了扫帚，把婆婆扶进屋，她从兜里掏出一个塑料袋："妈，我给你织了双毛袜套，来，穿上，暖和点儿。"

"织这干啥？你哪有空啊。"

"今天你过大寿嘛。对了，乐乐还要给你跳舞呢，不让我告诉你。"

刘悦搂着婆婆的肩膀，脸贴着婆婆满脸皱纹的脸，娘俩依偎在炕上，望着熟睡中的孩子，幸福地笑着。

# 回家过年

"我给你姐打电话了，叫她今年别回来过年。"娘站在我身边，很突兀地说了这么一句。

我愣住了，娘这是怎么了？前几天她还兴奋地对我说我姐姐快回来了。眼看着快过年了，怎么突然变卦了呢？

姐姐七年前应聘去了北京，送走姐姐，娘背地里哭了好几场，她唉声叹气地说："你姐走了，我好像瘸了一条腿啊。我装出毫不在意的样子，等过年姐姐就回来了。每年过年，姐姐都能回来待几天。一进冬月，娘就给姐姐打电话，问姐姐哪天回来，然后数着黄历盼姐姐。姐姐回来的那天，娘家的年就到了，那天，娘早早起来，把本就整洁的家再收拾一遍，上年姐姐给买的衣服，这时一定会拿出来穿上，乐乐呵呵地走出大门，迎接姐姐一家人。

娘擦了擦眼角："她回来干啥，火车那么挤，去年回去时费多大劲啊。"

"娘怎么会知道？"

我回头看了看我的小儿子，去年正月初十，姐姐一家回北京，我家要去沈阳办事，买了同一个车次的火车票，算是见识了春运，真是人山人海，接踵摩肩，还大多背包罗伞的，能上去火车吗？我担着心，姐姐却只管拉着孩子从夹缝处往前挤。这时，老式的绿皮火车嘶鸣着缓缓驶入站台，潮水般的人们涌向了车门，车站上的工作人员端着喇叭哑着嗓子维持着秩序。

孩子搂着我的腿哭了："妈，咱不坐这列车。"

"不走了。"我也觉得人太多了，怕挤着孩子。

这时我发现姐姐已经带着孩子挤到车门口去了，推推搡搡中，姐夫把姐姐娘俩推上了车，自己却被挤了出来，他擦一把脸上的汗，继续向前挤，终于也上去了。

我和老公孩子刚想往回走，突然身后传来了争吵声，我转回身一看，原来列车员和车门口一男一女两个大学生吵起来了。列车员正往下拽门口的男孩，女孩搂住男孩，生怕男孩被拉下去。拉扯间，女孩哭叫，男孩把手中的方便面、香肠等吃的扬了一地，喊着，说什么也要坐这列火车走，真够乱的。

列车员松开男孩，又去拽倒数第三个人，那是我姐夫啊，我姐夫一看列车员往下拽他，一把拉住车门，说："同志，我耽误三天没上班了，好容易买到这趟车票……"列车员连头都不抬，只管使出全身的力气拽他。突然，姐夫抬起腿，一脚踹在列车员的身上，我惊呆了，儒雅的姐夫竟然对一个四十多岁的女人动粗，列车员被踹了个趔趄，姐夫趁机往里挤，可他怎么挤得进去？他挤了半天也一点没挪动。我还在发愣，站台上的几个工作人员已经跑过来了，他们和列车员一起，伸手去拽我姐夫，还说我姐夫必须下来。这怎么行？从初六开始，姐夫公司的电话就一个接一个，他都成热锅上的蚂蚁了。我把孩子往老公怀里一塞，两步跨到了车门口，像疯了似的拉工作人员："你们不能拽他，他老婆孩子都在车上呢，他要是不走，谁照顾他老婆孩子，我们全家都没上车，就是为了让他走，他必须走。"说着说着我就哭了，四岁的孩子抓着我的羽绒服"哇哇"大哭，我老公也跟着解释。

列车员松开了手，无奈地望着站台上的工作人员，大家一齐使劲，把列车员往车上推，大家叫嚷着，挤着，我搂着孩子，生怕把他吓着。

列车员上去了，车门关上了，绿皮火车满载着乘客慢慢地驶出了车站。

也许在别人眼里，这算不了什么，可姐姐不一样，她腰椎间盘突出、腰椎病、颈椎病、神经衰弱……那一刻，我觉得回家过年，实在是姐姐的壮举。

我看看身边的小孩子，他竟对那场经历印象这么深刻，什么时候对娘说的呢？

"不回来就不回来吧，等天暖了我带您去北京看她，我们还没去过北京呢。"我安慰着娘。

年味越来越浓了，那天，娘打来电话，姐姐回来了。我连忙跑回娘家看姐姐。

这趟车挤吗？躺下歇歇吧。

"你姐是坐高铁回来的，可舒服了，一天就到家了。"母亲乐得嘴都合不拢了。

## 金　婚

一晃，结婚五十年了，孩子们都回来了，大家欢聚一堂，庆贺我和翠莲的金婚。

"请爷爷讲讲恋爱经过。"

我看了看翠莲，满头银丝整整齐齐，岁月的沧桑使她更加慈祥，一如当年的美丽。

我掏出一枚金灿灿的戒指。

"翠莲，结婚前我答应给你买个金戒指，现在终于实现承诺了。"

翠莲笑呵呵地伸出手，戒指在她干枯粗糙的手指上熠熠闪光。

谈婚论嫁时，翠莲什么都没要，只要一枚金戒指。

我以为她在开玩笑，她应该了解我的情况，虽说我是个老师，可家徒四壁啊，而且嫁妆都时兴要一座钟、一块表、一对箱子什么的，张口就金戒指，我的头"嗡"地一下大了。

她见我傻愣愣地望着她，白了我一眼，"不给就算了。"

"给。"我立刻给了她一个明确的答复，婚事可不能算了，我们全家的希望都在翠莲的身上。

我涎着脸："先欠着吧，你也知道我现在真的拿不出。"

翠莲盯着我的眼睛看，半晌，露出一个端端正正的微笑，明眸皓齿，煞是好看。

"好吧，你欠着我。我姥姥结婚时，姥爷送了一枚金戒指给她，说是真金不怕火炼，真感情不怕岁月的打磨。后来，姥姥把戒指传给了舅母。我少女时代就有一个梦想，希望我结婚时也有一枚金戒指，可惜，石大海没能给我，现在，我能自己做主了。"

"我给你。我发誓这辈子一定要买个金戒指送给翠莲。"

"结婚十年时，我们还在生产队吃大锅饭，金戒指，我连想都没敢想。"

我用草编了一枚戒指送她，她珍藏起来，说她的手指只佩戴金戒指。从此，我又暗下决心，一定要送一枚金戒指给她。

结婚二十年时，翠莲向我索要金戒指，也是一生当中唯一的一次，头一次看到她一脸的严肃："我和小岩去大民家，再也不回来了，你马上给我一枚金戒指，你欠我的，说话要算数。"

尽管我当了校长，工资比原来涨了，但仍没有多余的钱买金戒指。再说，我怎么可能让翠莲走呢。翠莲嫁给我，一天福没享过，我一定要给她幸福。我一把抢过她手里的白衬衫，说："你别傻了，我要真有外心，还能让你发现，这是有人陷害我。你走了，我遭殃了，别人才得意呢。"好话说了千千万，她才不再怀疑我。我立刻辞掉那个民办老师，再没有过任何绯闻，没做过半点对不起翠莲的事。

如今，在金婚时刻，我终于实现了翠莲少女时代的梦想。

"妈，还记得吗？五十年前您刚来我家，我才十岁，那时，我最怕后妈变成狼外婆了，后来，您不时地变花样给我，还给我做衣服做鞋，就和您贴心了。"

"妈最疼的是我，岩哥比我早生半年，我却抢了岩哥的奶。"

"你们一人一个，左边是小岩的，右边是小荣的，不偏不向，从来没混过。"

翠莲回忆着，脸上绽放着幸福的笑容。

孩子们的讲述使我回到了那艰苦的岁月，我的第一个妻子生下小荣就撒手去了，日子难得简直没法过。

小荣要吃奶，我托邻居大嫂把孩子抱到翠莲家，她家小岩才几个月，还在哺乳。小岩的爸爸死了，我不好自己去。

偶尔大嫂没空，还是要自己去，孩子在屋里吃奶，我坐在门口等，教翠莲五岁的大儿子小民写字。

一天，小民突然对我说："曹伯伯，我可以叫你爸爸吗？"

地上影子一闪，翠莲抱着小荣走过来，我立刻窘了，要知道，当时我已经三十多了，家里穷得叮当响，拖着两个孩子，翠莲又年轻又漂亮，我哪敢有非分之想啊。

一夜未眠，我辗转反侧，万一翠莲同意，我该是多么的幸运啊！

第二天，小荣已经吃得饱饱地出来了，我才嗫嚅着向翠莲表白。

没想到翠莲真的不嫌弃我，我喜极而泣。

"爸，不是您的培育，我也不能有今天的成就，等我退休之后，回来陪您颐养天年。"

小民的话唤回了我的思绪。

我深情地望着围在身边的孩子，他们沐浴着我们的爱长大，又组建了家庭，有了孩子，如今都兴高采烈地回到了我们的身边。

当年一穷二白的家，现在是多么的富足啊。

## 一定要幸福

老伴走一年了，村里人见我怪冷清的，就张罗给我介绍女朋友。说实话，儿子不在身边，我也着实寂寞，有梅开二度的想法，相看了几个，最后对邻村寡妇张思秋挺满意，聊过几次，觉得她为人实在，心直口快，挺善良的，主要是我俩年龄相仿，有共同语言。有次我感冒了，她天天过来伺候我，给我烧水做饭，我又找到了家的感觉，就决定选个良辰吉日娶她过门了。

我把想法跟她一说，她坚决不要彩礼，她的日子过得也比较殷实，两个女儿都出嫁了，家中也是一应俱全，她说，领了结婚证，她再把家中的日常用品搬过来，就算结婚了，六十多岁了，还铺张浪费干什么。

　　我不同意，我有些积蓄，我不能委屈着给我带来幸福快乐的思秋。我要给她买首饰，买衣服，让她的亲戚朋友街坊邻居看看，她守寡十多年，如今晚年也是幸福祥和的。

　　一天，我刚从思秋那里回来，自从办完丧事再没露面的儿子突然回来了，我打听了下他的生意情况，接着告诉他："我要结婚了，想让他也为我高兴一下，毕竟我吃了大半辈子的苦，终于迎来了甘甜。现在老年人再婚的现象很普遍，我儿子一直在外面做生意，他能理解。"

　　却出乎我的意料，我刚说了个开头，他就"啪"地把手中的茶碗摔在了地上，结婚？你跟谁商量了？显然他是为此事而来。

　　我结婚还要听他的？我吃惊地注视着他。

　　"我也要和你商量的，可你手机又换号了，我跟你联系不上啊。"

　　他怒气冲冲地看着我，好像要把我吞了，我在他的眼里，慢慢缩小，就像一只蚂蚁。

　　"我不同意。你老糊涂了吧，你娶后老伴有啥好处？她就是专门来骗你钱的。"

　　"不能。你张阿姨挺厚道挺老实，再说她也不缺钱，两头孩子过得都挺富裕，我俩在一起生活也不用操心你们，你们也不用操心我们，挺美满嘛。"

　　"你被鬼迷了心窍，她不是来骗钱的？那你立遗嘱，把存款、房子一切都留给我，现在就交给我，然后我保证不再打扰你。"

　　我知道那样他就不会再来打扰我了，自从我给他娶了媳妇，他与我分家另过后，几乎是无事不登门。我因为第一个儿子死了，老伴对孩子太过宠溺，我教育的也不够，看着他毫无亲情的样子，我一阵阵心寒。

　　"我把家产都给你，我怎么生活啊？"

　　"那我管不着。"

　　"等我死了，我的家产一定都给你。"

"我现在就要。"

"没有。"

"那就休想结婚。"

他把烟头重重摔在地上,气呼呼地走了。

我没把家丑告诉思秋,家是我的,我有选择生活方式的自由。我对得起儿子,对得起死去的老伴,现在,我想对得起我自己。

结婚的前两天,我和厨师去买置办酒席的菜和材料,路上碰到了我那不肖的儿子,他大概是要到我家去,看见我就喊:"你是不是非得娶那死老太太?"

"这是我的自由……"

还没等我说完,他一拳头打过来,我只觉得一股温热流了出来,腥腥的。

厨师赶紧扶住我,我也气坏了,挣脱开厨师就要跟这个畜生拼了,他把我一脚踹在地上,扬长而去。

等我回家一看,家里的玻璃全碎了,屋里的柜也被劈开了,我的存款折都没了。我哭倒在炕上,"我怎么养活了这样一个畜生啊!"

黄昏了,我跟跟跄跄地来到了思秋家。

思秋的女儿们也都回来了,她们听完我的讲述,思秋让我到炕上去休息,便和女儿一起给我做饭去了。

刚才我们合计了一下,说:"你家被砸了个稀巴烂,也不方便去了,要不你就在我这住下吧。你知道,我女婿是警察,他要敢到我这胡来,我们就采取法律手段来维护合法权益。你看,行吗?"

我以为思秋一定会知难而退,没想到她这么仗义,我又一次流泪了。

"思秋,我本打算让你过好日子,我太对不起你了。"

"只要我们能在一起,不就是好日子吗?"

我歉疚地看了思秋一眼,真是个深明大义的好女人,我一定要给她一个幸福的晚年。

# 春天快来了

在生存尚需寻找出路的时候，我们在哪里安放尊严？

——题记

一九六二年冬，我爹病死了，娘和三个哥哥哭天抢地，我是被吓哭的，没有一点悲伤的感觉。爹出殡那天，我狼吞虎咽，饱饱地吃了两顿高粱米饭。那年，我六岁。

两顿饱饭挺不了多久，第二天还是饿。

哥哥上学去了，我犄角旮旯儿到处翻，我亲眼看到阴阳先生把五谷杂粮抛在屋角的，找到一粒两粒，用手指甲剥掉皮，直接塞进嘴里嚼。

我在灶台边帮娘添柴，眼巴巴地看着娘一次又一次取出玉米袋子使劲地拍，要是娘手中的玉米袋子是一件宝贝，那该多好啊，娘用手一拍，数不尽的玉米面就源源不断地涌出来，我们尽情地吃，每顿饭都把小肚子撑得圆圆的。可那只是我一厢情愿的梦想，娘每次拍得都特别卖力，却只有星星点点的玉米面，隐在哥哥们夏天采摘的野菜中，看也看不见。即便这样，有一天娘拍了半天，还是一点玉米面也没有落下，娘叹了口气，把袋子叠好，放在了柜子上面。我们只好靠吃干野菜度日，娘总是抚摸我干瘦的小脸，说："等到春天就好了。"

"春天有玉米面吃吗?"

娘迟疑了一下，点了点头。

我盼着春天的到来，我不想吃干野菜，我想吃玉米面。

春天还没有来，五老爷来了，他把少半袋玉米面放在灶台上，母亲熬了一锅玉米面糊糊，我们围坐在五老爷身边，稀里咕噜地喝着。五老爷好像跟娘生了气，说娘要是不答应，看娘以后的日子怎么过。

几天里，我都沉浸在吃玉米面野菜糊糊的幸福里，日子活跃了起来，家里洋溢着欢快的笑声。娘看着我们，一副心事重重的样子。

一天早上，娘叫醒我，帮我穿上棉衣，拉着我们哥四个，坐上了门前停着的马车，说带我们去新家，去新家就有饭吃了。马车在寒冷的冬天里慢慢地移动，娘一脸的凝重，一遍一遍地说："到了新家，你们可要听话啊，不能淘气，要知道看人脸色，眼睛里要有活，看到活要抢着干。"

我的目光扫过哥哥们的脸，他们沉默着，运着气，样子不像是去吃饭，倒像是去做什么不好的事。真奇怪他们的肚子不饿吗？我挨在娘的身边蜷缩成一团。

太阳快走到头顶时，马车在一个院子前停下，一个佝偻着背的老头把我们让进了屋，炕上热乎乎的，一盆高粱米饭捂在炕头，饭桌也已经摆好了，上面放着一盘炒鸡蛋，一盘炒黄花菜，散发着诱人的香味。老头大概听到了我猛咽口水的声音，搓着手说："快吃饭吧，都晌午了。"

我刚奔到桌前，只听娘说："到家了，你们还不快点叫爹。"

爹不是死了吗？我抬眼看几个哥哥，大哥二哥低着头，三哥像蚊子哼哼似的叫了一声"爹"，我又狠劲吸了吸鼻子，饭菜的香味使我的肚子更加干瘪，我叫了："爹。"

老头嘴咧得能塞进一个鹅蛋，他拘谨地看着娘：算了，孩子们刚来，快点上炕吃饭吧。一路上又冷又饿的。

我们就在这儿住下了，日子幸福得像过年一样。

一个星期后，饭明显减少了，每顿只能吃上两口饭，剩下的都是干野菜，娘接过爹从小屋取出的半小碗米，淘米，洗野菜，倒进锅里，添水。娘，不能多做点吗？

娘苦笑一下："省着点吃嘛，咱家人多。"娘又说："熬过冬天就好了，春天就要来了。"

我看看外面的冰雪，还有多长时间是春天呢？

那天爹和娘出去了，我发现爹忘了锁小屋的门，我悄悄溜进去，炕上放着小半袋高粱米，还有玉米面，我捧起一点儿米，冰凉凉的，舒服极了，我顾不上把玩，舀出半小碗，学娘的样子做起饭来，我饿，我想吃。

很快，锅里飘出了饭香，我跳上锅台，抬起锅盖，刚要盛饭，爹进来了，后面跟着娘，我连忙从锅台上跳下来，怯怯地说："我给你们做饭了。"

"你敢偷拿我的米？"爹暴跳如雷，一巴掌掴在我脸上，把我打得眼冒金星，鼻子流了血。

娘搂过我，和爹吵了起来。吵完了，娘开始收拾东西。

中午，哥哥们回来了，还没有吃饭，娘就带我们离开了家。

我们沿着大路走，娘说："我们回家。"

"娘，我们吃什么。"

娘停了一会儿，说："春天就要到了。"

## 回婆家

我掏出兜里仅有的二百块钱，看了又看，犹豫着是分出一百块钱给婆婆，还是给婆婆买点东西？眼看快过年了，我总不能空着手回婆家。这是娘给我买年货的钱，这一年来，娘不断地资助我，娘也不宽裕。

好久没回去了，那条路已经生疏了，不知道婆婆现在生活得怎样，我每天拼命工作，给孩子挣学费，挣我们娘俩的吃用，尽量不去想婆婆。有时候赌气想，阿光死了，我和婆婆再没有关系了。

十岁的儿子不许我和他奶奶没有关系，刚放假，儿子就吵嚷："娘，咱们啥时候去奶奶家呀？"

"去干啥，你奶奶又不喜欢你。"我别过脸去，想起来就生气。

"才不是，奶奶喜欢我，小时候，奶奶总给我讲故事，还给我烙饼，煮鸡蛋，做可多好吃的了。你不是说要孝敬老人吗？奶奶可是老人哦。"他喋喋不休。

"我上班呢，没空。"

"那你把我送到奶奶家吧，我去陪陪奶奶。"

"你奶奶有人陪了，你去了多碍眼。"我一屁股坐在炕沿边上，噘着嘴说。

"娘，你说的那人是我小弟弟吗？我去看看他行不？我能帮奶奶干活了，奶奶还是最喜欢我。"他左右摇晃着我的手，仰起小脸，一副渴望的神情。

"他是哪来的野种，你还叫他弟弟？"我呼地站起来，扬起手。

儿子惊恐地看着我，在他瞪得圆圆的眼睛里，我大概是一个疯子。

我叹口气，把手放下，继续生闷气。该死的阿光，常年在外包工程干活，五年没回家，回来不到俩月就检查出了肺癌，花光了钱也没看好病，他撒手去了，我替他还清了包工程的外债。以为终于可以清净了，哪承想，那天在婆婆家，跑来一个打扮得像狐狸精一样的女人，送来一个两岁左右的男孩，拿出孩子的出生医学证明，说是阿光的种，她要改嫁，让我养活。

我被这突如其来的事情气蒙了，不由分说把她们娘俩打出了大门，扑到炕上大哭了一场。

婆婆劝我，阿光都死了，再生气有什么用？

我也想当作这件事没发生。

可再去婆婆家，见那孩子正坐在炕上，婆婆眉开眼笑地逗他玩呢。

我简直发疯了，婆婆竟然偷偷收下这个野种。婆婆看我咬牙切齿的样子，说："他娘不要他，他跟着那样的娘也是遭罪，好歹也是阿光的孩子。"

"阿光没有孩子吗？我没给他生孩子吗！"泪水糊了满脸，我声嘶力竭地跟婆婆喊。这是我结婚后第一次跟婆婆吵，从此再没回过婆婆那里。

"娘，你送我回奶奶家嘛。奶奶那么老了，我得孝敬老人呢。"儿子怯生生地拉起我的手，也拉回我的思绪。

"好吧。"说实话，我也很惦记婆婆。

我给婆婆买了点软和的糕点和一套内衣，花了八十多块，决定不再给她钱了，我们娘俩也要生活。

婆婆见我们回来，高兴得嘴都合不拢了。半年不见，她又老了许多，背更弯了，但精神很好，拿出吃的给我们，跟我唠唠叨叨地说村里的事。我儿子爬到炕上逗那小崽子，俩人玩得热火朝天。在儿子的撺掇下，那小崽子竟然从后面搂住了我的脖子，我回头看看他，胖嘟嘟的小脸也挺招人喜爱的，像阿光。碍于婆婆和儿子的面子，我只好违心地拍拍他的小手，假装逗一逗。

趁婆婆停住嘴的空当，我站起身张罗走，婆婆苦留不住，连忙从柜子里拿出二十块钱递给我儿子，孩子推开奶奶的手，扯着我的衣服央求着留下来。

我只好自己走，婆婆一边送我出门，一边嘱咐我照顾好自己，寒风把她满头白发吹得乱糟糟的，我的心一酸，掏出那一百块钱塞在婆婆手里。

婆婆推让着，说我用钱的地方多。

"我用钱的地方多啥，单位放假，我明天就搬回来住。"

## 娘，咱回家

杜寒一一踏上这幽静的山间小路，就领悟到娘是对的，多美的大台山啊，蓊蓊郁郁的大树笼盖在山上，晨光从树的缝隙间撒落，映出斑斑驳驳的树影，早起的鸟儿脆生生地鸣叫，像是对他的问候；偶尔一两朵小花从树林里偷偷探出头来，怯怯的，像不认识阔别已久的杜寒一一样。二十年了，他整整二十年没爬大台山了。

当年沿着大台山的山路，第一次进城时，杜寒一还是个毛头小伙子，他扛着行李，怀揣着辽宁大学录取通知书，娘逢人就笑呵呵地说："我送寒一上大学去。"山路崎岖又漫长，杜寒一看看气喘吁吁的娘，说："娘，等我念完大学，上班有钱了，就把你接出大山，带你到大城市里去住。"

转眼杜寒一毕业了，在一家公司做技术人员，工程师，区域代理，路子熟了，自己开了公司，稳定后，把娘接到了城里。娘老了，仅存的两颗门牙很突兀地站在牙床上，背驼了，走起路来踢踏踢踏的。在娘最需要他的时候，终于能照顾娘了，他挽着娘的胳膊，去给娘镶牙，带娘到处逛，教娘使用座便、淋浴。

一个月后，娘张罗着要回大台山，娘享不了福，娘要踩在黑土地上，种菜，采蘑菇，晒干菜，还要喂几只小鸡。

他看着娘耀眼的白发和深深的皱纹，着急了："你这么大年纪，有个头疼脑热谁照顾你？"

"我不老，什么都能干。有事情，村里人都能帮忙。"

"不行，我就希望你过舒舒服服的日子。"

爹死得早，娘操劳了大半辈子，说什么他都要让娘晚年幸福。他给娘报老年秧歌班，茶艺班，让娘跟城里的老人一起打发时光。

隔三岔五，娘就要跟他念叨回大台山，娘想黑土地，想村里的老姐妹，想村里的一切，娘执意要回去，他说，有空的时候，他开车送娘回去。

不知道是他的缓兵之计，还是他真没功夫，一晃大半年过去了，他还没有送娘回去。

娘再张罗回去，他又不同意了，因为娘得了脑血栓，要留在城里治疗，病情得到控制后，娘的腿脚不太灵便，他雇了保姆，专门伺候娘。

娘说："活这么大岁数，够本了，该去见你爹了，就是想回大台山，死也要死在大台山。"

杜寒一答应了，等他忙过这段，一定陪娘回去。哪怕只让娘回去转转。

这段时间杜寒一公司生意很不好，他常常忙到深夜才回家。经济低谷持续了四个多月，终于又趋向好转。

他松了一口气，回家时心情特别高兴，他看着吃饭直掉饭粒的娘："我明天就陪你回大台山，高兴不？"

娘笑了，露出一口洁白的义齿。

第二天吃过早饭，娘突然眩晕，杜寒一把娘送到医院，紧张的抢救后，娘瘫痪了，不能回大台山了，他跪在娘的面前痛哭流涕，他派公司的一个员工去大台山，把山上的风光和村里人们的生活都拍摄了下来，放在电脑里给娘播放，娘用颤抖的手抚摸着大台山的一草一木和一张张黝黑的脸，满足地笑着。

娘死了，临死前，拉着他的手说："寒一，把我埋在大台山上，和你爹埋在一起。"

他跪在娘的面前，鸡啄米似的点头，眼泪打湿了一大片裤子。

二十年没有爬大台山了，他托着娘的骨灰，几个娘的老伙伴陪着他，帮他打开了爹的坟墓，让娘和爹并骨。

回到村里，一个大妈做好了饭菜，他和叔叔大妈们喝着酒，说娘最后的时光，说他懊悔的心情，大家安慰着他，夸他有出息，村里出去打工的年轻人，有几个能把娘和老子都接到城里去享福的，村里的人，谁不盼着和儿孙一起享受天伦之乐啊。

杜寒一躺在他少年时代的小屋里，翻来覆去睡不着，他不想回城里了，他想在大台山建一个加工厂，加工山上的果子，再修一修山路，这样，大台山不久就会富起来，村里的青壮年们就会回到村里，和老人生活在一起。

# 过　年

除夕夜，十点多，春晚没意思。他离开沙发，看看家人都忙着包饺子，没空搭理他，就搬了张小凳子，坐在窗前看烟花。此刻，大多数人家都开始煮饺子接神了，烟花不断在夜空绽放，这边盛开着一朵朵硕大的菊，那边又翻滚降落流星雨，春姑娘挥舞着衣袖，向大地播撒着光彩夺目的珍珠，真好看啊，他把脸贴在窗玻璃上，目不转睛地盯着璀璨的夜空。记忆把他拉回好小好小的时候，他坐在屋檐下，蜷缩成一团，等待着有人家放烟花，那倏忽绽放的美丽点燃了心情，抵御了寒冷，使他久久地坐在那里，期待着。直到爸爸从屋里出来，噼噼啪啪地放一挂鞭炮，然后乐呵呵地冲他喊：进屋吃饺子喽。他从地上爬起来，拍拍屁股上的土，跟着爸爸跑进满是雾气缭绕的屋。

爸爸呢？他四处找找，没有找到。现在，他不敢独自跑下楼去看烟花，家人不会同意的。上次他一个人跑出去玩，害得家人四处找他，看着家人惊慌失措的样子，他向大家保证以后不再一个人到处跑了。

"吃饺子喽！"

甜脆脆的一声喊，他高兴地站起来，坐到了餐桌边，碗筷早已准备好了，十个菜花花绿绿地摆在桌子中间，还有酒。他举起酒杯：倒酒，浓浓酽酽的葡萄酒溢满了酒杯。他举起来，冲大家说："大吉大利。"大家跟他一起说："大吉大利，新春快乐。"祝福声未停，一仰脖，甘洌香甜。

他夹起一只饺子，这是年夜饭，他可要多吃点，在这摆了一餐桌的饺子中，准有一两只饺子里藏着糖块儿，谁吃到了，谁就是最幸福的人。那只承载着甜蜜又神秘的饺子藏在哪个盘子里呢？他一边吃，一边在心里嘀咕着，不过他丝毫不用担心，谁吃到那只饺子，都会虔诚地送到他的碗里，他是爸爸妈妈的老儿子，家人最疼的孩子，谁能不惦着他呢？想到这里，他感激地抬起头，看了看围在身边吃饭的家人。

突然，他愣住了：这些人都是谁？我怎么会和他们在一起过年呢？他急了，站起身，手下意识地伸进了毛衫下襟的口袋，左口袋里有一把瓜子，一块糖，那是他看烟花之前放进去的，右边口袋里空空的，他叫起来："我的压岁钱呢？"

每年除夕夜，妈妈都会把几枚硬币塞进他的口袋，说小孩子有了压岁钱，鬼祟就不会来打扰他了，他这一年也不会生病。每年，他都很精心地把钱放好，从来没有丢过。

他这么一问，桌上的大人有的拍着脑门，有的说忘了，忘了，都下了桌，去衣挂上掏钱包去了。

"外公，你的压岁钱在这儿呢。"

一个胖乎乎的小男孩从口袋里拿出一张嘎嘎新的一百元钱，一蹦一跳地跑过来，把钱递给他。

"外公？叫我吗？这小男孩是谁？"

他疑惑地看着，犹犹豫豫地去接那一百元钱，枯瘦的手臂上血管很凸起地蜿蜒着，还有一颗颗老年斑，这是我的手臂吗？好像一道白光从眼前一闪，他恍然大悟，这是他外孙子啊。他早已不是爸爸妈妈身边的小毛孩子了，他是一个白发苍苍的老头儿，他连忙帮孩子把钱塞进口袋："外公糊涂了，外公不要压岁钱。小宝把钱放好。"

两个笑盈盈的女人走过来，长得都太像老伴了，是两个女儿，后面跟着的是女婿，他们每人手里都捏着一张一百元钱：爸，新年快乐，身体健康。他们身子往前一弯，给他鞠了九十度的躬。然后，都把钱递了过来。

"哎呀，我不要，我不要，刚才小宝那一百元钱，还不是我给他的嘛。我哪都不去，要钱干啥。"

"爸，您想起来了。"小女儿一下子扑过来，搂着他的脖子，狠狠地在他的脸上亲了一口。

孩子们把钱塞进他的口袋，扶他坐好继续吃饺子。

看着热热闹闹的一大家子人，他的心里踏实极了，多祥和的除夕夜啊，正想着，突然满嘴甜津津的，噢，我吃到带糖的饺子喽。

外公命真好哦。

喜气洋洋的气氛充满了所有的空间。

## 疯　娘

夕阳西下，我向山脚下那间熟悉的老房子走去，望着袅袅升起的炊烟，我仿佛走回了童年……

### 穿棉衣

我趴在窗台上不断地哈气，终于使玻璃上的霜融化了一小块，我瞪圆了眼睛往外看，还是什么也看不到。

外面孩子们吵闹的声音，像猫爪子一样挠着我的心，我哆嗦地跑出门，跟在他们后面跑。

寒风毫不留情地穿透我的夹衣夹裤，一会儿工夫，我就一连打了五六个喷嚏，我缩着脖子，抱着膀不停地跑着跳着。

"大勇，你娘来了。"

孩子们一哄都跑散了。

娘披散着头发，穿着红线衣，趿拉着塑料凉鞋走过来，说是走，手比比画画的，像在舞台上一般，嘴里还哼着什么歌。

我连忙用袖口抿一下拖出老长的鼻涕，也想跑，可害怕娘冷，只好朝着目光痴痴呆呆的娘走去，我已经七岁了，我能照顾好娘。

从我记事起，娘每年都有两个月精神病发作，不梳头不洗脸，什么家务都做不了。现在，娘又病了一个多月，在这寒冬腊月，我连件棉衣也没有，像一只流浪狗似的瑟瑟发抖。

"大勇，你冻成那样咋不回家？"

我惊愕地望着娘，娘的眼睛十分清澈，正责备地瞅着我。

刚才还疯疯癫癫的娘，好了？

"娘，我冷。"我把脸埋进娘的怀里，眼泪一下子流了出来。

娘一把搂过我，让我的小脸贴在她冰凉的腰上。娘好了，我的心里热乎乎的，蹦跳着唱起了歌。

到家后，娘翻箱倒柜，找出两件旧衣服，挥动着剪刀裁剪，嚓嚓嚓，舞蹈一般。一会儿，外罩就剪好了，就连后背处有个不起眼的小洞，她也发现了，拿起来看了又看，从剪下去的余料里找出一块布，剪成树叶的形状，针脚密密地补上去。剪好衬里后，拿出一团棉花，对我说："帮妈妈抻棉花。"于是，我照着娘的样子，把棉花抻成薄薄的小片，再由娘絮在衬里上。

黄昏时分，娘把棉袄穿在了我身上，我穿着棉袄走出去，挨家挨户地找小朋友玩，想让他们看看我的新棉袄。要知道，娘是我们大台山缝纫活儿做得最好的。

夜里，我一觉醒来，娘正在昏暗的灯下搓麻，一束线麻蓬松地绑在幔杆上，她娴熟地抽出一根，用力捻着，再搓成绳。身边放着旧衣服拼成的鞋样。

我轻轻翻一个身，在暖暖的母爱里甜甜地睡去。

## 粘豆包

八岁那年冬天，眼瞅着就数九了，娘的病还没好，我着急得嗓子眼都冒烟了。

每年数九那天，娘都会从仓房里取出特大号的铝盆，装上黄米和水，用笊篱一圈一圈地搅动。娘看到我在旁边，就对我说："做豆包，要在数九这天淘米才好吃。"

我们小孩子出去玩的时候，每人都会揣上两个粘豆包，吃一口你的，再咬一口他的，互相品评谁家的豆包好吃。小朋友们都乐意吃我娘做的豆包，所以，吃豆包是令我非常骄傲的一件事。

"娘，数九了。"

娘正对着镜子梳小辫，她沉浸在满头小辫里，根本没听见我的话。

"我来做。"灵光一闪，我立刻去仓房取来特大号铝盆，刷干净，再把黄米一碗一碗往盆里舀。

娘倚在门框上看着我，若有所思。

"娘，淘米了。"我冲娘微笑着，希望娘幡然醒悟，恢复正常。

娘蹲在盆边，歪着头，不知在想些什么。

我一边舀米，一边对她说："娘，淘米了。今天是数九，咱家该做豆包了。"

"我来。"娘一伸手，抓过我手中的碗。她手疾眼快，三下五除二，米就舀完了；又放水，用笊篱一圈圈地搅动。

娘的动作是那么娴熟，如果不是她的眼神还很迷离，没人会相信她是一个病人。娘在病中也能给我做豆包？我幸福地蹲在娘刚才的位置，托着下巴看娘淘米。

娘用手捻了捻米，看是否达到她心中掌握的温度和湿度，随后，一扬手，把米扔了出去，看到米天女散花般落下来，娘笑得前仰后合。

"娘，别这样，别这样。"我带着哭腔冲上去，抱住了娘。娘推开我，继续扬米，继续狂笑，我扑上去拦着娘。

这时，爹一脚踏进来："春雪，你在干什么？"

娘看到爹，呵呵笑着，规规矩矩地站在了门边，忘记了米。我连忙把米盆往角落里拖。

爹把娘送进屋，出来淘米。我把娘扬出去的米一粒粒捡起来，洗干净放回盆里。

爹和我做的豆包一点也不好吃，整个冬天，我都没有把豆包带出去给小朋友。

我跳进仓房，从里面拿出一个冻豆包，躲在门后啃起来。

"咱俩能换豆包吗？"

我抬头一看，娘用碗端着一个热乎乎的豆包站在我面前，目光充满了疼爱，充满了愧疚。

"娘！"我委屈地叫一声，把冻豆包递给娘。

## 打雪仗

十岁那年，电视正上演《岳飞传》，我们十几个淘小子也酝酿着要打一仗，并且分好了伙儿，一队是岳家军，一队是金人。战场就设在大台山上。

这年冬天下了好几场大雪，远远望去，大台山白茫茫一片，宽敞空旷，远离人家，极适合我们作战。

在一个风和日丽的上午，我们带着用木板、树枝等物品制作的刀枪剑戟，雄赳赳气昂昂地迈出了家门，向大台山进发。

走到生产队时，一声驴叫提醒了我，我叫住队伍，悄声说："我们去杀敌，没有战马怎么行？我们去把驴偷出来吧。"

我们蹑手蹑脚地绕到前面，饲养员正巧不在，我们连忙跑进驴圈，一人牵出一头驴，向大台山走去。

到了半山腰，我们翻身跨上驴背，挥舞兵器冲杀起来，呐喊声震天。我手使一把大斧，把两个对手打得落荒而逃。我带着胜利者的骄傲，一路追去。

不想我那头驴子不听话，竟朝山脚下冲去，它尥着蹶子，把我颠起一尺多高，我紧紧地抱住驴脖子，吓得心都要跳出来了。

驴子快跑到村口时，我看到娘和二姨、三婶走过来，她们看到我坐在驴背上，也吓得张大了嘴巴。只见娘一个箭步冲到路中央，眼看着向驴扑来，驴受了惊，不敢跟张牙舞爪的娘硬碰硬，头一扭朝路边的壕沟冲去，一头栽进沟里，把我的一条腿压在了身下。

三婶早已跑回生产队，几个男人跑过来，拉起了驴，把"哇哇"大哭的我扶起来，幸亏沟里雪深，我的腿才完好无损。

大家搀着我从沟里上来，一眼看到娘在路中间仍做着跟驴搏斗的动作，嘴里不停地还喊着："大勇，别怕，娘救你。"二姨拉着娘，尴尬地看着大家。

"娘，你把我救回来了。"我一脸虔诚地跑过去，和二姨一起把娘领回家。

## 放鞭炮

爹买回两挂鞭和几个"二踢脚"，说等过年的时候放。

我整天摆弄那些鞭炮，心里痒痒着，我长到 11 岁，还从来没放过鞭炮呢。

先放一个吧，我偷偷拿出一个二踢脚、火柴和一支香，来到大门外，把二踢脚立在地上，点燃香，吹旺一点，用香去点二踢脚露在外面的捻，刚点着，我就捂着耳朵跑回院子，蹲在大门后等着听响儿。

我等了半天，一点动静也没有。

怎么回事？我从门后探出头，一步步靠近二踢脚，二踢脚无声无息地立在那里，像哑掉了一样。我懊恼地拿起它，准备研究研究，突然，它"嘭"地响了，是在我的手里响的，随着一声巨响，我的手木了，有暗红色的血从黑乎乎的手掌里流出来，疼痛、肿胀，我的泪忍不住流出来，我悄悄地躲在大门后，静静地哭着。

我托着两只受伤的手，倚在大门后，不敢回家。我怕娘看到我的样子，病情加重，也怕爹知道我偷放二踢脚，揍我。

我缩在大门后，眼巴巴地盼着天黑，我想，等天黑了，爹和娘都睡着后，我再溜进被窝。

我的手冻得通红，血已经凝固了，肿得像个大馒头。

娘从屋里走出来，东看看，西看看，"大勇。"娘开始喊我，她想起我来了。

可我不能过去，我往门后缩了缩，把手藏在了肚子前面。

娘出门喊了一圈，回来时还是发现了我，"大勇。"娘嘻嘻笑着，把我往屋里拉。

这时，娘发现了我的手，她捧起我的手，瞪圆了眼睛，把嘴张成一个大大的 O 形，看了好半天，突然一屁股坐在地上，放声大哭起来，那哭声惊天动地，好像受伤的人是她一样。

突然，她站起来，甩开我，一个人飞快地向屋里跑去，我也跟着往回走，快走到屋子的时候，她跌跌撞撞地出来，手里捧着爹买回的一口袋鞭炮。

"娘，你要干什么？"

"妖魔鬼怪都滚开！"娘叫嚷着，一把把鞭炮扬进了猪圈，看着猪把大红包装的鞭炮践踏进泥里的样子，娘高举起双手，哈哈大笑。

四十来年过去，娘很多年不犯病了，只是，那些痛苦与欢笑，娘记得吗？我去看娘，不提及往事。

## 村 口

借着昏黄的路灯，文子深一脚浅一脚往娘家奔。

单位临时通知开会前，文子给娘打了电话，告诉娘今天晚些过去。

半年来，文子坚持每周五回娘家看看，文子工作很忙，很多材料要拿回家里，常常一写写到深夜，又拖着个小孩子，竟半年没回娘家了，甚至常常要娘给她打电话，打听一下她最近的状况。

半年前，姐搬家去城里了，姐临走前，拉着她的手千叮咛万嘱咐，最后慨叹一声，说："我还是不放心哪！"

姐不放心什么呢？姐没说，文子也没问。

文子知道，姐最不放心的就是娘，也不放心她，担心她照顾不好娘。以前姐姐在，有姐姐天天去陪娘，她也依靠着姐姐，什么都不管。

姐姐走了，娘拄着拐杖来看她，摩挲着帮她做家务，唉声叹气地说："你姐走了，娘就像瘸了条腿啊。"

文子别过脸，忍住眼泪，再微笑着面对娘："有我呢。"

从那天起，文子做了个决定，每周五必须回娘家看娘。

每次回去看娘，娘都包饺子给她吃，文子不让娘费事，可娘不听："你忙，没时间包。"文子就尽量早点回去，帮娘干点什么。

今天又去晚了，文子真有点抱怨领导，哪有快下班了还开会的？哪天开不好，偏偏周五开？

在快到村口的超市里，文子买了几个娘爱吃的火龙果，降血压。以前她和姐姐成沓成沓的给娘钱，娘都舍不得花，攒来攒去，她买楼、姐姐做生意用钱的时候，娘又把钱给她们拿回来了。

现在，文子常常回娘家，就不再给娘百元大钞了，看娘家缺什么，下次来的时候就买来，或者给娘买吃的。

转过拐角就到村口了，村里没有路灯，可房子里的灯光，也能透到村路上，家乡的路，她不怕。

文子低着头仔细看着路，一边想着领导开会时说的事情，突然有一束光照在了她的脚边。

文子，娘熟悉的呼唤穿透了黑暗。

文子抬起头，是娘。微弱的手电筒光中，娘树一样站在村口，头发在寒风中飞舞着。

"这么晚了您出来干什么？"文子娇嗔着向娘跑过去，挽起娘的胳膊。

天黑了，路坑坑洼洼的不好走。

"住三十多年了我哪不知道呀。"

我闲着也没事呀，接你一段，我们娘俩不是还能多待一会儿？

文子哑了口，搂过娘的肩膀，轻轻把脸蛋贴在娘的脸上，就这样搂着娘向家走去……

## 老头子来电话

喜欢看的电视剧昨天全剧终了，真不知道干点什么好。菜买回来了，屋子也收拾完了，其实，也不用怎么收拾，家里只有我和儿媳妇两个大人，收拾一次能保持清洁两个礼拜。买菜是留着明早上吃的，儿媳妇每天只在家吃一顿早饭，午饭和晚饭都在单位食堂吃。我一个人，糊弄一口，岁数大了，吃不了多少。

百无聊赖中，我抬眼看了看钟，还不到每天老头子给我打电话的时间。我俩约好了，每天下午三点他给我打电话，汇报一下家里的情况，家里养着一头揣犊子的牛，十二只下蛋的母鸡，还有三亩农田，菜地也需要侍弄，我怕老头子干不好，最主要的是，老头子今年73岁了，虽说农村人体格硬朗，可"七十三，八十四，阎王不叫自己去，"前院老张头就是七十三没的，后村洪老太太也是。我嘴上不说，其实我最惦记的是他，但我不能给他打电话，我怕儿媳妇发现电话费多了，说我不安心在这待。

儿媳妇从来没说过，我来儿子家快一个月了，她每天妈长妈短，说话客客气气的，嘴里像抹着蜜，可咱得懂事理不是，还能让儿媳妇不乐意吗？

临来的前一天晚上，儿媳妇打电话给我，告诉我坐哪趟火车，下车转哪路公交车，到什么小区，几号楼几单元几楼等一切事宜，末了，她又说客卧床的尺寸，让我带一个床单去。当时我的心咯噔一下翻了个个，她结婚时在我家住了三晚，知道我是村里最干净的，我赌着气，本想说我不去了，话到嘴边想起儿子的话，只好硬生生地咽下去，强颜欢笑来伺候儿媳妇。

一个月前，儿媳妇给我打电话，说儿子要出国考察两个月，一个人在家住有点孤单，让我去陪陪她，当时我一口回绝了，我家一大摊子活计，没有工夫啊。再说她娘家妈跟她住一个城市，为什么不找她自己的妈？后来儿子给我打来电话，语重心长地对我说："妈，你跟我爸那么大岁数了，养活那么多牲畜有什么用？等你们干不动了，还不是要靠我们养老，现在她让你来，你不来培养培养感情，等以后老了，走不动了，人家要是对你们不好，我夹在中间多难做呀。"

儿子的话也在理，他们结婚还不到一年，除了结婚时回来祭祖，平时只在电话里沟通，彼此真是很生疏，那就听儿子的，让我去我就去吧。

我写了一张大大的备忘录，贴在家门上，叮嘱老头子每天自己吃三顿饭，给鸡扬三遍食，喂四遍牛，如果有个头疼脑热，药匣子在柜子的第三层。牛要是下犊子，找村里兽医来帮忙；菜园里的菜，吃不了尽管烂掉，不要晒干和腌咸菜，这些事他干不好。交代完老头子，我又去找隔壁荣子，告诉他，我家地里的玉米，今年让他家去收，给我们多少算多少，不给也没事，但要帮我照看照看老头子。

家里的事情安排完，我就怀着一百个不放心来到了儿子家，好在儿媳妇知书达理，事事想得周全，还挽着我的胳膊逛菜市场，教我使用燃气灶、微波炉、电视机、热水器的遥控器……看她这么贤惠，我的心敞亮了许多。

再抬眼看一下钟，才上午十点，这个时间老头子应该去喂牛了，家里那头大花牛，三年生三头牛犊，卖了六千多块钱，今年，又揣犊子了。我和老头子精心伺候着它，老头子常常一边摩挲着它光滑的皮毛，一边叫它闺女呢。

电话铃突然响了，把我吓了一跳，这个时候，会是谁打电话呢？我哆里哆嗦地拿起电话，就听里面急切地叫："老婆子。"

是老头子，他怎么这个时间打电话过来？发生了什么事？我的头一阵眩晕，赶紧扶住了桌子。

"咱家大花难产了，我给兽医打电话，他关机了。"

"那找邻村蔡兽医呀。"每年大花生产，都由我张罗接生，今年我不在家，就出乱子了。

"哦，我这就去。"

挂断电话，我突然想起，应该叫隔壁荣子去，荣子骑摩托车，突突突一会就到了，老头子要是用步量，估计走到邻村，大花的命就交代了。再加上老头子要是着急，自己再……

我连忙往家里打电话，嘟嘟嘟……一直没人接听。

我的心一下子提到了嗓子眼……

## 杨小轩的一天

看看已经快十点了，杨小轩放下手中的织针和毛线，连同没有织完的帽子小心翼翼地装进纸箱里，擦了擦手和前胸上的汗水，奔进厨房，三下五除二，把早上剩的饭用鸡蛋炒了炒，盛进碗里，端到丈夫常喜的床前，常喜仍睡着，她也不叫醒他，又抹了把额上的汗珠，拿起布兜走出来，轻轻带上了房门。

初夏的阳光火辣辣地炙烤着大地，杨小轩手拎着布兜，挺直了腰杆，在大街上匆匆忙忙地走着。布兜里装着她织好的帽子，各种花样的颜色不一的帽子一共 32 顶。凌晨三点半，她刚起床时就数过了，31顶，整个早晨和上午，除了做饭吃饭，她都在织帽子，又赶出了 1 顶，一共 32 顶。布兜沉甸甸的，装满了杨小轩的喜悦，也装满了杨小轩的希望。她拐进一条胡同，胡同最里面的人家收织帽子的手工活儿，她每星期从这里取走毛线，周末再把织好的帽子送来，表情木讷的老板娘接过她递上去的帽子，认真验过后，把一沓十块二十块的毛票递给她，她满脸堆笑地道过谢，接过毛线，拿回家继续织时尚漂亮的帽子。

今天杨小轩来得稍微晚了点儿，前面送活儿的妇女至少有七八个，她抬头看了眼屋里的钟，快十一点了，她焦急地叹了口气，向前挪了几步，看前面有个妇女慈眉善目的，就凑过去说："大姐，我今天有点急事，能让我排……"这个妇女刚挪出一点地方，还不等杨小轩下脚，就听后面有个女人尖声尖气地说："夹什么塞儿？你急谁不急？就你知道回家过母亲节，我们都不过？"杨小轩回头看了看霸气的女人，张了张嘴，似乎想解释什么，又没有说出来。慈眉善目的大姐拽一把杨小轩，说："妹子，谁还没点急事，我看你真着急，你站我这儿，我到后面排队去。"杨小轩的眼圈一红："这怎么好意思呢？""没事没事。"大姐侧出身子，把她推进队伍，走到后面去了。

杨小轩接过老板娘递过来的一百二十五块钱，半个月来，她没日没夜地赶活儿，多挣了好几十块钱。她紧紧地攥着钱，跟让位置的大姐道了谢，便走了出来。这次，她没拿毛线，今天母亲节，她给自己放半天假。

走到一家鲜花店门前，她停住脚，望着怒放的束束鲜花出神，买花的年轻人特别多，鲜花映着的笑脸更加甜美，她咽了下唾沫，婆婆的话又一次在耳边响起："咱看自己养的花，心情一样好，花钱买花，太费钱了。"这是前年，她手捧鲜花去看婆婆的时候，婆婆念叨的话。前年，她被评为最美劳动者，颁奖典礼的时候发给每位获奖者一束鲜花，她捧着这束鲜花，送给了婆婆。婆婆心疼钱，却非常爱花，她送给婆婆的花，婆婆养了好多天，后来花枯萎了，婆婆把花瓣都装进了口袋，收藏了起来。

杨小轩咬咬牙，走进花店，选了一束小点儿的康乃馨，又去市场买了一百枚鸡蛋，这才匆匆忙忙地赶往婆家。

公公婆婆正坐在厨房包饺子，见杨小轩一个人进来，有点失望地问："喜子咋没来？"

杨小轩笑笑："喜子出差了，还得一个月才能回来呢。"顺手把花递给婆婆："我才开完会，就急急忙忙跑来了。今天是母亲节，开会的所有母亲都得了一束花，我这束就送给妈吧。"

婆婆接过花，笑得脸也成了一朵花："还是你们开会好，总发花。上回那束花开了十多天呢。"婆婆翻出一只花瓶，洗刷干净，灌了半瓶水，把花插进去，放在茶几上。

杨小轩已经坐在面板前擀饼儿了，婆婆也坐过去，三口人有说又笑地包饺子。突然，婆婆的目光停在了她的手上，疑惑地说："小轩，你的手好像有点肿啊。"

"没有啊，"小轩抬起脸，冲婆婆做了个可爱的表情，撒娇地说，"我胖了。"

婆婆又仔细看了看，毕竟眼睛花了，知道自己看不清楚，也就不再说什么。

吃完饺子，做完家务，小轩又拿出手机给公公婆婆拍照，公公婆婆都喜欢拍照，一连换了好几套衣服，小轩让公公婆婆互相深情地看着对

方，拍侧面的；还让他们拉手，搂肩膀，摆了好多造型，照了好多
照片。

看看时钟，已经三点半了，杨小轩对公公婆婆说："我得去看笑笑
了。下周我再来。"笑笑是她的女儿，在封闭管理的第四高中上学，每
周末四点，家长可以去宿舍半个小时，与孩子交流。

杨小轩告别了公公婆婆，匆匆忙忙地行走在大街上，她赶去看女
儿，丈夫常喜也该换药了。

# 我来看看你

房门"咔嚓"一声被打开了，娘来了。只有娘有他房门的钥匙，
他连忙从电脑前站起来，去迎接娘。

娘的腿疼病犯了后，一直没有来，看来娘的腿好了。

"娘，您老怎么又来了，不是说好了我去看您的嘛。"他接过娘手
里的拐杖，搀扶着娘坐到床上。

娘笑了，咧开的嘴里一颗牙齿也没有了，红红的牙床像一道弯弯
的下弦月，眉眼也笑着，一脸的慈祥。"没事，我就想看看你。"

他已经四天没去看娘了，他跟两个图书公司签了约，整天在电脑前
敲键盘，连饭也没空做，饿了就吃方便面、糕点等速食品。

他的住处离娘家只有一千米左右，当初买楼时他就是看中了这一碗
汤的距离。可娘从家里走到这儿，每次都要一个来小时，因为他住在坡
上，娘走几步就要站着歇一会儿，他不让娘来，他一个大男人，有什么
好看的，健健康康的，自己能照顾好自己，而且他一有空闲就去看娘，
帮娘捶捶后背，干点家务。可娘惦记他，自从他离婚以后，娘隔一两天
就拄着拐杖来看他。

"娘，您的腿不疼了？"他靠近娘的耳朵喊。又把手放在娘肥胖的
大腿上，轻轻地捏了捏。

"不疼了，好了。"娘笑眯眯地看着他。

他坐到娘的对面，也笑呵呵的，娘喜欢看着他，让娘好好看。

电脑那边传来 qq 呼叫的声音，一定是编辑又在催了，签了约，编辑就像催命一般。但他连看都没看一眼，他要老老实实陪着娘，娘有半个月没来了。

娘伸出干枯的手，摸了摸他的脸："你可要注意休息啊，这几天，你又瘦了。"

"我壮着呢。"他把胳膊抬到母亲面前，攥着拳头让娘看，还让娘在他胳膊上摸一摸。

娘坐了一会儿，就张罗回去，他本想留娘在这吃午饭，可家里没有菜，他不能让娘发现自己已经弹尽粮绝了，娘会心疼他的，他把娘送到门口，说："娘，再过一个星期，我把稿子交上就去看您，别来回走了，挺累的。小心点儿。"

娘答应着，拄着拐杖颤巍巍地走了。他望着娘的背影，觉得娘一把年纪了，还整天为他操心，常来看他，而他却没有一点时间去看娘，他怎么把自己搞得这么疲惫呢？他敲着头问自己。没办法，他要生活，他没有工作，靠写点稿子赚家用，老婆嫌日子太清苦，带孩子走了，但他要付给孩子生活费。娘和妹妹一起住，他不伺候娘，便自告奋勇掏一部分生活费，他每个月必须把这两笔费用赚出来，他不是什么知名的作家，一个月汇款单上可怜的稿费，让生活捉襟见肘。

娘劝他别写了，妹妹劝他别写了，以前，老婆也常常数落他，一个大男人整天闲在家里，真不知道到底要搞什么名堂。

可他像安徒生童话里穿了红舞鞋的女孩一样，就是停不下来。他流着泪对母亲说："原谅儿子吧，我为写作而活，我必须写。你儿子注定潦倒了，对不起。"

昨晚赶稿子，只睡了两个多小时，他给自己冲了杯咖啡，重新回到电脑前坐下，他要把娘耽误的时间赶回来。

一杯咖啡下肚，他头脑清醒了许多，写作也有了思路，他细长的手指飞快地敲击着键盘，一个个方块字让他欣喜不已，能提前交稿就更好了。

电话铃突然响了，把他吓了一大跳，他咒骂着拿起电话，妹妹带着哭腔说："大哥，刚才娘出去溜达，在路上突然脑出血，没气了……"

话筒从他的手里滑出来，摔在桌子上，他连忙往门外跑，泪像泄洪的河水一样涌出了眼眶……

## 后娘的心

石老五打工回来，已经中午了，他饿着肚子往家赶，主要倒不是想后续的老婆，让他一直放心不下的，是老婆死后就自闭了的十岁女儿。不知道这可怜的孩子在后娘手里变成什么样了。想到这里，他恨不得一步迈进家门。

推开家门，一股热腾腾的米饭味道立刻钻进石老五的鼻子，老婆和女儿的面前各放着一碗菜，老婆的前面是白嫩嫩的炖豆腐，而女儿的前面却是黑乎乎的炖雪里蕻叶子。这后娘的心这不明摆着呢，他的心一阵刺痛，上去就给了老婆一巴掌："算我瞎了眼！"

刚见面的喜庆气氛被这一巴掌打散了。老婆在一边暗暗地流泪，女儿早吓得躲到院子里去了。石老五后悔自己看错了人，当初要不是看中她的善良，怎能把孩子放心地交给她呢？可如今……唉，后娘哪有好的？离婚！他不能容忍这狠毒的女人和自己生活在一起。

晚上，他叫女儿回家睡觉。一向沉默的女儿开口说："爸爸，别跟妈妈离婚好吗？妈妈对我很好，是你看错了，妈妈做的就是雪里蕻炖豆腐，我把碗里的豆腐都吃了，她把碗里的雪里蕻都吃了，我们还没等换菜碗呢，你就进来了。"原来是这样！他狠狠地捶了下自己的脑袋，怎么这么混呢？这么好的老婆，怎么能怀疑她呢？他抱起女儿，飞快地向屋跑去，他要给老婆道歉……

## 出门在外

前几天，我接到出差任务，是去姐姐所在的城市郑州。我当时非常高兴，心想：终于可以去姐姐家看看了。姐姐结婚二十年了，我还一次都没有去过呢。

姐姐听说我要去，就一个劲地抱怨，她儿子的脚摔伤了，她说她很忙很忙，不能去接我，也没时间陪我，她又不放心我一个人在陌生的城市，要我把这次差事尽量推掉。

虽然她老是给我打电话，提醒我买回程的票，提醒我下车后不可以跟陌生人搭话，提醒我看好自己的东西……但我心里仍不舒服，觉得她根本就不希望看到我，不想让我打扰她。其实我已经告诉她我可以把自己照顾得很好了。

车快到郑州的时候，她的短信到了，说我姐夫能抽出时间来接我，陪我去办事，然后接她，一起去看黄河。

我的心里一阵温暖，姐姐还是很照顾我的，她一定一直在安排这两天的时间，尽量抽时间陪我，其实我知道的。

我十二点半下车，姐夫要在下午两点多才能来接我，于是，我又给姐姐发短信，告诉她我先去办事，办完事估计姐夫也能到了。

姐姐不同意，她怕我要去办事的地方是骗人的，坚持不让我自己去。姐夫一时半会儿过不来，她便要我坐公交去找她，等我到了她那儿，她把孩子送到学校，我们再一起去办事。

真麻烦，我不知道这样一耽搁，我的事情还能不能办成，但姐姐担心我一个人在大城市丢了，说什么也不让我一个人走动。她让我一路不说话，坐公交去找她。她说："你一开口，人家就知道你是东北来的，坐出租把你拉跑了怎么办？你坐公交最安全了，来找我吧。"

列车对面和上铺的两个人都对姐姐过分的担心感到莫名其妙，可没有办法，我只能顺从她。

好在下车前姐姐又发来短信，说姐夫能赶过来接我了，要我在出站口等，不能说话，抓紧自己的包。

我站在郑州的火车站等姐夫，广场上的旅客躺在自己的行李上，逗自己的小孩，三五成群地闲聊，一派祥和的景象，没有人过来跟我说话，甚至没有人看我一眼，我看不出有什么危险，也不知道姐姐生活在这里，是否每天都提心吊胆。

等到不耐烦的时候，姐夫终于赶来了，他陪我去办完事，又去接姐姐，路上，姐夫不停地说："先去吃饭吧。"

我客气着："在车上吃过了。"

见到姐姐才知道，姐夫早饭还没有吃，真是忙得不可开交。

姐夫刚把车拐到路上，说去看黄河，我就晕了。吓得姐姐要带我去医院，我说不用去，买了药吃下，去姐姐家里躺，姐姐又给我冲红糖水，拿安神补脑液等药。嘱咐我睡觉。

第二天早上，我跟一个同事去开封，姐姐一直把我送到客运站，买了票，她才很不放心地离开。上了客车，我给姐姐写好了短信，可怎么也发不过去，跟同事聊起来，也就忘记了。

中午，同事的手机响了，她疑惑地说："郑州的。"一接听，果然是姐姐。

姐姐问我："你怎么没接我电话？你电话不好使了，关机重启。我给你打了一百遍电话，我都马上就要去开封了。"

她确定我没事，才算稍微放下心来，可要我隔一会就给她发条短信，报平安。

我拿起手机，关机重启，只一会儿，就叮铃叮铃进来好几条短信，打开一看，都是姐姐发来的，大概整个上午，她都在给我发短信：你上车了吧？到开封了吗？你怎么不接我电话呢？回话……

姐姐真是太操心了！我已经奔四了，一年全国各地到处跑，只来一趟她的城市，她就这般如临大敌，好像满世界都是坏人，而我又是一个谁都可以骗得了的白痴。可有什么办法呢？我每过一会儿，就发条短信给她。让她知道我还健在，没有晕倒，也没有被坏人骗走。

我从开封直接回家，一路上跟姐姐短信不断，直到告诉她"我老公来接我了"为止，总共发了200多条短信。

晚上，我躺在自家床上，跟姐姐打电话，共同品味这一路上她的追踪，她说："你知道我怎么知道你同事的号码吗？我往小妹那打电话，问你单位的号码，又从你单位同事那儿要来了这个人的号，才找到你。还不能让爸妈知道。"

我这才反应过来，姐姐找我找得真是好辛苦，一股感动涌上心头。我扪心自问，如果是姐姐来陌生的城市找我，我能做到像姐姐这样细致入微的照顾吗？我做不到，我根本想不到这么多。姐姐就是姐姐，比我想得周到。

"其实我根本不可能丢的。"我还是觉得这样的担心有点多余。

"是啊，可妈就是担心你啊。"姐姐轻描淡写地说。

原来是妈妈的委托，无论哪次出门，无论我去哪里，妈妈总是一直担心到我回到她面前，唉。

## 故乡词典

每想起故乡，总会有一些字眼涌上眼帘，激荡心间，于是，眼睛湿了，心头热了……

### 阿　黄

走上散发着泥土清香的林荫道，故乡就近了。

心一下子飞回老家，耳畔仿佛响起了阿黄亲昵的叫声。

阿黄是我家的狗，和我一年生的，一身油亮亮的黄毛，大半年的工夫，身子就长到一米多长，长成一条彪悍的大狗了。阿黄是我第一个玩伴，总是跟着我身边，陪我去挖婆婆丁，陪我去扑蝴蝶，我走到哪儿，它就跟到哪儿。妈妈也特别喜欢阿黄，说它只冲陌生人汪汪叫，见过一面的人都认得，是条会看家的好狗。

我八岁那年，因为爹工作调动，我们全家要搬到县城去。

搬家前，娘特地去了趟城里，回来时唉声叹气地说："居委会不让养这么大的狗。"我们抚摸着阿黄光滑的皮毛，一个个愁眉不展。阿黄好像听懂了娘的话，低声呜呜叫着，似乎在向我求情，舍不得离开我们。

搬家那天早晨，娘把阿黄交给了隔壁的舅舅："弟，我把阿黄交给你，你要像对待自己的狗一样对待它。"

娘又搂着阿黄的脖子说："好孩子,我们会回来看你的。"

回来时,娘的眼睛红红的,她说阿黄哭了。

搬家的大卡车驶过舅舅家的那一刻,阿黄突然从院子里蹿出来,跟在我们乘坐的卡车后面跑。我哭着向阿黄招手,央求娘带上阿黄。娘的泪也从眼里流出来:"要不,就让阿黄上来吧,咱在家里养。"

爹捻灭烟,瞪了娘一眼:"楼里巴掌大的地方,在哪养?它能成天不下楼吗?能不叫唤吗?"

我趴在车的后窗户上看阿黄奋力地追赶我们,卡车扬起的尘土朦胧了阿黄矫健的身影,可它丝毫不放弃,执着地追着。我在心里默默地祈祷,希望它停下来,安心回到舅舅家生活,又希望它跟着我们去县城,纠结着,躺在娘的腿上睡着了。

一觉醒来,我已经到新家了。我问娘:"阿黄来了吗?"

娘摇了摇头。

舅舅打来电话说,阿黄常常在老房子门前徘徊,常常跑到公路上去张望。我想着阿黄形单影只的样子,它是打算来找我们呢?还是准备在那里迎接我们回去?真让人心疼。

每年的寒暑假,我都回故乡。

一进舅舅家的大门,阿黄总是第一个跑过来,在我身前身后汪汪叫着,蹭着我到屋里,趴在我的脚边,跟我一刻也不分开。

我要回家了,阿黄恋恋不舍地跟着我,一直把我送到三千米外的公路上。等车的时候,我搂着阿黄,擦着它眼角的泪,一遍遍地告诉它,我还会来。我上了客车,它才一步三回头地返回村子。

我十三岁生日那天,舅舅打来电话,说阿黄死了,躺在我们老院子的大门前,寿终正寝。舅舅把阿黄埋在了葡萄架下,说今年秋天的葡萄一定又大又甜。

我号啕大哭,埋怨舅舅没有照顾好阿黄,爹说:"一条狗的寿命也就十二三年,现在狗肉很贵哩。你舅舅待阿黄不薄。"

暑假去舅舅家,再也不见阿黄的影子。我坐在狗窝边,望着阿黄的子孙出神。

舅舅拉我到葡萄架下吃葡萄，我执拗着不肯吃。舅舅说："怎么？阿黄希望你多吃呢。"

我摘下一颗葡萄放进嘴里："阿黄，你原谅我们吗？"

## 葡　萄

暑假，一踏上故土，放眼几十里的土地上栽满了葡萄树，绿油油的一片，葡萄叶子像一个个宽大的手掌，在向我们招手，欢迎着我们归来。青莹莹的葡萄隐藏在叶子下面，像娇羞的小姑娘，看得心里凉沁沁的。

流连着美景，不知不觉走到了舅舅家。舅舅家的院子里也满是葡萄树，像搭起了绿色的帐篷。

舅舅把我们带进葡萄园，指着葡萄给我们介绍："这是藤稔，这是夏黑，这是醉金香……现在，下沟村家家承包葡萄园，家家都有这么多品种的葡萄，村里请了专业技术老师指导农民栽培葡萄与管理，学习防治病虫害等知识，葡萄成熟后，村里负责销路。"我头一次知道葡萄有这么多品种，看着就欣喜，舅舅又说："葡萄已经开始放粉了，喜欢吃哪颗，自己摘。"

不管是淅淅沥沥的雨天，还是炙热的晌午，我们钻进葡萄架下，就仿佛进了世外桃源，"吐鲁番的葡萄熟了，阿娜尔罕的心儿醉了……"一边哼着歌，一边寻找着刚刚成熟的葡萄粒儿，惬意极了。

中秋节前夕，舅舅扛着一大筐紫珍珠般的巨峰葡萄，送到我家里。我们围在舅舅身边，摘一颗葡萄放在嘴里，一直甜到心窝里，舅舅最懂我们的心。

娘却总是叹息："我要是留在村里，不也承包一片葡萄园，发家致富了？"

娘有栽种葡萄的经验，故乡老房子的前面就有一片葡萄树，记得每年七月初七，娘就对我们说："今晚到葡萄树下面，不撒谎的孩子能听到牛郎织女的悄悄话。"晚上，我们蹲在葡萄树下，使劲回忆最近有没有说谎，不一会儿，困了，就回屋去睡了。第二年仍乐此不疲。

　　娘倒不是真的多么渴望发家致富，她只是离不开那片生她养她的热土。下沟村承载着娘少女时代的欢乐，青年时代的梦想，以前她每次回故乡，都是流着泪走出村子的，娘舍不得离开故乡，舍不得那座老房子，舍不得住在邻院的姥姥和舅舅。我想：娘一定是打算在故乡陪外婆终老的，可没想到爹却把我们带到了城里。城里有宽阔的大马路，有软皮座位的大戏院，有缤纷炫目的大商场……可这一切一切，也抵不上娘心中开着白花的李子树，碧绿广袤的田野，院子里叽叽咕咕叫个不停的鸡鸭鹅，就连乡村的泥土气息，都让娘难以割舍，如今村里又有了大片的葡萄，怎能不勾起娘对故乡的思念呢？

　　春天，舅舅送来几棵葡萄树，帮娘栽在楼下的院子里，留下几本《葡萄栽培》的书。

　　娘没事就伺候这几棵葡萄树，剪枝、坐果，秋天，还真结了几串葡萄呢。娘乐得嘴都合不拢了，逢人便让尝葡萄，还自豪地说："这是我们下沟村的葡萄。"

　　葡萄好吃，却极难伺候，深秋过后，爹在葡萄树下挖一道深深的沟，把蟠虬一样的根蔓捋进沟里，抱来大石头，压住这些不听话的根蔓，再用土压好，在上面盖上玉米秆保暖。第二年开春，还要把葡萄藤挖出来，一点一点捋到葡萄架上去。

　　不管走到哪儿，只要一看到葡萄树，娘就停下脚步认真地看，通过看葡萄叶，分辨是什么品种的葡萄，和果农交流是不是需要剪枝，探讨一下喷药等农事。有时，娘就站在葡萄架边上看看，沉思一会儿。渐渐地，周围的邻居都知道娘是栽培葡萄的行家了，种植葡萄又没有经验的人家经常来向娘请教。娘不管在干什么，总是随叫随到，悉心指导。

　　应为娉婷一笑，烂醉葡萄新熟，明月满西楼。此刻，也许，娘还梦想在故乡的老房子前栽培葡萄吧。

## 老房子

　　站在舅舅家往西院看，那熟悉的三间瓦房静默地站在那里，她并不孤独，我们搬走后，老房子有了新主人——张姨一家。

老房子还记得我吗？墙缝间还残存着我童年的欢笑吗，我脱落的第一颗牙齿还在房顶的瓦片间吗？我偷偷在墙上画的大船还在吗？我和娘一起栽下的黄花菜开得正艳吧？

爹从老房子里走出来，扁担一头担起姐姐，一头担起沉甸甸的葡萄去集市上卖。卖完了，给姐姐买几样花花绿绿的玩具，再一头挑着家用，一头挑着姐姐，愉快地赶回家。

爹说，那时候没有钟，也没有自行车，为了上班不迟到，夜里要几次起来看星星。我想象着爹蹑手蹑脚地推开老房子的门，仰望星空，爹看时间，也看到很多希冀。爹每天天不亮就徒步上班，一步一个脚印，一直把我们姐妹都带进了城。

老房子的屋地上总是放着一两捆高粱秸，不知道爹用什么工具，把整根高粱秸破成三瓣儿，在水里浸泡一晚后，再用快刀把芯削掉，娘和姐姐拿着又薄又软的篾子，编炕席。姐姐一边编，一边给娘讲故事，背古诗，我坐在一旁听着，也知道了邱少云、李大钊……娘总是叮嘱爹和姐姐要小心，可仍有割破手的时候，篾子是很锋利的，编出的炕席却光光滑滑，每根经纬在灯光的照射下，使劲折射着金黄色的光泽，让整间屋子顿生光辉。

娘把编好的席子卷成一筒，背到集市上去卖，回来时，给姐姐买件新衣服，或给我们买几本书。娘从集市回来，总会听到我们姐妹的欢呼雀跃声。

就是在这座老房子里，娘出去送客人，姐姐被客人逗得以为娘真的不要我们了，五岁的她怎么也推不开房门，于是她果断地砸破了窗玻璃，正往外拉三岁的我时，娘回来了。虽然当时挨了娘的骂，可每次回忆起这件事，大家都夸赞姐姐机智勇敢，还有小小的她对我的关爱。

姐姐从小就很能干，爹娘带着妹妹去城里看病了，八岁的姐姐和我看家。中午，姨娘看见我家升起了炊烟，以为我爹娘回来了，进门却看见我们姐妹正围坐着吃饭，一碗咸菜放在饭盆的盖帘上，姨娘怎么也不相信这一盆小米饭是姐姐做的。

看着老房子，想着往事，我的脚开始向西院挪移。

"汪汪汪,"一阵狗吠。一个高我一头的男孩从院子里跳出来:"你是谁?鬼鬼祟祟偷看什么?"

一个胖胖的中年妇女走过来:"大胖,别这么没礼貌。这是你二姨家小文,长这么高了。快进来,看看你原来的家。现在张姨在这住呢。"

张姨把我领进了屋,坐在软绵绵的炕被上,吃着刚摘下来的李子,我一边听她讲老房子里的新故事,一边左顾右盼,看记忆里的童年有多少变化。

透过明亮的玻璃窗,后院的菜园郁郁葱葱,黄花遍地。我真想跳下炕,再到后院去扑一次蝴蝶啊。

在外婆家度假,我常常回到老房子,和大胖一起在后院扑蝴蝶,吃李子,给他讲故事。

大胖特别乐意听我讲故事,听完一个还要听,有时一直给他讲到深夜,直到外婆喊我回家睡觉,大胖才依依不舍地松开我的手。

我去外地读书,好几年没有回故乡。

再回去,大胖已经娶妻生子,和张姨在老房子办起了养鸡场,他们请我参观,给我讲解整个饲养、销售流程。看他们满是幸福的笑脸,我的心里也充满了阳光。

## 外　婆

自从外婆走后,我们很少回故乡了。现在想来,好像,外婆才是故乡的全部。

小时候,几乎所有的寒暑假都是在外婆家度过的,外婆教我怎么洗脸、洗衣服、叠被子、做饭菜,每做好一件事,外婆就用赞许的语气说:"好,真中用。"

外婆是个勤劳的人,七十多岁了,还带着我们表姐妹去采蘑菇。我们一人挎一个小篮子,跟在外婆的身后,走向西洼子那片树林。

我们采不到几颗蘑菇,就开始采花。回来的时候,每个孩子都握着两把花,只有外婆的篮子里装着蘑菇。回来的路上,外婆还要撸猪草。碰到一棵天天秧,或者苦姑娘秧,她就像发现新大陆一样,开心地喊我们去采食。

撸完满满一抱猪草，借着坐在地头休息的时间，我们缠着外婆给我们讲故事。牛郎织女、白蛇传、七仙女……外婆的嘴里有很多很多故事。不讲故事的时候，外婆就让我们薅来狗尾草，她给我们编小兔子、小狗等小玩具，三下两下，一个小动物就活灵活现地来到我们面前。我们表姐妹争抢起来，她就把这个小动物送给表现最好的孩子。没得到的孩子继续纠缠她，她就再编。

后来我们识字多了，就读故事给外婆听，她闭着眼睛，陶醉地沉浸在故事里，不停地询问故事中人物的情况，简直入了迷。

记得有次外婆带我去看姑婆，是外婆的小姑子，她身体很弱，一个人躺在靠门的小床上。外婆到了她家，问她身体怎样，帮她收收拾拾房间，外婆屋里屋外蹒跚着，唠叨着，整间屋子顿时有了生气。

晚上，舅舅赶着牛车来接外婆，我偎依在外婆的怀里，牛车在土路上颠簸，看满天星斗，听外婆絮絮叨叨讲她年轻时的往事。牛车轧地发出的咕噜咕噜声给外婆伴奏。外婆说了些什么我都不记得了，只记得那一刻真美，仿佛睡在母亲的怀抱里，母亲在小舟里，小舟在月明的大海里。外婆有时间就照顾我们，关爱我们，指导我们，激励我们。

后来，外婆病了，娘每个星期都抽时间回去看外婆。寒假的时候，我随母亲一起回去，想伺候外婆一段时间，舅母说不用。舅母一个人精心伺候着外婆，十几年来，外婆的每一个眼神她都懂。

娘戴着黑纱回来，说外婆去世了。我怕招惹娘的泪，一个人躲到厨房悄悄地哭。外婆啊，我那慈祥的外婆，我再回到故乡那片热土，我该如何呼喊你，到哪里去找寻你呢？

再回故乡，满眼都是外婆的身影，我仍觉得外婆挎着篮子，带我们去采蘑菇，带我们去采黄花，带我们攒玉米、遛弯……外婆何曾离开我们？

外婆已经故去多年，可每次回想起外婆，童年那些美好的记忆就如开了闸的洪水，故乡的往事一桩桩一件件浮现在眼前，那么快乐，那么温暖。刚才姐姐打来电话，说一会儿回故乡去看望舅舅，我连忙招呼孩子，回故乡……

## 我的租房生涯

还有半个月我就必须给房东倒房子，这半个月我打了无数个求租电话，不是离单位远，就是租客多，我觉得不安全。

我望着屋子里杂七杂八的零碎东西，往哪搬呢？

房东两口子倒是蛮好说话的，本来打算租期满了再续租的，没想到他老娘突然把房子卖了，搬到他这里来住，他就打电话告诉我这个月末，租期满了就要倒房子。

一个月的时间这么快就过了一半，我开始惶惑起来，我觉得这么短的时间很难租到可心的房子。

没办法，我只好又去敲表姐家的门。

自从一年前我摔了她家的门，愤愤然离开她家后，我已经发誓再不去她家了。可如此艰难的城市生活，我的誓言有什么用呢？

我不明白表姐怎么会变成这样一个人，她和姐夫住着一百多平方米的大楼，怎么就不能租给小妹小小的一间呢？想当初姨夫去世了，姨妈没钱供她上大学，可是我爸妈慷慨解囊，一个月一个月地给她打生活费，给她买衣服，现在，她找到了好老公，以前灰姑娘的生活就忘得一干二净了。她不仁，我不义，我今天去找她，就要好好跟她理论理论。难道她就眼看着小妹一个人在外面孤零零漂泊而袖手旁观吗？这个白眼狼。

我举起粉拳，"咚咚咚"地砸开了她的家门，气势汹汹地出现在她面前，她一见是我，立刻绽放出花朵一般的笑容："春子，快进来。"

她让我坐在沙发上，让孩子自己去小屋玩，一边给我削苹果皮，一边嗔怨着说："春子，你周末咋不来玩呢？我给你打电话，你却停机了。跟姐姐可别见外呢，你看我有孩子，也出不去……"

我打断了她的话，直截了当地说："表姐，我被房东赶呢，你说我去哪住呀？要不是没有我爸妈供你，你能有今天的幸福生活吗？你要是眼看着我去住露天地，咱们两家的交情就一刀两断吧。"

说完，我气呼呼地把脸扭到了一边。

她把苹果递到我面前，凑到我身边坐下，沉默了一会儿，挽过我的胳膊，抚摸着我的手背说："春子，上次你走后，我哭了好半天，家里这么宽绰，却要你在外面住，姐心里也非常难受，我一直想，要跟你解释清楚，姐有姐的难处……"

我"呼"地站起来，发怒的眼神紧盯着她。她又跟我提难处，她这一辈子，都要在我家人面前充可怜是吗？我连个住处都没有，她还要装得比我可怜？

她一把拉住我的手，大概是怕我像上次那样话不投机就跑了吧。她握了一会儿，说："春子，你留下来吃饭吧，咱俩包饺子。"

我消了一点气，留下来，跟她进了厨房。

"姐夫呢？"

表姐沉吟了一下，幽幽地说："春子，我跟你实说了吧，你姐夫这个人，一点也不可靠，我家孩子还没满月，我就发现他有外遇了，我们打过闹过，结果还是这样，有时候回来，有时候不回来，我寻思孩子这么小，能怎么办呢？你说我现在这种状态，能让你来我家住吗？万一那个畜生起了坏心，我怎么面对你？又怎么向姨妈姨夫交代？"

我愣愣地看着她，真没想到表姐过的竟是这样的生活。她淡淡地一笑，说："我也想开了，等孩子大点，我就离开他。你也不用为我操心，你今晚可以住在这，他今天出差了。"

表姐把孩子哄睡了，我们躺在大床上，她温柔地搂着我的肩膀，我们俩聊到很晚很晚。表姐说，她明天带着孩子出去帮我看房子，等以后孩子上幼儿园，她再出去工作，那时也可以照顾照顾我。

我没有对她说，我已经给招合租的那个男孩发了短信，我准备下周过去跟他拼租了。


## 莲花湖畔

"大宇约我在这里见面，要怎样呢？"

　　彩莲提前半个小时就到了，不停地搓着手，在莲花湖畔的木桥上踱来踱去，满湖艳粉的荷花都不能吸引她的眼球，她焦虑的眼神不时地飘向柏油路的远方。柏油路宽宽的，游人三三两两地沿着路边慢慢地走，窸窸窣窣地说着什么。路边的金柳舒展着茂密的枝叶，为彩莲遮挡了强烈的阳光，可她还是像热锅上的蚂蚁，心里乱糟糟的。

　　大宇还没有来。彩莲也不知道自己盼望他早点来，还是希望他一直不要来才好。结婚后她跟随大宇出去打工，半年后公公得病需要护理，大宇就留在了家里。也不知怎么的，她就一直没回来，已经有一年半没见着大宇了。虽然她不停地往家里汇款，在她和大宇的共同努力下，终于治好了公公的病。可是，她却越来越不敢见大宇了。

　　这次回铁岭的前半个月，彩莲听以前在一起打工的小姐妹说，大宇进城去找她了，并恳切地拜托同乡，有知道她下落的，转告她回家一趟。末了还犹豫着说，要她务必回家一趟，有急事跟她说。

　　听到大宇的口信，彩莲就急匆匆地回来了。

　　近乡情更怯。下车后，彩莲觉得自己还是太冲动了。大宇去了城里，一起打工的老乡一定会把自己的事告诉大宇。大宇到底有什么急事？大宇能听进去解释吗？该如何开口？大宇能动手吗？大宇一定是要摊牌离婚了。

　　彩莲怔怔地望着莲花湖中自己的倒影出神，她穿条素净的白裙子，简简单单地编了条辫子，她没有心思看自己，她自惭形秽，觉得自己是世界上最丑陋最肮脏的女人。她恨自己。她真想一头扎进莲花湖，一了百了。可她不能，她怕爸爸妈妈为她这个独生女儿伤心难过。唉，不知道大宇半月前从城里回来，有没有去她娘家闹过，如果爸爸妈妈得知她在城里干的好事，还有什么脸去面对父老乡亲呢？

　　一滴泪掉进莲花湖里，荡起了一圈小小的波纹，瞬间，湖面又平静了。远处，几只野鸭没心没肺地嘎嘎叫着，互相追逐着抢鱼吃，真开心啊。

　　如果没有去城里该多好，如果一直在农村种地该多好，如果公公不生病该多好，如果一起打工的小姐妹从家里回来，没有告诉她大宇为了给公公治病，去医院卖了血该多好。不，不，她必须知道这件事，有困难，她要跟大宇一起扛。她没后悔。

可大宇能原谅自己吗？自己已经这样了，还期待大宇的原谅吗？彩莲纠结着，想不出个所以然。

下车后，彩莲怯怯地拨通了大宇的电话，大宇一听是她，就一再请她回家。可她心里还没准备好。于是，大宇退了步，说莲花湖越建越漂亮了，就在莲花湖给她接风吧。

当年他们结婚拍婚纱照的时候，就在莲花湖边拍的外景。她穿着洁白的婚纱，衬着绿油油的荷叶，就像一朵刚绽放的白莲花，大宇还情不自禁地说，"你真美。"世事无常，如今莲花开满了湖面，她却成了残花败柳。

突然，一双用力的大手从背后伸过来，结结实实地搂住了彩莲。她连忙转过头，满是泪痕的脸几乎贴到了这个汉子黝黑的脸上。

"大宇。"她不由得喃喃地叫了一声。

"彩莲。"大宇深情地呼唤了一声，就把火热的唇压在她苍白的脸颊上，压在她冰冷的唇上。

"不，不。你都知道了。"彩莲痛苦地摇着头，向后挣去。

大宇紧紧地抱着彩莲，让她把头靠在自己的肩膀上，粗糙的大手抚摸着她的后背。

哭泣了好一阵，彩莲才渐渐平静下来，娇弱地问："你有什么急事？"

大宇看了看湖面上怒放的荷花，又托起彩莲的脸，注视着她无助的泪眼，郑重地说："彩莲，我就是急着要告诉你，在我心里，你永远是最美的莲花。我爱你。"

彩莲的泪又涌了出来，她温柔地把头埋进大宇的胸膛，她也爱大宇。这句话像一根鸡骨头，梗在她的喉咙里，想说，但没有说出来。

"回铁岭吧，现在有无限的商机，有很多就业的机会，咱们一定会幸福的。"

不走了，再不走了，就留在铁岭，永远和大宇在一起。一定会幸福的。

彩莲望着大宇阳光干净的脸，使劲点点头。

# 边　缘

山路九转十八弯，刘亮握着方向盘的手已经出了汗，他知道自己此行的缘由，车里这么多现金转移到老家去，处长对自己可真是莫大的信任啊。早晨，处长拍着他的肩膀说："没事，放心，我不会亏待你的。"

处长是刘亮的大恩人，前年，刘亮高中毕业没考上大学，正准备出去打工的时候，处长回家乡了，二话没说就把刘亮带到了城里，做了他的司机，家里的彩电、微波炉等很多物品都陆续送到了刘亮的宿舍，周末还经常让他到家里来用餐。三年了，处长一直把他当成自己的孩子。两个月前，处长还把自己的亲外甥女介绍给刘亮做女朋友。为了处长，刘亮可以两肋插刀，享受着城里的舒适生活，刘亮常常觉得是处长开始了他的美好人生。处长是他的靠山，有处长就有他的一切，没有处长，他还是乡下的土包子，他十分清楚这一点。所以，他知道感恩。

刘亮关掉音乐，车子放慢了速度，眼看就要到老家了。老家已经没什么处长的直系亲属了，处长要把这一摞摞现金放在他初恋的女朋友家里，以前处长回乡，也常常是在她家小住。刘亮知道处长要做什么，这两天处长在车上接电话说的那些事，坐立不安的样子和这次派他出乎意料的旅程，他已经揣度得八九不离十。现在，他明白了，处长的奢华生活也是有风险啊，处长并不是坏人啊，他在心里无力地呐喊。如果公安局得知自己帮处长的忙，能抓我去监狱吗？他左思右想，头涨得厉害。

手机呜地一下在心口震动起来，吓得他浑身一哆嗦。他轻轻地把车停在路边，把手机掏出来，是妈妈，问他这个周末回家不，妈妈几乎每个周末都盼着他回去，他想，如果三年五载回不去了，妈妈可能会疯掉的，虽然家里很贫困，可妈妈的爱总是满满的。他不能让妈妈知道他回乡，妈妈会刨根问底不罢休的，他敷衍着妈妈，心烦得要命，他一想到妈妈绝望地哭天抢地，心里便一揪一揪地疼。

抽了支烟，回到车上，满脑子都是处长，他前额处有白头发了，他太操劳了，处长不就是利用职权之便多弄了点钱嘛，千里来做官，为了吃和穿，谁不希望自己生活得好点呢？他原来刻苦学习一心要考大学，不就是为了将来有个好工作，生活得安逸一些吗？他搓着手，纠结着。

　　刚要启动车，电话又震动起来。他按了接听键："小亮，你知道吗？老姨夫被双规了。检察院正要调查他呢。"电话是女朋友打来的。

　　"哦。"刘亮早就猜到了，这两年他在机关进进出出，也听说过此类事情。

　　"真是大快人心，咱俩晚上喝一杯。"

　　"为什么？"女朋友的态度让刘亮惊愕了。

　　"哦，没什么，我觉得，坏人总该被绳之以法。"女朋友支支吾吾地说了几句，便挂了电话。

　　为什么呢？刘亮在心里画了个大大的问号。

　　挂断电话，刘亮翻了几条新闻短讯，上面有一条本市今年春天盖的立交桥坍塌了，有三辆车损毁，死了六个人，三十二人受伤，这座桥不是处长签字包给肖老板的吗？他还记得肖老板请处长去酒店的事，刘亮的心揪了起来。

　　他轻轻踩了下油门，车又慢慢地向前移动了。他满脑子都是处长从一家家酒店出来，又向歌厅走去的身影。每次陪处长外出，他都是在楼下的一张散台上吃一口饭，就回到车里睡觉，等处长。除了机关工作的一些应酬外，他还常常拉处长到湖边的一幢别墅去，金悦湾小区每周也去……

　　他一边开车一边思忖，车竟在公安局的院里停了下来……

## 八鞭八花图

　　我推开娘家的门，不由被眼前的情景惊呆了：娘家长长的炕上，铺着厚厚的棉被，而我那七岁的宝贝儿子正被爹扶着练单手翻呢。真是看得我心惊肉跳，这要是一下没扶住，摔骨折了怎么办？爹可真有闲心。

儿子看见我，兴高采烈地跑过来："妈：姥爷教我翻跟头呢，我还会压腿呢。"他弓起前腿，双手扶着膝盖，后腿绷直，像模像样地压了几下。他忽闪着发亮的小眼睛看着我，小脸红红的，汗水从脸颊上淌下来。姐姐家八岁的小花把手绢一收，也跑了过来。

儿子收回腿，跑到炕梢从柜子里拿出爹最珍贵的鞭子，一边摇晃着一边说："妈，姥爷还要教我甩鞭子呢。"说完美滋滋地扭了扭腰。"爹可真气人，这要是长大了扭来扭去的很像女孩怎么办？"

我一把抓住儿子，把他拉进怀里，掏出纸巾给他擦汗，把额头贴在他稚嫩的小脸蛋上，这半个月，儿子瘦了，小脸也晒黑了，我简直心疼得不行了，要不是因为孩子放暑假没人管，我能同意爹带他回乡下吗？

爹小时候就在秧歌队里摸爬滚打，是"八鞭八花"的主角，八鞭八花是前面有八个小伙子执鞭子，后面八个姑娘舞扇子、转手绢，爹在队伍的一侧扭，扭着扭着，一个下马蹬，单手着地翻身跃上秧歌头的肩上，继续扭。长大后，爹成了全乡有名的秧歌头，踩着高跷空翻，手里的鞭子甩得比过年放的花炮还响。逢年过节，爹就带着村里的大姑娘小伙子，走街串巷扭秧歌。那时的秧歌队很多，可谁也没有爹扭得好，爹给"八鞭八花"创新了更多的花样，把一边一个小孩上肩发展到八个，队伍里个个是高手。队形一会一变换，斗蛐蛐、四面斗、天女散花……

我压抑了好一会儿恼火，才用不太责备的语气说："你怎么想到要让宝宝和小花来学扭秧歌呢？男孩扭秧歌多难看。"

"我没觉得难看，当年你娘就是看着好看才嫁给我的。"

"早不是你们那个年代了，现在谁还扭秧歌啊。"我噘着嘴，一副难受的样子。

"不管什么年代，难道让好好的秧歌在我手上失传吗？"爹双手一摊，生气地瞪着我，额上的青筋突突地跳着。

"那你们村里有的是孩子，让他们学呗。"

"哪有多少孩子啊，大部分孩子都随爹娘去城里打工走了，剩下的孩子，你爹是挨门挨户地央告着求人家让孩子来学，可人家都把孩子送到城里去学拉丁学街舞，学吹什么萨斯去了，车接车送的，谁都不差钱，你爹白教人家，人家都不来学。这祖祖辈辈流传下来的绝活，就要没了。"娘说得很动情，用手抹了抹眼角。

我内疚地看了爹一眼，爹老了，一根白头发像利剑一样直扎我眼。

"可是，光教宝宝和小花有什么用啊，不是至少得八个男生八个女生吗？"

"我都画下来了。"爹叹了口气，慢悠悠地站起来，从抽屉里拿出一本小册子，上面赫然画着八鞭八花的每一个动作，旁边是密密麻麻的注释，后面还有队形的变换……

# 报　答

迷迷糊糊刚要睡下，心忽悠一下翻了个个儿，我警觉地睁开眼睛，竖起耳朵，仿佛有阵阵呼啸从大地深处逼近，它翻滚着，撕裂着，带着巨大的灾祸气息，耍着威风一点点逼近，越来越近。

不好，要出事，要出大事。我全身的毛一下子竖了起来，四肢战栗着，我狂啸一声，得赶紧离开这儿，獐狍野鹿在我眼前一闪而过，它们都往山下那片空地跑去，更证实了我的判断，我生活在这座深山里十几年了，每一阵山风怎么刮我都一清二楚，自然界这点常识我还是知道的。

一秒钟也不能耽搁，我四爪巴地，狂奔起来，快，再快一点，现在时间就是生命啊，我使出全身的力气，拼命跑着，一棵棵大树飞快地后退，比猎人举枪追我时还要快，虽然是深夜，可这影响不了我的视力，我瞪着大眼睛，在这条来来回回跑了十几年的小路上争分夺秒地跑着，一不小心拌着一根树枝，我滚了几个滚，爬起来继续跑，快，我的脑海中只有这一个字。

终于到了，我直起身子，把前爪搭在配电室的门上，啪啪地拍着门，拼命地抓挠着门，嗷嗷叫着。老人都觉轻，大概只用了半分钟，他就打开了门，那张憨厚朴实的脸一露面，我的心就一块石头般落了地，我冲他呜呜叫着。

他一看是我，慈祥地笑了："小狐狸，你又找不到吃的了？饿了吧？"他转身往屋里走，看样子想给我拿吃的。

我急了，扑上去一口咬住了他的裤管，往外拖他，人怎么这么愚蠢呢，连大灾难到了还一点也感觉不到。

乖，我去给你拿吃的。他见我拽他，便俯下身子拍拍我，又想回屋去，我"呜呜"叫着，紧紧咬住他，用尽力气往外拖。

"怎么了？小狐狸，你有同伴受伤了吗？"他仍微笑着，一边随我走出来，一边柔和地问我。

他刚走出门，配电室轰地塌了，大地震来了。他惊呆了，张着嘴说不出话来，瞪圆了眼睛看着我，一把把我抱了起来，我偎依在他的怀里："刚才，可把我累坏了。"

他一下一下抚摸着我的毛，嘴里喃喃着："小狐狸，你来救我的命啊，谢谢你，谢谢。"

"谢什么，当年我偷吃你的鱼，你不是也放了我嘛，你不要我的命，我也要珍惜你的命啊。"我抖抖湿漉漉的皮毛，"要知道，我们狐狸可都是知恩图报的。"

## 地球的最后一天

我的大限就要到了，我抚摸着额头那一道道深深的皱纹，千疮百孔的腹部还在隐隐作痛，天亮得我睁不开眼睛，热得我几乎喘不过气来，活了六十亿年，其实我还没有活够。不是资源提前枯竭，太多的毒素侵袭，我也许还能活六十亿年呢。

别看我千疮百孔，可记性好着呢，往事历历，说起来我这一生虽然磨难重重，也算丰富多彩，千姿百态。

冰川期，我孤单单地承受着冷寂，几万年来披着冰雪的外衣，但生存总是充满了希望，美好的向往使我热血沸腾，我的心是火热的，愿意温暖一切。

冰川一点点融化，一个个美丽的梦化作一株株幼芽，钻出地面，长成大树，长成鲜花，长成小草，草履虫等单细胞生物开始繁衍，世界有了生机。

大山耸起高高的乳房，养育着飞禽走兽，养育着树木花草；大海敞开宽广的心房，各种鱼虾、贝类自由地遨游，海草藻类飘飘摇摇，舞动着多彩的人生。我看在眼里，也觉得活得非常热闹。

后来，哺乳动物中的灵长类——人主宰了整个世界，他们除了像以前的动物那样争斗、夺取食物地盘、繁衍生息外，还学会了很多本领，开采我身体里面的各种能源，使他们的生活变得更加舒适、便捷，真是智慧生物啊。我欣赏着他们，为自己孕育出这样的生灵而自豪。

几万年过去了，他们在我的体内尽情地挖掘着，轰炸着，我渐渐感到体力不支，很多时候有一种要被他们掏空了的感觉，身体越来越不舒服，我太疲惫了。

我开始大发脾气，冲着这些不懂事的孩子们，我一改常态，忽冷忽热，地震、火山喷发，给他们以严厉的警告。

可是，还是有些人不肯收敛，他们一边呼吁要爱护环境，保护地球，一边暗地里把有毒有害的液体灌进我的身体，我每天被有毒物质侵袭着，无奈地冷眼看着，看他们到底能折腾到什么时候？

真让我绝望，我多少次给他们讲过恐龙灭绝的故事，可谁肯用心去听呢？还不是只图安逸，尽情地享受？

等我没有了可饮用水，等我没有了肥沃的土地，看你们怎么生存？

我怕什么，我是从洪荒中一步步走来的，大不了我回到苦寒中去，沉寂罢了。

可是，天气却越来越热起来了，南北两边的冰川都化了，憨拙的企鹅和美丽的北极熊都消失了，逐渐地，人也没有陆地可居住了。

人，可真是太聪明了。他们利用无线电，从几万年前就开始向宇宙中其他星球发出信号，企图地球毁灭后搬到别的星球上去生存，他们怎会知道，他们的所作所为，早已被其他星球看在眼里，每当他们要去探索的时候，星球都关闭了信号，把适合他们生存的水、空气等物质隐藏起来，谁愿意被这群败家子残害呢？

美人鱼主宰了这个世界，这是一支多么美丽善良的种族啊，几亿年前，他们就游弋在大海上，帮助触礁的船只，过着低碳的生活。

我本想和他们一直这样和睦地相处下去，可谁知道天气怎么热成这样呢？大海在渐渐缩小，水越来越珍贵。

我抬眼看看太阳，这个一直恩惠我的母亲，她要变成什么样子呢？

我努力调整着自己。

我太热了，我觉得我越来越萎缩，越来越小，越来越轻，好像要飞到天上，飞向母亲的怀抱了。

我走了，你们会记得我这个地球吗？

# 第六辑　你说我嫁吗

## 真的是你

清照静静地坐在秋千上，香腮贴着秋千索，望着满园的绿肥红瘦，使尽了办法也挥不走那天偶遇的男子。他站在船头，风度翩翩，风流倜傥，也正望着她，眉目含情。清照一时慌乱，把船拐进了荷塘。

男子微微笑了。

窘迫的清照连笑一下都没有，就擦舷而过了。

要是在平时，活泼开朗的清照准得质问他笑什么，可那天不知怎么了？竟然什么都没有说。

她一遍遍地回忆着那天傍晚的一幕，明知道今生可能不会再相见，仍情不自禁地去想。

她练字，赏花，荡秋千……她想让自己忙起来，忙起来也许就忘记了，可男子的样子不时跳出脑海，仿佛就在她的对面，微微笑着，她痴痴地望着，幸福着，煎熬着……

她渴望着和他再见面。

她幻想着和他再见面。

她幻想着和他再见面的时候说着什么。

她常常一个人在书房里，捧着一本书，沉思。

无意间，她听到了母亲和父亲的对话。

清照最近比以前沉稳多了，像个大姑娘了，十七岁了，也该找个人家了。

"赵挺之、桓海平家都托人提过亲，我想让清照找个自己可心的男人，便搪托过去了。"

"她知道什么，你可不能只顾着写诗作文的，耽误了女儿的婚姻大事。"

……

啊！原来都有人给自己提亲了，自己已经这么大了吗？

她又突然着急起来，自己喜欢的那个男人究竟姓什么叫什么呢？他也对自己一见钟情吗？他是否已有了家室？如果真的无缘再相见，那可怎么办呢？

终日里惶惑不安，真是读书没心情，练字无意思，她明显地瘦了。

转眼，元宵节到了。

表姐找她出去看灯，她梳洗一番，化了点淡妆，换一套粉色衣裙，便随表姐出来了。

月色婵娟，灯火辉煌。清照刚走到相国寺，就被一排排灯谜吸引住了，她仰着头，轻轻地读，认真地猜，甚至在心里暗暗想着更好的谜面，一颗心完全被灯谜占据了。

"林平、清照。"一声喊，把清照从灯谜的海中唤了回来。她循声望去，堂兄李迥和一个年轻男子已站在了她的面前。男子略显瘦弱，气质文雅，玉树临风，正目光灼灼地望着她，她仿佛一下子回到了夏日的那个傍晚，两朵红云飞上了脸颊，张着嘴不知说什么好。

"真的是你！"男子认出了清照，也高兴得眉飞色舞。

见他还记得自己，李清照心里甜蜜蜜的，羞涩地低下了头。

再抬头，身边早已没有了李迥和林平。

"常记溪亭日暮，沉醉不知归路。尽兴晚回舟，误入藕花深处。争渡，争渡，惊起一滩鸥鹭。"

对一个文人最高的赞美，莫过于读他的文字。李清照见他如此纯熟地背诵出自己的《如梦令》，心中一阵喜悦，她羞涩地说："你看到这首词了？"

这首词，常常让我想起那次湖中的相遇。你写的是那天的事吗？

李清照甜美地笑了。

"那天，在回家的途中见到了你，我辗转反侧，难以忘怀。当我在李兄的桌上看到这首《如梦令》，我就预感写这首词的人是你，今天才得以相见，真是恨晚啊。你还不知道我是谁吧？我叫赵明诚，礼部侍郎赵挺之的三子。"

"赵明诚，京城赫赫有名的收藏家，我有耳闻。"

他们慢慢地随着人流走，谈那天的相遇，谈诗词创作，谈理想谈人生，要谈的话题还真是太多了。

几天后的一个清晨，李清照刚从秋千上下来，就听仆人在父亲的书房门前说："老爷，您请的客人来了。"

难得不上朝，父亲这么一大早又请谁来了呢？父亲亲自下帖请来的，几乎都是文人墨客，他们在一起吟诗作对，谈古论今，她常去旁听。

正准备回卧室，只见来客大步流星地跨上了花园的甬路，白色的长袍使他显得更加英武帅气。啊，竟是前几天彩灯辉映下的赵明诚。

父亲邀请的人竟然是他，当朝大学士，邀请专注于金石书画古玩收藏的赵明诚谈心，这是非常正常非常平常的事，但，父亲是为她邀请的，清照能感悟得到。

可自己还没来得及梳妆穿外衣呢！

她急忙忙向卧室跑去，连头上的金钗都从松松垮垮的发辫上滑落下来了。

跑了几步，她悄悄藏在梅树后面，回头看了看，赵明诚正把金钗拾起，揣进了怀中。

## 纳妾风波

一个没留意，梅香竟长成大姑娘了。此刻，她在收藏室里慢慢地踱，水嫩的手抚摸着青铜编钟，水汪汪的大眼睛里藏着笑意，她在想什么呢？记得明诚刚把这排编钟抬回家的时候，曾对梅香开玩笑说："以后你出嫁时，我亲自为你奏乐。"想到明诚，我的心又黯淡下来。

"给明诚纳个妾吧。"

这句话不断在我耳边轰鸣，以致我昨夜辗转反侧，眼睁睁地看着一轮貌似圆圆的月亮，冷冰冰地把清辉塞进卧室，这句话是我不小心在公婆的纱橱下听到的。原来婆婆也焦急不安了，谁能不着急呢？嫁到赵家三年，每次回娘家母亲都心急如焚地问，我有什么办法？我才是迫不及待呢。

看来，像我和明诚这样情投意合，夫唱妇随，也难使婚姻完美。再美好的爱情，一旦走入婚姻，就不再是两个人的事，甚至常常受外力左右。

我一步一步蹀下楼梯，头昏昏的。

梅香看见我，两朵红云飞上脸颊，朱唇微启，露出一个羞涩的笑。她是我从娘家带来的，我最关爱最心疼的丫头。

"梅香，把粥送到我卧室。"

我改了主意，转身上楼。

梅香把菱角红豆粥、黄瓜拌金针菇、鸡蛋羹、葱香软饼一样样摆在我面前的小桌上。

"小姐，快吃吧，还热乎呢。"

房间里只有我俩，我得说了，却又不知从何说起，只慢慢地啜着粥。

仿佛过了一世纪，粥终于喝完了，梅香把目光从我的脸上移开，站起来准备收拾碗筷。

我一把拉住梅香的手，像下了很大决心似的："到我床上来。"

我们在床边坐下，我不无忧伤地用手缠绕她鬓角的一缕长发。

"梅香，你老实跟我说，你是不也喜欢姑爷？"这句话突兀地凝固在我和梅香之间。梅香每次在收藏室的表情，每次给明诚研磨，每次为我们赏画秉烛……一幕一幕一下子全浮现在我的眼前，她心里装着明诚，没错。

"没有，小姐，我怎么敢喜欢姑爷呢？真的没有。"梅香忽地站了起来，跪在我的脚边，泪刷地涌了出来。

"起来，梅香，我没有责怪你。"我扶着她起来，把她揽过来，挨着我坐。

"一晃你都十七岁了，是大姑娘了，有了心上人，这很正常。我们是最好的朋友，你随我来到赵家，我要对你负责任啊。你要是喜欢姑爷……"

"我真的没有，小姐。我怎么敢呢？我能不知道姑爷在小姐心上吗？我什么身份，敢和小姐抢姑爷呢？小姐，我……"

"梅香，咋不听我说完呢？我是说，你要是喜欢姑爷，我可以成全你。我们情同姐妹，一起伺候姑爷，岂不两全其美？"

梅香被我吓到了，她躲开一点，瞪着圆圆的大眼睛吃惊地盯着我。

"小姐，你真的误会了。我……我没有喜欢……"

"梅香，你也知道，我嫁过来三年了，一点动静也没有。不孝有三无后为大，老夫人要给姑爷纳妾了。梅香，姑爷英俊帅气，风流倜傥，志趣高洁，温文尔雅，你侍奉姑爷，也不委屈。"

我轻轻地说着，泪轻轻地流着，虽然这个女人是梅香，可我的心还是刀割般疼。明诚，你总说我盖世聪明，可我多么渴望是一个平常女子，能生养一男半女，和你独享天伦。

我抱着梅香，任泪恣意地流淌，梅香娇嫩的小脸上，也早已泪流成河。

梅香终于点头了，我无力地倒在床上。

一觉醒来，已过晌午，我轻轻走出卧室，想一个人到花园透透气。

刚走上甬路，突然看见花丛中有个女孩子哭泣的身影，是谁呢？这个时间怎么没有午睡？我疑惑地走近一点，是梅香，没错，上午她穿的就是这件粉色的裙子，她对面站着一个男人，啊，小英子，这男孩挺伶俐，长得也端正，可是，梅香怎么会看上一个下人呢？我一直以为梅香心里想的是明诚……

我心里乱极了，悄悄离开花园，我不能眼看着梅香跟一个下人在一起，她答应我了。

"你收了梅香吧。"我抚摸着明诚光滑的前胸，淡淡地说。

他一时没明白，旋即反应过来，跟我大发脾气："李清照，没想到你这般俗！"

他冷落着我，在父母身边赏月，我孤零零地陪坐在下面，心里五味杂陈。

不知怎么的，他气呼呼地来到我身边，拿起一颗葡萄递到我嘴边，满嘴的甘甜一直沁到我的心里。

月亮正从薄薄的云里钻出，整个世界清朗起来。

## 化身花木兰

月华如水，一地的清辉。

第二盏烛火即将燃尽，我拈起那只美玉钗头凤斜插进云鬟，朦胧的烛光里，我还是当年的美丽。

烽火连三月，家书抵万金。明诚三番两次遥寄锦书，一定要我到他身边去。战事虽不是很紧张，可时局动荡，明诚今天在莱州，说不准明天去哪里。他字字句句越来越恳切，我不再赌气，在战争面前，一切小小的磕磕绊绊都一笔勾销吧，亲情是最浓厚的。想他初去莱州赴任时，我不是日日想夜夜盼，期待着他接我去团聚吗？去吧，见到明诚，我还有一肚子的话要说呢。

我吹熄了微弱的烛火，轻轻走出卧室，凭栏处，一溪秋水悄悄地流淌，水面飘零的残藕，没有人怜惜，冷暖自知。从春到秋，我站在这里，终日凝眸，观赏流水落花的诗情，等待你多情的呼唤，等待你温和的笑脸。有多少思念随流水奔涌，有多少叮咛托付于群雁，有多少次梦里与你牵手，醒来嘴角还带着笑。如今，还哪有闲情儿女情长？晚来风冷，我还是回房去吧。

宝马香车一辆接一辆走进院子，金石古玩一件接一件从屋里搬出，小心翼翼摆放进车里，这是明诚的至爱。刚结婚时我们典当衣物，省吃俭用，一件件积累下来。明诚去莱州做知州，金石仍伴随在我的身边。

此刻，他们就要和我一起，去明诚那里寻求庇护了。他们静静地听候安排，心里可否惶惶不安呢？

车轮滚滚，我凝望着一间连一间的青砖灰瓦，再见了，青州老家；再见了，那些翻书赌茶的青春岁月；再见了，书香茶香熏香融合在一起的幸福生活；再见了，回荡着我朗诵古诗文的云门山；再见了，倒映着明诚拓碑碣的弥河水……一滴泪，滚络腮边，我轻轻拭去，我去与明诚团聚，我不哭。

近了，莱州越来越近了。我的心愿越来越近了。明诚知书达理，对国忠诚，一腔抱负，想到明诚，热血就在我心中澎湃。

车停住，帘儿被掀起，明诚温厚儒雅的笑容出现在我的眼前，我眼前一亮，立刻欠起身子："明诚。"

"清照。"

他扶我下车，送我进内宅，万语千言，瞬间温暖。战火，使人们成了飘零的落叶，飘摇摇不知归处。此刻，终于有了石头着地的踏实。

明诚处理完公务，安顿好金石，屋里已昏昏黄黄、朦朦胧胧了。

他走进卧室，看我捧着诗书，笑着说："终于共剪西窗烛了。"

我莞尔而笑，他知道我喜欢李商隐。

"执拗着不来，你就不怕金人打过来吗？这回，你和金石都安全了，我可放心了。"

我看住明诚的眼睛，正色地说："我恨自己不是男人，能金戈铁马驰骋疆场，驱逐金人统一北方。明诚，在祖国需要我们的时候，我们是不应该去报效国家呢？你可是吃国家俸禄的人。"

烛光里，我们面对面坐着，明诚看着我，他了解我，他的眼神里没有惊讶，只有犹疑。我也了解他，多少年来，他竭尽全力，要把一身才华进献朝廷，为国效力是他一生最大的追求。沉默久了，我的心又悬起来，明诚几年不在我身边，我不计较他是否忠诚于我了，他一定还会对国家忠心吧？

良久，明诚低沉地说："清照，古来征战几人回，况且在蔡京的掌控之下，英雄不自由，我们这么多年有多抑郁，你深知。好不容易稳定下来，我们去征战，谁保护金石？那是我们多不容易得来的宝贝啊。"

"国破家何在？要是金人真的打过来，我们谁能自保？国家不光是皇上和朝中大臣的，也是我们的呀！如果金人侵占了我们的土地，我们当了亡国奴，还会有幸福的生活吗？"

"那你要我怎么办？朝廷上下人人自保，我一个人如何力挽狂澜？抗战只会死路一条，我的性命只和你与金石相关。放心吧，我会保护好你们的。"

赵明诚缓缓地说着，吹熄了烛火，黑暗里，抓住了我的手。

"我不需要你保护。"我倔强地抽回了手，突然感觉后窗还开着，夜晚的秋风夹杂着丝丝凉意，后脊背一阵阵发冷。

恍惚间，我一身花木兰的戎装，披挂整齐，跨上战马，在前线巍然屹立。

泪，轻轻滑落腮边。

## 嫁给古玩

寂寞深闺，柔肠一寸愁千缕。惜春春去，几点催花雨。倚遍栏杆，只是无情绪。人何处？连天衰草，望断归来路。

这么美的词句竟出自李清照之手。她一双纤纤素手，我暗地里端详过无数次，真让人羡慕。此刻，我一遍遍无声地吟诵这首《点绛唇》，词如窗外绵绵的细雨，点点滴滴落在我心里，如同为我量身定做的一般。

李清照贵为夫人，明诚又对她百般宠爱，她有何愁呢？只是尝尽闲滋味，为赋新词强说愁吧。像我这样一个愁人，却要整天强颜欢笑，把无趣的生活想象得无限幸福。

李清照走了，接到明诚病重的消息后赶去伺候了，我听说后心里也着急得要命，跟在她后面也想去，可触到她犀利的眼神，我就怯了，话到嘴边没敢说出来，眼睁睁地看着她心急如焚地离开。

我一步步踱过来，她一走，明诚生死未卜，我的命运也跟着在风雨中飘摇，心里七上八下，不知何滋味。

收藏室的门开着，我轻轻走进去，梅香正在擦拭金石，一抬头看见我："二夫人，"她甜甜地笑了。

"梅香，我帮你擦吧。最近，我跟梅香相处得很好，只要李清照不在家，我就去找梅香聊聊天，拉近我们之间的距离。"

"二夫人，那怎么敢呢，您还是歇着吧，我忙得过来。"梅香仍微笑着，可我始终觉得她的笑跟李清照出自一个模式——拒人于千里之外。

我不由自主地伸出手，托起书架上的一轴古画，是元朝王冕的《墨梅图》，真是神形俱似。妙不可言，我正捧在手里仔细欣赏，梅香走过来，拿过我手中的画："二夫人，我收拾完了，到我屋里坐会吧。"

"我就看一小会行吗？"仗着是李清照陪嫁过来的丫鬟，就对我指手画脚，我恼恨着，表情却格外真诚。

"二夫人，夫人回来知道有人进收藏室，我不好交代的，求您体谅一下梅香吧。"她说得比我更恳切，也更坚决，我只好走出收藏室，身后梅香用一把大铜锁头咔嚓一声，把那如许多的藏品与我隔绝，我在心里深深地叹了口气。

我身为知县老爷家的千金小姐，只因为对古典书画狂热的爱，执拗着托媒嫁入赵家做小妾。家人如果知道，我与收藏室咫尺之遥，却连摸一摸那些金石书画的机会都没有，该是何等的心痛啊，早知做妾如此没地位，还不如当初来做丫鬟，我听着身后梅香窸窸窣窣的脚步声，恨恨地想。

我满心以为，嫁入赵家，整日徜徉在古书古画之间，尽情地读，尽情地赏，和赵明诚一起共同研究诗词书画，不想，李清照太有文采了，明诚写的文章，经过她的修改就更流畅了，明诚需要哪句诗文，她都能准确地指出在哪本书的哪一页哪一行，我虽十分不满，却也自叹弗如。我曾在明诚面前展示过我的诗词，可一转眼他就忘记了，在他的心里，只记得李清照是写词的，全然不把我的诗词放在眼里。

那天，明诚从外面兴冲冲地跑进来，我迎上去问："明诚，你回来了。"

"我新得到一幅书画，让清照鉴赏一下。"他得意地在我眼前晃了晃画轴，跑过去了。

我望着明诚的背影，仿佛跌落进了冰窖，明诚啊，你不知道我也非常喜欢书画吗？为什么就不能让我先看一眼呢？我有心跟着明诚进去一饱眼福，可我怕见到李清照犀利的目光。那天，我整整一个下午都靠在杏树下，想到我的一生就要在庸庸碌碌中枯萎，心情低落到了极点。

李清照回来了，明诚去世了，我们做妾的天空从此坍塌。

一切后事结束后，李清照把我们三个妾叫到她的卧室，拿出明诚的遗嘱，和我料想的一样，所有家产都是她的，没有提及我们半个字。她给我们每人纹银二十两，叫我们自行方便。

下午，我眼看着那两个女人被家人接走了，我鼓起勇气敲开李清照的屋门，虔诚地跪在了她面前："姐姐，我生为赵家人，死为赵家鬼，您收留我吧。"

足足半个时辰，李清照的目光没有离开我，不屑、犹疑，最后拨开云雾，她点了点头："明诚已经去了，以后，我们相依为命吧。"

终于能继续和古书画在一起了，我的心如一颗石头样落了地。

## 祈祷安全

秋夜，虫儿的鸣叫一声紧似一声，虽说聒噪得很，却聊以为伴，也不知是睡着还是醒了，蜷缩在床上，懒懒地一动也不动。

突然，白天的那双眼睛又跳到我的眼前，使我一个激灵完全清醒了。

当时，我正在太阳底下晾晒发霉的衣服，眼角的余光突然扫到大门外一个人影，好像在往院里张望。

为了这些藏品的安全，我已经隐姓埋名深居简出，难道又被盯上了？除了宏儿，没有任何人知道我在这儿，宏儿是明诚在莱州时的跟班，我应该是绝对安全的。想到这儿，心不由宽了宽，整天提心吊胆，我都神经质了。

宏儿怎么还没回来呢？我叫他去寻找李远，准备搬到李远那去住，让他照顾我一些。计算路程，他昨天就该到家了。

等宏儿从弟弟家回来，我们就尽快搬走。女人的第六感都是敏锐的，有一点风吹草动，我立刻搬家。几年里，我也不知道搬了多少次家，疲于奔命，身心俱疲。

夜出奇的静，虫儿不知什么时候也睡着了，我也不知什么时候把眼睛睁得大大的，伴着心事，等待天亮。

床底下有轻微的"嗞嗞"声，似有重物擦过地板，我一个翻身下了床，床下是我的宝贝。俯身一看，装金石的筐仿佛长了脚，正向墙那边移动，我一把拉住，筐仍使劲地往那边挣，有人来偷我的藏品了。我的头发一根根直竖起来，当时也不知道害怕，我使尽平生的力气，拼死拉住筐，抬眼望去，外面星星点点的清辉，也许还有火把，寒风呼呼吹进我的胸膛，墙不知什么时候被打开了一个大窟窿。

"来人呐！"我尖利的叫声颤抖着划破夜空。

"快来人！有贼！"我又大喊了一声。

双手不知怎么有这么大的力气，让筐僵持在原地不动。

两侧空荡荡的，床下的金石大半都不在了。

对面传来恶狠狠地叫嚣："死娘们，快松手，再喊，打死你！"金石又移动了，我死死地拉住金石筐，只要我还活着，就绝不能眼睁睁让他们抢走宝贝。

"你不要命了，敢抢我的东西。一会儿家仆就来抓你入狱，你跑不掉的。金石岂是你这等偷鸡摸狗的小人能得的，小心……"

金石筐突然被推回来，我被撞倒了，趁这空当，金石又快速地移向墙外，我连忙爬起来拉住筐边。

太卑鄙了，想偷我的收藏，除非我死了，谋害我李清照可是灭九族的罪，为了点金石值得吗？

我的手深深嵌进筐边，盗贼就要把我一齐拉过去了，情急之下，我也顾不了那么许多，一下子扑到筐上，狠狠咬住了他的胳膊。

"够了，快走。"一个低低的声音轻飘飘传来。

盗贼一把把我掀翻在地，跑了。

我连滚带爬从墙窟窿钻出去，一高一矮模模糊糊两个身影坐着马车渐渐消失在夜幕里。

我一阵阵眩晕，扶着墙走进屋，倒在床上，任泪如泉涌。我为金石苟延残喘，金石却一次次不告而别，该死的贼，想尽了办法，防不胜防啊。

我的金石，凝聚着我和明诚心血的古玩，又丢失了哪些呢？

许久，我挣扎着坐起来，哆哆嗦嗦地点燃蜡烛，查看藏品，又少了五筐。

我坐在冰凉的地上，头无力地靠着床，任秋风从墙窟窿闯进来，灌进我的心里，胸口针扎般疼。兵荒马乱，肯出钱买藏品的，除了贪得无厌的奸臣，就是践踏中原的金寇，我的藏品落到这些人手中，我如何瞑目，如何去向明诚交代啊。

不知过了多久，也不知是睡着了还是昏迷了，再睁开眼，宏儿从外面走了进来，见我醒了，一脸的歉疚，眼神闪躲着："夫人，小的连夜赶回来，还是迟了。"

我突然想起白天大门外的眼神，还有墙窟窿外面那低低的催促，我一阵阵发冷，但突然精神倍增，浑身充满了力量。

没事，回来就好……我的声音如游丝般细弱，嘴角微微上翘，送给宏儿一个信任的微笑。

宏儿要帮我搬到李远家去呢，见到李远就好了。

## 你说我嫁吗

李远的家使我常常想起少女时代，客厅里总有朝廷命官在谈论国家大事，诗词歌赋，慷慨陈词，谈笑风生，如果身体允许，我就像多年以前一样，去旁听，发表见解。

可总有欠缺的地方，物不是，人亦非，谈话内容大相径庭，更有不肖嘴脸，打探明诚的金石……一次次满怀希望地融入，一次次无限感伤地走出，冷。

"姐，还记得上次随王侍郎来过的计司张汝舟吗？他早知姐姐词女大名，欣赏姐姐的美貌，托了官媒跟我说呢。"

我捧着苏轼的诗集，眼睛都没瞭一下李远，每次见到我都说官媒，好像就专门为了说官媒来见我的。除了变换男人的官职和姓名，句式大同小异。我抚了抚花白的头发，徐娘半老，尚美貌吗？况我病入膏肓，守不住明诚的金石，连自己的晚节也守不住吗？如果他不是我的亲弟弟，我真要怀疑他不容我，我理解他，战乱，谁的日子都不好过，每天伺候我们的，除了不谙世事的小燕，就剩门房里的老佣了。还有金石，垂涎之人防不胜防……

"张汝舟的官职是小了点儿，可他的职务非常重要，不是稳重、笃诚的人，朝廷是不会任用的，我们不相信自己的眼光，还不相信朝廷？"

"哦。朝廷可信吗？战乱，逃亡，一路走来，我除了自己什么都不敢相信。"

张汝舟来了，他和李远在客厅里谈论国情，我刚喝过药，慵慵懒懒地躺在床上，不想听他们谈论什么。

恍惚间，只觉得他和李远走进来了，我挣扎着要坐起来，他连忙示意我躺下，问了我的病况，谈一会药理，再谈我的琴艺，只一会儿，就礼貌地告辞了。

第二天下了朝，他亲自带了草药过来，亲手煎给我，他老婆是病死的，照顾病人还算拿手。

可能是我的不置可否鼓励了他，只要一有空，他就过来看望我，给我买水果和饰品，带来诗词和碑帖，讲笑话和趣闻，寂寥沉闷的日子轻松了起来。

我一直淡淡的，偶尔也分析一下张汝舟的品质与性格，但明诚始终在我的心里，任何人无法代替。身体好些了，我要独自撑起明诚的家业，我能行。

"皇上今天大发雷霆，说你一个妇道人家守着那么多古玩干什么，给你三千两黄金你还不肯拿出来，真是食古不化。姐，你跟皇上怎么对抗得了呢？姐，皇上因为你的缘故对我又发火了，我的仕途恐怕也快结束了。姐，我们现在捉襟见肘的，钱总比古玩重要吧。"

李远越来越多的话在我耳边回响，心里乱糟糟的。明诚，你走了，我的心就随你去了，行尸走肉，如果不是金石，我怎会苟延残喘于今日，金石，我不会拱手任何人，皇上又怎样？他还不是被金人吓得凄惶惶逃跑，不是他的不抵抗，我们的金石还不至于失散那么多呢。这一切，你在天之灵都看到了吧？

微风徐徐吹开夜幕，我斜倚床头，眼睛涩涩的，便把苏轼的诗集放在枕旁，一弯残月探进头来，淡淡的清辉与烛火交相辉映，中药的浓香，夹杂着木樨的淡淡清芳，恣意在房间里飘散。

我是在去书房的路上偶然听到的，李远在训斥小燕："你说买米？又去买米，前天不是刚买过吗？米价涨疯了吗？！"

我悄悄回到卧室，突然觉得离李远好远好远。

"姐，张汝舟多善良多体贴，你觉得可以依靠吗？"

"明诚，李远一遍遍地问我，他想多个人保护我，保护我们的金石，李远是我弟弟，他也没办法，我理解他。你呢？"

最近的这段日子，我常常想起我们的青春岁月，恋爱时的往事散发着梅子的甜香，还记得表哥为我们传递诗词信笺吗？还记得明月花影下的约会吗？婚后，我们秉烛赏古，翻书赌茶，两地闲愁，云中寄锦，即便是终日凝眸，心中也是满满的欢愉；即便是磕磕绊绊，都成了现在最珍贵的回忆。明诚，风知道我对你的怀念，我在风中曾深深地叹息；月知道我对你的怀念，我在月下曾轻轻地低泣。

明诚，是你可怜我孤苦无依，化作张汝舟来帮助我吗？你希望我坚强快乐地活着，是吗？明诚，那边催得紧了，你说我嫁吗？

## 找一个理由

世界上最爱我的那个人去了。

在这战火纷飞的岁月，我感觉自己好像大海上的一只孤雁，折了羽翼，茫茫然没有方向，凄惶惶没有安全感。

是的，我不是孤单的。在赵明诚的储藏室里，满满地摆放着各种金石书画古玩，错落有致，有的古朴浑厚，有的精致美艳，件件别具特色，他们大多年代久远，价值连城。往常，我都非常羡慕他们，渴望有一天如他们一样厚重，可如今，我们不知道明天会身在何处，是否会拥有生命，还哪有什么心情去提升美感呢？我默默地躺在书桌上，不知道同样沉默的藏品在想什么。

隔壁客厅的声音大起来了，是一个男人："李清照，别不识抬举！五十钱买你一块玉璧，够你生活一段时间了……"

我努力地听，却再也听不见了。

储藏柜里，玉璧颤抖着掀开盒子，顿时，光彩四射，连我都觉得满身珠光宝气了，只听他说："朋友们，我先行一步了。"

去哪里？旁边的一把玉刀开了口，同样是舒扬的音调，真美。怪不得这群奸佞的贼子不顾国家的安危，一心觊觎我身边的宝贝呢。

宁为玉碎，不为瓦全。我们如此高贵，怎肯落入奸臣之手？如果朝廷上下同仇敌忾，明诚也不至于这么忧心操劳，英年早逝。我恨不能敲碎他们的头，怎么可能委身去奸臣的王府？

我们的生命只有一次，多少年来一直深埋在泥土里，被人发现是多么不容易，又被雕琢得这么美丽，怎能草率了结呢？我们不仅是华贵稀罕的玉石，我们的身上还蕴含着丰厚的文化，代表着打磨雕刻时代的文明。如果我们都稀里哗啦地去了，是没让大宋的奸臣得逞，可过去的历史也因此黯淡无光了。

玉刀是夏朝玉器，经历了很多朝代的变迁，是我们这里最见多识广最有文化底蕴的老学究了。

玉璧也许是过于激动了，破天荒地顶撞了一句："没有尊严没有立场，委曲求全地活着，供坏人玩乐，纵然是活一千年一万年又有什么意义？"

"请相信清照！"我太急了，喊了这么一嗓子。其实我原来一点都不喜欢李清照，我受不了她在明诚面前娇滴滴的样儿，可我要帮明诚保护这些藏品。这里，唯独我不是古玩，我是明诚亲笔撰写的《金石录》。

是的，我们都相信清照。我刚才的那一声起了作用，玉璧不闹了。

相信清照是对的，玉璧没有离开我们，清照不会拿任何一件藏品去做交易，她说过与大家共存亡，她会的。

清照带着我们上路了，我躺在她的怀里，在车子的晃晃悠悠中，我反复咀嚼着玉刀和玉璧的对白：积累文化，活着要有意义，我活着有什么意义呢？

虽然在明诚众多的古玩中，我显得太幼稚太另类，但清照一如既往地保护着我，珍爱着我，我又有什么理由妄自菲薄呢？

清照把大量的藏品存放在了明诚妹夫那里，独揣着我回来。她喜欢我，平时在家里，也常常翻开我，欣赏明诚雄健的笔墨，有时还让自己娟秀的小楷挨在明诚的字旁。我知道，她思念明诚，在和清照相依为命的日子里，我深深地体会到了她对明诚刻骨铭心的爱，对藏品费尽心血的保护，我被她感动了，不再跟她别扭。当然，这一切，她并不知道。

活着，给自己找一个理由。

我望着密室里为数不多的藏品，他们饱经风霜，在灰暗的世界里努力活下去，实践着自己有价值的人生。我呢？在储藏室，在清照床下，在这间几乎不透气的密室里，无论清照把我们转移到哪个角落，我都跟这些古玩格格不入。我自惭形秽，但我不气馁，至少，我还可以陪伴清照，她太单薄太瘦弱了，她需要保护，需要心灵的慰藉。

清照的脸色不太好，她脱离张汝舟后，已不再鼻青脸肿的，现在，她脸色铁青，凝重，我被她紧紧地攥在手里，正好仰望着她的脸，我多想安慰她一下啊，为了我们能更安全，她做了自己能做的一切，吃尽了苦，可我说的话只有古玩听得懂，清照听不见。

她轻轻翻开我，一页页读起来，渐渐地，她的情绪平稳了，恢复了往日的柔和，战火漂白了她的秀发，可她仍像少妇时那样清秀。

清照读了又读，这个举世闻名的大才女每读一遍，都能想出更圆润的词句来，她每读一遍，文章都比原来更顺畅，文字通透了，思想境界也提升了，我觉得自己的存在更有价值了。我是《金石录》，我要保护明诚的金石，我满含明诚的心血和灵魂，我要保护明诚的清照。

想到这里，我微微笑了，用清照听不见的语言温柔地说："清照，明诚不在了，我们一起过，好好过，明天会好的。"

## 请求入狱

我凝视着窗上的大红喜字，张汝舟风流倜傥又温文尔雅，突如其来的幸福使我有点恍惚，我是何等的幸运，一生中遇到两个知音，一个人饱尝的苦难从此随风飘逝，唯有幸福永远绵长。

"清照，现在咱们是一家人了，以后我会保护你的，金石尽可以交给我保管，以后你就少劳些神吧。"

张汝舟把琐碎的家务做完，亲切地坐到了我身边，拉过我的手轻轻摩挲着。

金石？我不由一怔，目光随即变得柔柔地扫过去，他的眼神闪躲，却也在对我察言观色，下巴贪得无厌地向前伸着，真让我齿冷……

"金石？逃亡的路上基本都失散了，为数不多的剩余在明诚的妹夫那里保管，不需我们费心。"我微微启齿，送他一个极温柔的笑脸。

"还是取回来的好，万一被他霸占呢。"

"那本来就是明诚的东西，放在他家人的手中更合适。"我再次莞尔。

他说服不了我，悻悻出去。

那一夜，我们背对背，无语，假装睡着了。

他又几次试探，我一口咬定手头没有，他也无可奈何。

没有了金石的光芒，我仿佛成了空气，我不在乎，我的心早已死了，欢愉也好，寡淡也好，给皮囊一个安身的处所罢了。我操持家务，烹饪佳肴，尽我所能把家营造得温馨。夫妻应该坦诚相待，可金石是明诚的，我不能拱手取宠，如果他能够接受我有所保留，我愿意和他相敬如宾，携手终老。

他的变化很大，变得我几乎不认识了，满嘴脏话，骂骂咧咧，颐指气使，还好像忘记了已有家室，常常深夜酒醉而归，把我扒拉起来叫我给他做吃的，我不像夫人，倒像个老妈子，刚下酒桌还要我伺候？质疑遭到的是拳脚相加。每一次打完我，都逼问金石，看来，得不到金石他是不会善罢甘休的。

他上朝去了，我做完家务，偷偷拿出我的藏品，好久没有亲热一下了，我挨件抚摸着他们，突然，我觉得有点不对劲，少了一幅画，怎么可能呢？这些藏品都在我心里，我绝不会记错。翻了个底朝上，一点影子也不见，我冷静下来，回忆刚才的情景，觉得藏品的摆放次序也乱了，看来是张汝舟发现了我的藏品，他还是有些惧怕我，仅仅偷走了一件，我的心口一阵阵地疼。我问他，他供认不讳，还对我大打出手。

我受不了了，抚摸着一块块青紫覆盖下的疼痛，屈辱的眼泪一次次流进嘴角，无论怎样，我不能惨死在卑劣小人之手，退一万步，我不能再忍受跟他在一个屋檐下，我觉得看到他都是对我眼神的玷污，我要尽快离开。

离婚，他怎肯写休书，怎么办？我反复思忖，婚后他曾向我炫耀"妄增举数入官"一事突然出现在我的脑海，这可是欺君之罪。告发他，再离婚。我意已决，哪怕在潮湿阴冷的监狱里度过残年，也比平白受他欺凌蒙骗强上百倍。

我把满头白发梳整齐，挺直腰身，昂然走上府衙大堂，我拿出极其有力的证据，一个国家非常信任的监管军队粮草、设备的审计司，竟是个冒牌货，这是何等严重的一件事，简直亵渎朝廷，皇上非常气愤，亲自过问了此案，把张汝舟革职、发配，我冷冷地注视着他白发飘飘、瘦弱佝偻的背影，心中只有对自己草率的悔恨。

依律，我入狱了，作为一个依附于丈夫的女人，把家中顶梁柱告上法庭，怎能不入狱呢？我再脱俗，也受世俗的限制。在牢房里整日啃窝头，我觉得有一种说不出的轻松，比和张汝舟在一起的地狱生活幸福多了。

几天后，明诚家的亲戚联合朝中重臣把我营救出来，弟弟李远来接我，我又回到了他家。

"姐，朝中上下议论纷纷，人声鼎沸，都说你和张汝舟的事太过荒唐。"

我轻轻笑了，经历了这么多苦难，我已经豁达了，我本就是个公众人物，被人说三道四是难免的，他们在背后指手画脚，可能就是妒忌我的才华和觊觎明诚的藏品吧，我不在意，此中关乎人性，我也没法力挽狂澜。

我累了，在李远的家安歇吧。

## 监狱门前

落叶不知愁滋味，在秋风中飞舞盘旋，一棵棵光秃秃的大树兀自站在路旁，我也站成了一棵树，盯着面前冷峻的牢城营，它像一只张开大嘴的老虎，让人不寒而栗。

这时，从监狱里走出一个女人，一只手臂挎着小包裹，步履蹒跚，满头白发在秋风中凌乱地飞舞着，但表情庄重而恬然，冲我微笑着走过来。我眼前一亮，仿佛牢城营内升起了一轮太阳，瞬间将我温暖、照亮。

这样柔弱的一个女人，让人看了就心疼，此刻本该在家相夫教子，怎么能拘入监中？不认识她的人，谁能想到，看上去弱不禁风的她，几天前在府衙大堂上慷慨陈词，伶牙俐齿告倒自己丈夫，斩钉截铁要离婚呢？她咎由自取，我在心里暗暗地说，可看得出来，她并不感到苦痛，她像一只从笼子里逃脱出来的小鸟，欢快地向我走来。

算了，她再怎么任性胡闹，再怎么不把礼教放在眼里，她都是我的亲姐姐，我放下一切世俗观念奔过去："姐。"我哽咽着叫了一声，把她紧紧搂在怀里，她更瘦了，更苍老了。尽管我和赵家人已经向牢城营打点过，但狱中的生活还是太清苦，姐姐又遭罪了。我闭上眼睛，两行浑浊的老泪淌了下来，我太无能了，没有保护好姐姐。

哭什么，你看我不是好好的？终于摆脱了那个恶魔，在监狱里没人打我骂我，我也不担心有人惦记金石，好久都没这么舒服了。

她一边神采奕奕地说着，一边把包裹交给我，伸胳膊伸腿向我展示，接着又舒展双臂，我吓了一跳，觉得狱中这几天的生活，姐姐更轻狂了，太肆无忌惮了。她根本不知道她在监狱里这九日，社会上是怎样沸沸扬扬地议论的，她不是平平凡凡的普通家庭妇女，她是大名鼎鼎的李清照啊。难道她真的什么也不在乎吗？我皱着眉把她伸开的胳膊推回去，姐，你检点一些，不要徒给人留下话柄……

"怎么检点？留下什么话柄？"姐姐一愣，眉毛向上一挑，又拿出那副盛气凌人的架势。

姐姐刚从牢里出来，我不该跟她说这些，我闭上嘴，低下头不说话。

"李远，你何出此言？"姐姐拉着我的胳膊正色地问。

我被纠缠不过，嗫嚅着："你在牢里这些天，外面已经人声鼎沸了，咱是出入朝廷的人，还是收敛……"

我一边说，一边偷眼看着姐姐的表情，果然，她的嘴角向右上边翘起，不屑地冷笑着。

我知道说什么也没有用，姐姐如果在乎别人的看法，当时也不可能和张汝舟对簿公堂，演出让人们津津乐道的闹剧。我真不该对姐姐说这些，她刚从狱中出来，她需要休息。我把她扶上马车，我坐在她旁边，歉疚着无奈着担忧着……说不清心里是什么感觉，乱糟糟的。

姐姐闭着眼睛，大概睡着了，我盯着她瘦削的脸，真希望马车永远不要停下来。

好半天，姐姐睁开眼睛，和我的目光对视，好一会儿，她幽幽地说："李远，离婚也是我不得不选择的下策，你知道，张汝舟那个混蛋，一心想霸占你姐夫的收藏，如果我不离开他，早晚被他折磨死，到时候我们一辈子的心血落在这个小人手里，我如何向你姐夫交代？我错就错在结婚前没看出张汝舟是个卑鄙小人。好了，我们再不要提他吧，就当我从来没有遇见过他。"

"是。"我看着姐姐又闭上眼睛，疲惫地倚靠在座椅背上，一股酸酸的感觉涌上心头，我不该埋怨姐姐，当初她嫁给张汝舟，是征求过我意见的，我看他忠厚老实，以为他能好好保护姐姐，才同意姐姐嫁给了他。不曾想，让姐姐身心备受摧残，好不容易离开魔爪，名誉又受损。姐姐太不幸了，可恨我帮不了她什么。

我正在深深地自责，只听姐姐又说："李远，你有没有分析过，不惜余力打击我的人，是不是一心觊觎我金石收藏的人？"

姐姐的一席话如醍醐灌顶般使我警醒，是啊，那些道貌岸然的伪君子，不遗余力打击姐姐的人，背地里一定有不可告人的目的啊。

可是我呢？我都做了些什么啊。这是我的亲姐姐，我怎么能和他们一样对她指指点点，妄加非议呢？

# 卖　画

日已三竿，小姐兀自睡着，准是昨夜又睡迟了，睡吧，风寒已使她更加羸弱。

我轻手轻脚地走出门，便开始在街上飞奔，一边走，一边回头看，怀里好像揣着一只小兔子，扑通扑通跳得厉害，惶惶惑惑的，怕什么呢？是怕小姐追上来吗？不会的。即使她醒着，也不会来追我。我被她抚摸着头长大，陪她嫁到赵家，陪她度过一个个寂寞的日子，陪她逃亡，陪她老去，她信任我如同信任她自己，可我还是不安，我怕此刻她突然出现在我面前，顷刻间颠覆我们平静的日子，我将陷入万劫不复的深渊；我怕她暗自垂泪，每当看到她以泪洗面的样子我都心如刀绞。这件事，我已不是第一次，次次胆战心惊。好在，有惊无险。

兰香驿馆，胡将军家的管家胡智已经等得有点不耐烦了。

见我来，他把手中攥着的几枚碎银子递向我。

"这么少！"我倒退两步，惊叫了出来，死命地捂住左袖口，以致手心渗出了汗。

上次还给了我一锭银子，才过半个月，就减少到了几枚碎银子，抢劫啊。我的泪夺眶而出，扶着门口的栏杆强挺着站稳。

魔鬼从来不对泪水恻隐，胡智上前一步，不阴不阳地说："梅香，我家老爷是看在和赵明诚同为朝廷命官的分上，帮李清照一把，这兵荒马乱的，谁稀罕你家那点破古董啊。我还有事，你到底卖不卖？"

我怎会相信花言巧语？但我需要银子啊。昨晚我谎称在厨房吃过了，把仅剩的半碗饭端到了小姐的卧室。小姐懂诗词，懂金石，但不懂生活，她大概还不知道我们早已坐吃山空了。赵家一直在接济我们，但战乱不能使我们随时随处地见面，每次给我们的银子都在减少，他们的日子也不好过。

"你还磨蹭什么，到底要不要？！"胡智把手摊到我的眼前，好像我是一个乞丐。

我无奈地把手伸进左袖，哆哆嗦嗦地拿出画册，他眼睛一亮，一把夺过去，把碎银子塞进我手里，大踏步走出了驿馆。

我紧紧地攥着那几枚银子，瘫坐在地上，我真该死，又一次把魔爪伸向了小姐的心窝，偷走她价值连城的宝贝。几年前小姐不惧威逼，多少钱都不卖的古玩，被我偷出来只换了这么点碎银子，我犯下了弥天大罪，她要是发现我也在打金石的主意，她会怎样的绝望啊。打我吧，打一顿我会舒服些，自从来李家做丫头，我还从来没挨过打呢。

我没时间多想，一会小姐就要醒了，她病着，我得快点赶回去伺候她，我跌跌撞撞跑出驿馆，先去药铺抓了点药，又去米行换了小半袋米，扛着奔回家。生活日渐窘迫，一个个仆人被遣散，我扛起了所有的家务，扛起了家中的一切，这小半袋米，对我来说太轻松了，轻松得让我心没底，要是一袋米，那该多好啊。我轻轻叹了口气，我早不做这些梦了。

小姐已经醒了，慵懒地坐在梳妆台前梳头。

梅香，把《金石录》拿过来我看看。

我听见"金石"两个字，米袋子差点从肩膀上滑下来。

小姐，门前木樨花开了，天气也特别好，到门前走走吧。多少年了，我们相依为命，她要我叫她清照，可我习惯了称呼她小姐，不管岁月如何变迁，她始终是我心里不食人间烟火的大小姐。

看她手中的《金石录》就要翻完了，我连忙凑过去告诉她。否则，说不定就要把金石书画拿过来摩挲摩挲了。虽然我拿走的那本画册最不引人注目，但这些宝贝都在小姐心上，万一她发现了呢？

小姐走出去了，我放心地煎药去了。

"小姐，把药喝了吧。"

我端着碗走出来，一滴泪在阳光的照耀下晶莹剔透，她又伤心了？不会是知道我偷了画册吧？

刚刚放下的心不由得又悬了起来。

## 痴痴地等

云阶月地，关锁千重。

转眼，又一年七夕。

七夕，该夫妻相聚的。

独上西楼，夜半凉初透。

无眠，燃一支红烛，终于和你面对面了，就这样目不转睛地望着你，兀自微笑。

自少年时期的倚门回首，初见你意气风发的模样，到婚后，我们穷遐方绝域，尽天下古文奇字，有多少乐趣啊。

如今，翻书赌茶的笑，被你狠心地带走，再不曾回来。

过去的欢乐，深藏在梦里，每夜重温。

不消说，你懂。

没有你的日子，诗来慰藉。

有感想时也写，都是对战乱和朝廷丧权辱国的愤恨，再没有了和你在一起时的欢愉。

翻看以前的诗词，在每一首里找寻你。

还记得《夏日绝句》吗？"生当作人杰，死亦为鬼雄。至今思项羽，不肯过江东。"

当年我满含悲愤地吟诵完这首诗，你的矛头也直指朝廷："如果朝廷不是这般怕死，我们又怎会如此漂泊？朝廷逃跑是为了保全荒淫的皇上和奸臣的性命，我们却是在保护华夏的文明。如果君臣都像项羽一样，大丈夫光明磊落，何至于我们十几间藏品灰飞烟灭？"那天，坐在船上，我们追忆着项羽，不以成败论英雄。

你可知，那几个奸臣到处造谣说这首诗是逼死你的刽子手呢。

欲加之罪，何患无辞啊。

国家危难之际，他们把大好河山白白丢弃了，却觊觎你的藏品，想起来我就齿冷。这些藏品不仅饱含着几千年的文明，也残存着你的体温，你的笑意，就按你说的，我与藏品共存亡。当年，我答应得何等豪迈，我也着实尽全力于我们未竟的事业。

可是，明诚，你在天有灵，你已经看到我有多艰难，貌似安全的存放处，一件藏品都没能保留下来，顿足扼腕罢，我更珍视随身携带的这些，哪知盗贼这般刁顽，竟在墙上挖洞偷盗，防不胜防啊。

抚摸残存的藏品暗自流泪，我盖世聪敏，却无力保护我们的心上宝贝。

翻开《金石录》，一页页细读，看着文字，仿佛抚摸着我们的宝贝，每一件都在我心里，他们也都在你心里，但他们确确实实地丢掉了，消失了。

我蘸满和着泪水的墨汁，把我的字重叠在你的字上。

桌前，烛光摇曳，窗外，梧桐更兼细雨，冷冷清清，凄凄惨惨戚戚。

有人来做媒了，说仰慕我的文采，我以为你太心疼我，化身来帮我保护藏品，岁月苍老了华发，我太疲惫了。

哪知人世间最神圣的婚姻，也能充当骗术，人人假面，我如何看穿呢？

婚后，我才发现张汝舟是个唯利是图的势利小人，把藏品交给他保管我如何放心呢？藏品去向他连半个字都打听不出，丑恶的嘴脸就露出来了。

这是他们继低价强买不成后又一诡计。

我平生第一次尝到拳脚相加的痛楚，看到这一幕你一定心痛愤慨得不行了吧？他们不知道，苦的只是我的身体，我的心却会更坚强，我的头脑会更冷静。

为了不让小人得逞，为了我不被迫害死，苟延残喘继续保护我们的藏品，我不顾牢狱之灾，告发了他，解除了婚约。

明诚，我是强大的，因为有你的支撑。

高处不胜寒。

你看看我所受的磨难，就知道我们当时是多么有名。

眼睁睁看着当朝最著名的收藏家的藏品一件件烟消云散，痛恨战乱的墨迹未干，我竟被冠以"通敌"之名，垂涎之人"司马昭之心"何等戚戚！

我再一次翻开《金石录》，往事历历，当年我们拥有多少金石书画古玩啊！

欲说还休，窗外，满眼秋。

再一次饱蘸墨汁，再一次细品《金石录》，精雕细刻后，我上表朝廷，使你的心愿流传于世。

我完成了你——一个收藏家最后的愿望。

我知你心。

明诚，烛火要尽了，我拨一拨灯芯，让烛光延长一点儿。

在这七夕夜，我守着窗儿，独自怎生得黑？

牛郎已过鹊桥，你为何迟迟不来？

嫌我憔悴了红颜，垂垂老矣？

哎，你怎能忍心啊。

我早已梳洗罢，鬓插鲜花，袖盈暗香，等待多时。

你来，我为你抚琴，我日日擦拭，却再没有知音。

你来，我为你斟酒，三杯两盏淡酒，浸润着我的思念，保管你沉醉，不知归路。

寻寻觅觅，千行泪，难解许多愁。不消酒醒。

你快来，接我团聚吧。

等你！

## 爱上李清照

夕阳西下，一江碧水荡起层层微笑，如同赵明诚的心。赵明诚站在小舟上，手时不时地抚摸着怀中费尽周折才买到的柳宗元的手写本，心中充满了抱得美人归的畅快和满足！

一阵喧闹声打破了傍晚的宁静，赵明诚循声望去，三艘小船迎面划来，每艘船上坐着两三个少女，从她们比比画画的手势看，好像在争论谁的船划得快。赵明诚望着这群天真活泼的姑娘，轻松地笑了。

最前面的小船转眼就划到了他的对面，摇船的姑娘抬起头看见他，嘴角向上翘了翘，一双黑黝黝的大眼睛调皮地眨了眨，使他忽然想到夜空的月亮，第一次感到少女才是世界上最美丽的。

一个不留神，姑娘把船划入了荷塘，随着鸥鹭扑棱棱被惊飞，一阵欢快的笑声响彻湖面。

小船擦舷而过，姑娘的娇羞印刻在了赵明诚的心里，就连怀中柳宗元的手写本，也不禁失了几分颜色。

元宵节，赵明诚和同学李迥去相国寺观灯。走出太学，满眼灯火辉煌，长街流彩。迎面几个女孩在猜灯谜，其中一个女孩仰着头，正轻轻吟诵着谜面，月光灯影下，亭亭玉立。

李迥拉着赵明诚走过去，女孩们发现了，都围过来叫"二哥"。

"是你！"原来刚才猜谜的女孩，竟是赵明诚朝思暮想的划船姑娘。

李迥握着赵明诚的手用了用力，赵明诚立刻恢复了庄重。随后，他把妹妹挨个给赵明诚介绍。当赵明诚得知心怡的姑娘就是赫赫有名的大才女李清照后，真是又激动又欣喜。要知道，他读了很多李清照的词，一直很倾慕。他们加入了猜灯谜的行列。

心里遐想万千，他一条谜语也没有猜。李清照倒是大大方方地猜了几条。研究谜底的时候，目光有意无意地望着赵明诚，心思尽显。

转眼，初一。赵明诚放假回家，和父母说了一会话后，回到卧室，坐到书桌前的藤椅上，拿起饱蘸墨汁的毛笔，想起元宵节上李清照猜谜时的大家风范，他在纸上写下遒劲的几个大字：言与司合，安上已脱，芝芙草拔。

父亲赵挺之走进来。

"父亲，我……我昨夜做了个梦。梦见这么几个字，儿一直思虑，不解其意。"赵明诚结结巴巴地说。

赵挺之站在书桌前。

沉吟半晌，说："为父一直在考虑你的婚姻大事，何侍郎家有个小姐，今年十六岁，我正准备请媒人提亲呢。"

"父亲，我不要。"话一出口，自己也吓了一跳，他一向温和儒雅，还是第一次跟父亲这么大声说话呢。他红着脸，讷讷地说："昨晚，我做了个梦……"

"在端王府，你见过李格非。这个人仗着有几分文采，耿直倔强，政治前途无望。"

"父亲，婚姻是用来彼此温暖的。我想找个情投意合的。"

"大丈夫没有前途，谈什么温暖幸福？何家小姐长得十分漂亮，也写得一手好词，你会喜欢的。"

"我不会。除了李清照，我谁也不娶。"

赵挺之盯着儿子，一字一顿地说："由你？"

赵明诚挨到父亲走出门，立刻倒在床上哭了。

母亲进来，坐在了床边，他急忙坐起身，擦掉泪痕。

"诚儿，你父亲高瞻远瞩，你不可违拗啊！"

"母亲，我只愿找个可心的人做一生的伴侣。"

"你又没见过，怎知可心不可心？何家小姐，也写词的。"

"母亲，连您也不体恤我。您愿意眼看着儿子痛苦不幸一辈子吗？"

次日早晨，赵明诚又要去上学了。

临行，他看了母亲一眼，母亲轻轻摇了摇头。他知道，父亲决定的事情，是谁也改变不了的。

假日一大早，赵明诚请李迥陪他去李格非家，他有些问题想向李大人请教。走进李家花园，李清照刚荡过秋千，还没来得及梳妆和换衣裙，见有客人来，急忙忙往屋里跑，发上的金钗，有意无意地滑落到了地上，赵明诚拾起来，金钗上，还残留着少女的体温。

李迥一把抓过来："我妹妹太不小心了。"

赵明诚急忙夺过来，放在怀里说："我不会负清照的。"

一抬头，却见李清照躲在一株梅树的后面，拈着一支青梅在嗅，被赵明诚发现，红着脸几步进了房。

此后，赵明诚经常来向李格非请教问题。

赵挺之来太学找出他，说："赵明诚，即使你跟李格非在一起，我也不会同意跟他做亲家的。我们不能误了前程。"

"父亲，我觉得李格非耿是耿了点，却很纯真、正直。"

"老而弥纯是可耻的。仕途无望是可悲的。不听老人言，你会后悔的。何侍郎出去办事，这几天就回来，我会为你提亲。到时候你就知道为父的好了。"

"谢父亲。"赵明诚觉得父亲生他，就是为了多一个政治工具罢了。

送走父亲，赵明诚立刻来到皇宫找皇上赵佶，赵佶常来太学吟诗对句，赵明诚可是赵佶最好的朋友。

赵明诚向赵佶透露了自己想娶词女的心思。

赵佶当即派人召来赵挺之和李格非，定下了这桩亲事。

## 《金石录》 问世

世界上任何一个物体，都有其存在的价值。当赵明诚庄严地在扉页上写下浑厚的"金石录"三个字时，我就开始了有意义的人生之旅。你说得对，我就是《金石录》。

岁月的流逝增添了赵明诚的阅历与才干，嫁过来的李清照也对这一高雅的爱好产生了浓厚的兴趣，夫妻俩典当衣物，节衣缩食，积攒下来的钱都用在了购买金石字画上。每晚秉烛细品，慎重地在我身上记载着述，夫妻俩字斟句酌，使我感到自己无比贵重。他们穷遐方绝域，尽天下古文奇字，我也跟随着越来越厚重。

他们爱收藏，也爱我。我以为，我会详尽地记录赵明诚一生所有的收藏，和他们夫妻及所有藏品一起地老天荒。没想到，在文雅的官宦世家，命运也不能平坦，顷刻就掀起了波澜。

靖康二年（公元1127年）春，伴着窗外淅淅沥沥的淫雨，淄州太守赵明诚和李清照携手走进收藏室，不是来送藏品，也不是"翻书赌茶"，他们默默地坐在书架前阅读，心事重重地整理。每拿起一样，都用手摩挲着。拿起又放下，反反复复。

李清照不住地叹气："想当初，购买这印本的时候，还典当了我一支金钗呢。"

赵明诚的脸凝重得就要滴下水来，沉吟半晌，才说："战乱，什么都不是我们的了。我们能力有限！舍弃，是为了保住更好的。"

无语。

印本书籍、藏画……他们每挑出一件，我就在心里暗想这件在我身上的哪页。我焦虑着，看得出，这些藏品就要和我远离。可是，我又奈何啊！我的心就要碎了。

随十五辆车的藏品南下。我留恋地对留守的书籍字画古器说："明年春天会来接你们的。"

哪曾想，转眼这十几屋的藏品，化作了上万只灰蝴蝶，消失殆尽。

李清照得知，扑过来，抓起我，挨页翻看，喃喃着失去的藏品，背诵着那些书里的文章，泪流满面。

其实，她并没有失去，一切都在她心里。

我不能安慰她，我一样悲恸欲绝。

赵明诚咬着牙说："好在我们还有这些。把精力都用在这些藏品上。全力保护，与古玩同在。"

建康（今江苏南京市）的收藏室，成了我们疗伤与励志的避风港。

国家的命运在风雨中飘摇，我们又靠什么来保护藏品呢？两年后，赵明诚在交代了"不得已时先去辎重，次衣被，次书册卷轴，次古器。

独所谓宗器者，可自负抱，与身俱存亡"的去留顺序后，含恨病逝。

李清照在凄凄惨惨戚戚的夜里，抱着我，望着图书和金石拓片，重任压得她难以喘息。

赵明诚去世了，再没有人为我们遮风挡雨。在这兵荒马乱的年月，强买、偷袭、流言、婚骗……李清照抵挡着这一切，她要按赵明诚临别时告诉她的那样，与藏品共存亡。

战火中的弱女子，靠什么来和藏品休戚与共呢？辗转中，藏品已所剩无几。每一次藏品失散，她都轻轻捧起我，轻轻地读赵明诚留下的笔迹，时不时提笔修改一两处，让自己的文字与赵明诚的重叠。夜里无眠，亦如此。

受尽磨难，眼看着自己心爱的藏品一批批散去，她的心，怎一个愁字了得。可是，她并没有愁苦终日，她展开翻过千遍的我，在明诚撰写的目录和研究专著上，继续考订精核，使我更加完善。整理好后，她上表朝廷，使我刊行于世。

她久久地抚摸着扉页上"金石录"三个字，深情地说："明诚，你安心吧。"